一兩農女要逆襲

上

沐霖 著

風文創 650

目錄

序

沐霖

會走上寫作之路，緣起於一次文荒。

記得曾經有一段閒暇時光，搜羅了不少小說，廢寢忘食地看，直到再也找不到更加符合口味的題材和風格，而看過的書又不想重溫第二遍，便突然興起自己來寫一篇小說的念頭。

其實喜歡小說這件事由來已久，最早似乎能追溯到我的中學時代，在那個臺灣言情小說流行的年代，某某書店裡，一本小說的租金便宜，可以在要好的女同學間輪流看上一圈，絕對物超所值，不浪費一點它的價值。

如果認真看一本小說，會讓你隨著主人翁的喜怒哀樂而嬉笑怒罵，那麼寫一本小說，則是彷彿就置身於男、女主角的世界中，為他們一次次的成長、失意、快樂和波折去傾盡全力，感同身受。

私以為，一本小說的完成，是一次講述人生的過程，全情投入之後，等來到結尾，像是自己的人生也走過這一遭似的，得到的滿足與欣慰無可比擬。

《一兩農女要逆襲》這本書始於去年秋天，由於之前已經休息了很長一段時間，這讓我有充沛的精力去展開一段嶄新的故事。

嚴格來說，我沒有寫過種田文，尤其是古代的風土民情，似乎離得太遠，很難讓我有深切的體會與想像，不禁擔心自己會不會塑造得不夠清晰、明瞭？

讓我下定決心嘗試這樣的題材，源自編輯的鼓勵，以及編輯對我長期以來寫作文風的瞭解。也許我這樣不疾不徐、娓娓道來的溫吞性子，恰好可以寫一本溫馨美滿的另類種田文也說不定呢。

所以，這本書打從一開始，就沒有太過考慮關於極品親戚，以及尖銳的婆媳關係等。或許是我認為太過理所當然，可誰說普通的種田人家，就不能有和諧共處的婆媳？不能有雖然會有各種小毛病，卻依然懂得在逆境裡積極向上的親戚？

不管是主角，或是必不可少的配角，或許他們都會有源於人性本身的不足之處，但在追求幸福的態度上，卻是最樸實無華，也最堅定執著的，這也是我創作這本小說的最初目的。

認識我的讀者都知道，我是個不喜歡悲劇的作者，所以筆下的主人公或許會遇上困難險阻，但最後的結局也一定會是美好的。畢竟現實生活已經夠辛苦，那就不妨在小說裡更加甜蜜一些吧！當你看完整本故事，對主角的美好生活會心一笑時，就是我能給讀者朋友們帶來的最有意義的禮物。

第一次在臺灣出版小說，心情十分愉悅。這讓我想起許多年前那個充滿陽光的午後，和死黨看完一本言情小說，為書中的主角感慨萬千時，下意識地嘀咕：「以後我要是也能寫一本這樣的小說就好了。」

現在，這算不算是圓了我兒時的一個夢想呢？

很高興你們將透過這本小說認識我，也希望你們能喜歡它。未來，我會加倍努力為你們呈現更多的作品，你們的喜歡將是我最大的動力。

第一章

夏婉睜開眼，發現昨夜作夢怎麼啃都啃不下的香芋原來是么妹的腦袋，連忙把睡著還要緊緊挨著她的倒楣孩子往一旁推開，想了想，又把人從被窩裡撈出來，一邊撈一邊念叨。「跟妳說過多少回了，睡覺不要把頭埋進被窩裡，就是記不住。」

春柳聽到她姊嘀咕，迷迷糊糊地從被窩裡伸出手揉眼睛。「姊，怎麼了？」

「沒事，妳再睡一會兒，我去外頭瞅瞅。」

夏婉披上夾襖，下炕穿鞋，聽到床上還在犯睏的春柳嘟囔。「我的頭髮怎麼濕了……」

夏婉一個趔趄，差點摔到地上。

「咳，外頭下霜了吧。」夏婉頭也不回地朝屋外走。「想睡就趕緊睡，睡不著就起來。」

「我再瞇一會兒，被窩裡可暖和了。姊，有事再喊我。」春柳揉了揉潮濕一片的頭髮，重新縮回被窩裡，心裡奇怪她的頭髮濕和外頭下霜有啥關係？

院裡，夏婉的嫂子白氏在縫衣服，虎子趴在他娘腿上直哼。「娘，俺爹啥時候回來？」

白氏沒理他，抬頭招呼出了房門的夏婉。

「飯在鍋裡，妳瞅瞅可涼了？讓春柳趕緊起來吃，再加熱還要費柴火。」

夏婉聞言，去灶上揭開鍋蓋，不意外地看到一鍋稀湯，湯上漂了幾片野菜葉，裡面只有兩塊紅薯，剛好夠她和春柳一人一碗。

吃完這頓，下一頓得等太陽下山，一碗稀湯撒泡尿就沒了，夏婉忍不住嘆口氣，直接在鍋邊把自己那份吃了，再拿自己的碗盛了湯端去給春柳，這樣還能少洗一個碗。

「妳就慣著她吧，多大的人了，還在炕上吃飯，咱娘回來又要揍她。」白氏見她端著碗出來，嚷道。

虎子不老實，一個勁兒地往他娘懷裡鑽，被白氏呼了一巴掌。「娘肚裡還有孩子，一邊去，別惹我。」

「咱們昨天為了刨紅薯，走了兩個村子，春柳的腳底板都起泡了，娘不在，就讓她多躺會兒唄！晌午還得出去一趟。」夏婉好脾氣地打哈哈，把碗送進屋，拍拍春柳的被子叫她起來吃飯。

她走出門，沒見到其他人，隨口問白氏：「咱爹呢？」

「下地去了。」白氏將手裡衣裳往大腿上一放，有些無神地往大門口望。「妳哥也不知啥時能回來，眼看到了種麥子的時候，咱家不知趕不趕得上？」

「咱娘不是找咱舅去了？咱舅他們村子比咱們村好點吧？」夏婉穿來的不是時候，遇上災年鬧饑荒，前身大概是餓死了才被她頂上。

來到這裡半個多月，每天兩頓稀湯不說，眼看到了種麥子的時候，家裡連頓飽飯都吃不到，更別提有錢買糧種。

大哥夏春樹為了給家裡掙口吃的，到十里地外的鎮上打工，工錢兩個月結一次，講好了只給糧食不給錢。

種糧食要糧種，買種子得有錢，夏家如今窮得響叮噹，也不能指望大兒子那頭，夏老娘實在被逼得沒法子，這不，昨兒個一大早就領著小兒子夏春生回娘家借錢去了。

「這年頭，哪家能過得好？聽說河東村開始賣孩子了。」白氏摸了摸肚子，直搖頭。「妳瞅就咱妗子（注）那樣，別說借錢了，怕是一粒米都借不回來。讓妳勸勸咱娘，妳就是不聽，咱娘傍晚回來，又得生一肚子氣。」

夏老娘脾氣不好，年輕那時就是十里八鄉有名的火爆性子，夏婉剛來那會兒，每天餓得頭昏眼花，想在床上多躺一下，都被夏老娘罵得狗血淋頭。

她吃過兩次虧，死活不願意往夏老娘跟前湊，偏偏白氏有什麼話，都會叫她去說。

注：妗子，舅母。

說起來，白氏也沒什麼壞心眼，就想夏婉是夏老娘的閨女，再怎麼頂撞也沒事，反正夏老娘也就嘴上狠，罵過就算了。

白氏算得上聰明，從來不輕易挑戰夏老娘在家中的權威，是以婆媳間的相處還算融洽。這一回之所以要夏婉去勸，估計是怕夏老娘真從娘家借錢回來，會讓白氏依樣畫葫蘆，也回娘家去借。

白氏娘家那邊的受災情況稍微好一點，可日子也過得緊，白氏都懷孕三個月了，那邊也就送過一籃玉米麵，早就吃得連渣都不剩。

夏婉洗好鍋碗，在灶間摸出兩塊紅薯。

白氏見了，還想攔她。「雖說那奶水喝得膩，可這都夠吃一頓飯了，讓咱娘知道，小心又罵妳。」

「王二嫂剛出月子，那奶稠著。」夏婉知道跟她解釋不通，只提王二嫂的娃兒。「妳看鐵蛋養得多壯實，就是吃他娘的奶。咱虎子還小，妳肚裡還有個小的，就算膩也得捏著鼻子往肚裡灌，我看咱家虎子還挺愛喝的。」

虎子聽了，從白氏懷裡抬頭，咧嘴一笑。「對，俺喜歡喝奶。」

白氏一巴掌拍在他屁股上。「哪裡都有你！」又撇嘴跟夏婉抱怨。「王二嫂不是說她奶太多，鐵蛋喝不了，都倒掉了？憑啥給咱家就得拿糧食換？真是想糧食想瘋了。」

夏婉掂著手裡兩個「瘦身」後的紅薯，只能感慨全是饑荒惹的禍。「兩個紅薯供十天奶，咱不吃虧，拿糧食換了，她們以後也不好再說啥，妳又不是不知道王大娘那張嘴。」

「都不是省油的燈。」白氏鼻子一哼，到底也沒再說什麼。

夏婉從隔壁換回一大碗奶，擱在灶上，囑咐白氏一定要看著虎子喝下，這才拍拍衣裳，去裡屋喊春柳起床。

「腳可疼了，還能走嗎？」夏婉把么妹從被窩裡撈出來。

春柳和春生是龍鳳胎，今年才剛滿八歲，已經知道幫家裡幹活，窮人家的孩子都是大的帶小的，一帶就帶一串。春生是男孩子，又是老來子，自然更得夏老爹和夏老娘的重視。春柳則是她大姊一手帶大的，如今也一直跟著夏婉，對夏婉來說，這個懂事又乖巧的小丫頭才是她的貼心小棉襖，也是她穿過來這些天沒有徹底崩潰，一直堅持到現在的理由。

「姊把水泡挑破就不疼了。」春柳掀開被窩，揚起腳丫子給夏婉看，被夏婉一把捉住撓腳底。

「哈哈哈，姊，妳快別撓了——」春柳咯咯笑，被夏婉撓得瞌睡蟲都跑了，飛快爬下床穿鞋、穿衣裳，生怕夏婉再撓她胳肢窩。

小丫頭歡快的笑聲填滿整個農家小院，虎子聽了，抬頭直往屋裡瞧，待要蠢蠢欲動，被他娘一把按住。

白氏覺得小姑子自從餓暈一回後，越來越活潑了，瞪了兒子一眼，搖搖頭，大聲催道：「要出門就快一點，別等娘到家了還沒回來。」

屋裡的兩人聞言，互看一眼。春柳捂著嘴，嘟囔道：「咱娘今兒個回來？」

「住一晚上回來就不錯了，我還以為昨兒個就該回來了。」夏婉俐落地給春柳綁了個小啾啾，跟大嫂打了招呼，領著么妹出門。

春柳挎著籃子，邊走邊問：「姊，妳說咱娘能借到買種子的錢嗎？」

「不知道，」想到夏老娘今天回來，夏婉不打算走太遠，領著春柳往村東頭的野塘走去。「大人的事，小孩別操心，想多了，個子長不高。」

「姊妳又哄我，長不高才不是想太多的關係，是餓的！咱啥時才能吃上一頓飽飯啊？」大清早的，一碗稀湯早就消化完了，因為臉瘦，更顯得春柳一雙杏眼大大的，天真又無助地望著她。

「姊不是正想辦法嘛？」夏婉走到塘邊，讓春柳在一邊等，自己則脫了鞋、挽起褲腳，走進塘裡。

秋天的塘水挺冷，走沒幾步，腳丫子就凍麻了，夏婉用一隻腳在前頭探路，終於探到昨天她們下網的地方。

這一截破漁網，是春生在外頭瘋玩時撿回來的，夏婉讓夏春樹修補好，昨天便帶過來碰碰運氣。

災荒年，河裡的魚早就被村裡的人撈到絕種，夏婉也是真沒法子，昨天跟春柳走了兩個村子也沒撿回半籃紅薯，心想再這樣下去，她又得餓死一回，這才死馬當活馬醫，想了這個點子。

夏婉沒對這破漁網抱多大希望，否則也不會只拿石頭直接把漁網壓在淺水坑裡碰運氣。

入手的感覺同下網時不一樣，夏婉心裡一喜，搬開壓住網子的石頭，收起網口往上拉，先是看到一截樹根掛在網眼上，夏婉收起笑，接著拉，就見一隻巴掌大的青蟹鉤在網眼上。

夏婉咧嘴，把青蟹拔下來往岸上扔，囑咐春柳。「小心別夾到手，這東西也能吃。」

她繼續拉，又發現一隻青蟹，不過比剛才那隻小了一點。就在網子快要見底時，水面上冒出兩個水泡，夏婉抬起手，兩條鯉魚撲騰著出現在眼前。

「姊，有魚呀！」春柳眼尖，手上還捏著蟹，另一隻手指著漁網大叫。

夏婉抬頭，往對岸瞅了一眼，村裡一個遊手好閒的徐老賴聽到春柳的聲音，正往這邊瞧。

夏婉才十四歲，想想姊妹倆的「戰鬥力」，當機立斷拎著漁網走上岸，也顧不得清洗腳上的泥，抓起鞋、撈起春柳就快步往家裡跑。

「姊，怎麼啦？」春柳不明所以，拎著籃子一起連走帶跑。

待看得到自家院子，夏婉才放慢速度，吐出一口氣。「剛才徐老賴在塘對面看著呢，我怕他搶咱們的魚。」

小丫頭並沒對人性的黑暗面有深刻的認識，只高興今天有魚湯喝了，見夏婉驚魂未定地往後瞧，還安慰道：「姊，妳別怕，下回咱帶著石頭，他要是怎樣，就拿石頭砸他。」

夏婉覺得自己還是錯估了么妹的戰鬥力，她拍拍她的頭，頗為欣慰。

不管怎麼說，這一趟還是有收穫的。姊妹兩個高高興興地往家裡趕，誰知剛進院門，就聽見白氏斷斷續續的哭聲。

夏婉心裡一突，見院子中間立著個垂頭喪氣的漢子，仔細一瞧，才發現是原本還有一個多月才能回來的大哥夏春樹。

原來夏家老大在鎮上幫工的那家，最近有一筆生意黃了，如今請不起許多幫手，夏大哥人太老實，又不擅言辭，被另外兩個同村的幫工排擠，被東家辭退了。雖然東家還算仁義，多給夏大哥半個月的口糧，可這活計原本就是託人靠關係找的，如今丟了，再想找一個差不多的可就難了。

夏老娘買種子的錢還沒借回來，夏大哥先把掙口糧的活計給丟了。夏婉覺得等夏老娘回來，被打得屁股開花的怕是夏大哥了。

白氏也是覺得沒了口糧，往後的日子更加難過，才不由得悲從中來。這會兒見她們回家，不好繼續在她們面前掉淚，藉著推虎子進屋，胡亂抹乾眼淚。

「活計沒了再找就是，大老遠走路回來也餓了吧？我給你弄點吃的。」白氏轉進了灶間。到底是年少夫妻，想著夏春樹怕是天不亮便從鎮上出發，才能趕在這個點到家，自家丈夫本就心裡不痛快，再不能教他餓壞了。

角落裡零散放著些紅薯，案板上擺著小半袋粗麵，全家的糧食就剩下這些，白氏忍了又忍，還是沒忍住，扶著灶臺，默默地流起眼淚。

夏婉看著大哥，嘆了口氣。「大哥先回屋歇歇吧，爹下地去了，一會兒也該回來了，有什麼事大家一起商量，別想太多。」

夏春樹為人實誠，如今被辭退，又關係到全家的生死，夏婉看他攥緊的手背青筋暴露，怕他一時想不開，鑽了牛角尖。

「喲呵，這不是我春樹大外甥嗎？怎麼回家來啦？你娘不是說你正在鎮上吃香喝辣嘛？」

洪亮的嗓門嚷得夏婉腦子疼。

望著扭著身子一進門就笑瞇了眼的白胖大娘，後面還跟著春生和沈著臉的夏老娘，夏婉一時沒反應過來，只朝後頭的夏老娘喊了聲。「娘。」

「嘖嘖，大外甥女見了妗子，也不知道喊人了。」白胖大娘咂著嘴，瞅了夏婉一眼，十分不滿，扭頭看見一旁的春柳，又笑得眼睛都瞇起。「還是么妹惹人疼。」

變臉速度堪稱神速。

春柳被白胖大娘捏了捏小臉，攬在懷裡，含糊著喊了聲。「妗子。」

白氏在圍裙上擦著手，從灶間出來，見夏老娘和大妗子竟然一起回家，臉色白了又白，低頭喊了人，嘴上道：「相公一大早沒吃飯，我給他做點吃的。」說完又重新溜回灶間。

夏老娘剛進院門，就看見不該這時候回來的大兒子不僅回家，還一臉沮喪，便知道情況不好，對著不請自來的大嫂再沒了好臉色。「他妗子，人妳也見過了，咱們的事就按之前說的辦。這年頭哪家都不好過，我今兒個就不留妳了，別清湯寡水的，剮了妳的肚子。」

春柳乘機從白胖大娘懷裡掙脫，跑到夏婉跟前。

白胖大娘懷裡一空，立時拍拍衣襟直起身，扭頭朝夏老娘皮笑肉不笑地道：「小姑子可別這麼說，咱家如今也是吃了上頓沒下頓，可不敢嫌棄啥。要說先前商量的事，還是等姑爺回來當面說清楚，畢竟么妹是他夏家人。」

夏婉不喜歡這個大妗子一副高高在上的語氣，聽她說的事，似乎跟春柳有關，更心生警惕，佯裝好奇地問白胖大娘。「妗子找春柳有啥事？她小丫頭一個，笨頭笨腦，沒啥好叫的。妗子有啥事可以說給我聽。」

這一回，不等白胖大娘開口，夏老娘先把夏婉往屋裡攆。「回妳屋去，大人說話，小孩插啥嘴！」

夏老娘把夏婉和春柳一起推到她們倆住的那屋，臨走還一把帶上門，不讓她倆出來。

「姊，大妗子要等爹回來說啥？」許是天性敏感，春柳貼著她姊爬上炕，從破了洞的窗戶往院子裡瞧。

「不知道。」夏婉瞅一眼在院子裡玩螃蟹的春生，把窗戶掀開一半，朝小弟揮手。

「春生過來，姊這裡有好東西給你瞧。」

半大小子瞅螃蟹一眼，又瞅他大姊一眼，不情不願地挪到窗戶根下。「啥事啊？」

「娘跟大妗子在大舅家商量啥事？」

「妳說的好東西呢？」春生眼珠子亂轉，沒上夏婉的當。

「你到底說不說？」對這個被爹娘慣壞的小弟，夏婉大部分時候都是連哄帶嚇的。「娘一直把你帶在身邊，你就沒聽見啥話？老實點，快說。」

「咧咧咧，我不說，妳能怎樣？」不止被夏婉威脅過一次的半大小子也不好應付。「大姊只對春柳好，就知道凶我，我就是不說，回頭春柳去了大舅家，看妳還疼誰去！」

「誰說春柳要去大舅家的？春柳又不是沒家，去咱大舅家做什麼？」

「咱大妗子要春柳給傻蛋當媳婦哪！」半大孩子顯然不明白當媳婦是怎麼回事，卻知道跟他大舅家的傻兒子有關的並不是好事。「我躲牆根上聽的，咱大妗子說要想拿錢買糧種，就得讓春柳給傻蛋當媳婦，當媳婦就得去咱大舅家吧？」

春生話音剛落，屋裡一個捂嘴小聲哭了出來，另一個已經像一陣風似的衝出屋子。

自覺闖了禍的春生想了想，隔著窗戶安慰他二姊。「娘說大舅家有口吃的，好歹餓不死，有吃的，妳還哭啥？」

這話惹得春柳越發哭得厲害。

此時夏婉雖然帶著怒氣衝出屋子，腦子裡卻麻木得很，不知道是餓的還是被這世道給逼的，她原本覺得日子雖然苦了點，好歹夏家從上到下都沒有壞人，至少隔壁村賣兒賣女的慘事不會發生在他們家，沒想到這一天會來得那麼突然。

夏婉心裡原想著去吵去鬧，可看見大哥愁眉苦臉地招呼大妗子，大嫂小心翼翼地端了熱水送到大妗子面前，連她娘也皺緊眉頭拿眼神警告她，夏婉強迫自己冷靜下來。

「我跟春柳今天剛去塘裡抓了兩條魚回來，還有兩隻螃蟹，大妗子晚上留下喝口魚湯唄。」

「妳家的糧食，俺可吃不起。」大妗子彷彿天生不喜歡夏婉，一看到她就鼻孔朝天。「妳要是閒得慌，去把妳爹叫回來把事說清楚，俺好今兒個就把人帶走。」

「大妗子要帶誰走啊？」眼見心平氣和並不能解決問題，夏婉不想再當個老實孩子，扭頭去問大哥。「大哥知道咱妗子今兒個要帶誰走？」

夏春樹還沈浸在自己的倒楣事裡，壓根兒就不在狀況內，聞言也是茫然，學舌似地抬頭問：「是啊，妗子今兒個要帶誰走啊？」

夏老娘不耐煩起來。「春樹，去田裡把你爹喊回家，就說我把春柳給你大舅家了，你們妗子今兒個就是過來領人的，別白杵著，趕快去！」

夏春樹下意識抬腿就走，等回過神，難以置信地瞅向自家老娘。「娘要把么妹送人？娘，咱家還不至於這樣，我今兒個就去找活計，總不能讓妹子他們餓著。」

「喲，大外甥鎮上的活計黃了？」大妗子一聽，立刻眉開眼笑，認為帶走春柳的事變得十拿九穩。「我看也不用去喊姑爺了，我這就帶人走吧。」

「妗子，先別忙著走。」夏婉一把將人攔住，扭頭問夏老娘。「我聽小弟說，娘把春柳許給大舅家的傻蛋了是吧？這事大舅也點頭了？」

夏婉不死心，在她的記憶裡，大舅對他們一直挺好的，難道為了自家兒子，就得把親妹家的孩子往火坑裡推？

「妳給我到一邊去！」大妗子眉毛倒豎，狠推夏婉一把，顯然被夏婉防備的模樣氣著了。「怎麼，春柳許給我家傻蛋哪裡差了？吃的少不了她，我這個做妗子的也知道疼她，妳一個小丫頭片子出來橫啥橫，還沒輪到妳橫，滾回妳屋去！」

夏婉被大妗子一把推倒在地上，夏老娘平時那麼大的脾氣，竟然也忍住了，伸手拉起夏婉，語氣平靜得讓人發怵。「這裡沒妳的事。春樹，去田裡喊你爹，就說買糧種的銀錢拿回來了，讓他趕緊回家來。」

夏春樹這會兒終於明白過來，自家老娘這是拿么妹換了買糧種的錢，立時變得面無人色，比方才還難看幾分，既不敢開口違背夏老娘，又捨不得邁開腿往外走。

白氏已經捂住嘴，往自家屋子裡避開了。

夏家的院子裡，大妗子的聲音分外刺耳。「聽到沒，你娘都開口發話了，還不快去叫你爹？春柳到咱家，還不是跟從前一樣，想啥時見就啥時見。大外甥沒了活計，說句不好聽的，別再把人給餓死了，俺跟他大舅也是好心……」

夏婉突然就想指著老天爺大罵，這人生……人都快餓死了不說，還得被這噁心巴拉的事氣暈，果然絕望從來就沒有底線，可一旦絕望到底，反而並不覺得未來有多可怕了。

夏婉突然笑了一下，把院子裡的人都給笑愣了。

她抬眼對上夏老娘，一字一句地開口：「春柳不能賣給他們家，這事我不同意。今天誰也別想帶走她，除非把我打死！」

最後一句話自然是說給大妗子聽的，聽得大妗子眼皮直跳，不由勃然大怒，恨不能跳到夏婉身上把她揍一頓。

「猖狂的小蹄子，妳啥意思？妳老娘答應的事，想不認就不認了？俺家是刀山火海？礙著妳了？打從小時候就看妳不是個好的，俺今天就要把人帶走，妳能怎樣？還能吃了俺？」說著便要朝春柳的那間屋子闖。

夏婉衝上前，使出吃奶的力氣拉住她，嘴裡朝夏老娘叫道：「娘，把錢還她，咱不要她家的錢，啥破舅舅，逼著娘家妹子賣閨女，黑了心肝的，有種打死我！」

「哎喲喂，妳個死妮子，俺要被妳氣死！」大妗子眼看不能得逞，夏老娘袖手旁觀，夏春樹一臉擔憂，索性回過身就要往夏婉臉上抓。

「大妗子，妳是要打死小婉？」夏婉立刻鬆手往後躲，想著這麼一房親戚，不要也罷。「妳今天就是把我打死，春柳也不給你們。妳打死我吧，我大舅那麼疼我，妳打死我，我就找他給我報仇！」

大妗子仗著嘸位重，一把將夏婉推倒。夏婉手掌著地，火辣辣地痛，顯然被磨破皮了，心頭火起，想也沒想，抓起地上一隻青蟹往那老太婆扔去。

「哎喲我的鼻子！妳個殺千刀的小蹄子！」殺豬般的嚎叫把院子裡的鳥兒都給嚇飛了。

「都別吵了！大晌午的，像什麼樣子！」剛從地裡回來的夏老爹那洪亮的一嗓子，夏家院子立刻安靜下來，如同被無形的手扼住喉嚨。

大妗子到底顧及夏老爹一家之長的威嚴，訕訕地停止叫罵，鼻梁上的青蟹被她一把掐住要害拽下，當成夏婉似的狠狠扔到地上。

夏婉乖覺地裝老實，低著頭從地上爬起來，拍拍屁股上的塵土，往她大哥身邊湊。

春柳的事必得有個結果，夏婉怕自己人微言輕，想著把大哥往自己這邊拉攏。

「哥，咱不能把春柳嫁給傻蛋啊，大妗子沒安好心，拿買糧種的錢逼咱們家賣閨女，春柳才多大，哥你得護著她呀……」

她邊說邊抬袖子抹眼淚，抹完了就紅著眼圈抬頭瞅夏春樹，直把夏春樹瞅得也想哭。

夏老爹和大妗子朝堂屋走，夏老娘在後頭跟著，回頭瞧了一眼不安分的大閨女和癟犢（注）兒子，皺著眉頭罵道：「都給我老實點，別作妖，你倆的帳我都記著，晚上再找你們算！」

「娘，若實在不行，我也去找活計做，別攆春柳走，成嗎？」雖然夏婉知道夏老娘在這個家裡最疼的是么兒和大孫子，卻沒想過她真能那麼狠心地把自家女兒扔給一個傻子，還想說服夏老娘改變主意，把春柳留下。

「那是妳大舅家，春柳跟了傻蛋是她委屈，妳大舅他們看在眼裡，自然會對春柳好。」夏老娘也試圖說服夏婉。「咱家現在一沒糧，二沒錢，種不上莊稼，都得餓死，還是妳讓妳娘把妳大姪子賣了？妳個沒良心的，就知道戳我心窩子！」

夏春樹一聽要賣自家兒子，臉色刷白，彷彿下一刻就能暈過去。他掄起拳頭，直往腦袋上敲，痛苦地道：「都是兒不孝，丟了掙口糧的活計。娘，您不能賣了虎子啊……」

注：癟犢，軟弱無能的人。

夏老娘瞥兒子一眼，又看向閨女，那眼神明明白白——還能指望妳大哥？

「還不進來，有啥話到屋裡說清楚。」夏老爹在堂屋裡坐定，煙桿子磕著板凳腿。

「老大媳婦，還不端水上來？」

「他姑爺，水就不喝了。」大妗子篤定自己有理，倨傲得不得了。「先前同小姑子講好，這買糧種的錢也已經給了她，我今兒個就是來帶春柳走的。老大哥，你想，咱把春柳帶走，你們家少一張嘴吃飯，還能寬裕點，等春柳長大，咱家該娶媳婦的酒席也不會少了，萬不能委屈她一點，況且閨女大了，總要許人，給誰不是給，好歹咱家知根知底，打斷骨頭還連著筋，你覺得怎樣？」

「他大舅也是這樣想的？」夏老爹問。

「小姑子錢都拿了，這事在俺看來，就是定了的。」其實自家丈夫的意思是還得先問問看，夏家若是同意，自然皆大歡喜；若是不願意，那就當這買糧種的錢算借的，畢竟是自己親妹家，也不能硬逼。

可他大妗子卻不是這麼想的，自家傻兒子這輩子都不可能討上媳婦，不趁這一回把春柳討過來，哪還有這樣現成的媳婦等著兒子？

是以，她頂著丈夫的名頭，打定主意怎麼都要把這事給定下來。

大妗子見夏老爹抿著沒有煙葉的煙桿子皺眉，心裡譏諷，面上不顯地勸著。「俺可是春柳的親妗子，就是他大舅平日裡也疼孩子，說到底還不是這坑人的世道給逼的？春柳進了咱家，俺把她當閨女養，總比在家裡吃上頓、愁下頓的強。俺可聽說了，大外甥鎮上的活計沒了，老大哥，不是俺說喪氣話，你不能拉著孩子，隨你們朝絕路上走吧？」

「不是有大舅嗎？大舅說買糧種的錢算借的，等我們熬過這陣子，砸鍋賣鐵也會還給你們。」夏婉見夏老爹半天沒開口，忍不住上前道。

既然大舅家已經把買種子的錢給了夏老娘，說明大舅家有能力拿出閒錢來。夏婉最恨的就是這點，明明可以拿出錢，非得逼著春柳嫁給傻蛋，這不是想逼死人嗎？「實在不行，給妳算利息，到時候多還你們錢，這樣總行了吧？爹，春柳不能就這麼送走，她才八歲啊。」

夏老爹抖了下嘴唇，抬眼問大妗子。「親家覺得小婉的主意成嗎？春柳的年歲確實小了點，還是個半大孩子，咱家裡也不缺她那半碗湯水。」

大妗子算是把夏婉恨狠了，明明都快說成的事，都是這丫頭亂攪和。

她揚起臉，口氣也橫起來。「俺們可不敢跟姑奶奶家要利息，讓外人知道了，還不讓人戳俺脊梁骨啊？還是那句話，就按先前說的，既然收了錢，就讓俺把春柳帶回去。還錢的話也別提了，這年頭，人命都是大風颳過就沒了，那借出去的錢還想有回轉的時候？那也得親家全家命硬能挺過災荒。」

泥人也有三分土性，夏婉氣不過被人這麼詛咒，剛想繼續開口，就被夏老娘一把抓住，定在原地。「孩子他爹，先前是俺想岔了，以為只要全家能活下來，春柳去了她大舅家也是條出路。現在看來，這賣閨女得來的錢，就算買回種子種進地裡，保不齊也會顆粒無收，這錢咱不要了吧。」

「成吧。」夏老爹看一眼被大妗子的話逼得咬牙忍淚的大兒子，直起身。「大妗子，回頭跟大舅子講，買種子的錢，老夏頭自己想點子，就不勞他憂心了。俺們老夏家這一遭是不是就絕了戶，也不勞你們操心。孩子他娘，送客吧。」

夏老娘聽了丈夫的話，從兜裡掏出一塊布包塞進大妗子懷裡。「妳數數，給俺的錢都在這兒，拿穩了，路上可別讓人給搶了。家裡也缺糧食，還得省點養活孩子，就不留妳吃飯了。」

夏老娘一反常態，出奇地平靜，沒吵也沒鬧，攆人攆得乾淨俐落，推著被雷劈了似的大妗子往院外走。

第二章

大妗子反應過來，立刻破口大罵。

「你、你們把俺們當猴耍？說反悔就反悔，不講道理，俺們好心資助你們老夏家買糧種，就這樣把俺攆出去，沒天理，作孽的……」大妗子一邊摟著布包，生怕裡面的銅板丟了，一邊橫著勁不給夏老娘推，踉踉蹌蹌的，好不狼狽。

夏婉見爹娘主意已定，心裡高興，上前幫她娘一起攆人，嘴上振振有辭。「大妗子，妳不能想著給咱們買種子的錢，就要把咱妹領去嫁給傻表弟呀，這錢燙手，咱們不能要。大妗子，妳快回去吧，別逼咱家了，再逼全家都得去上吊呀……」

大妗子要鬧，夏婉比她還能嚷嚷，就是要把大妗子的壞主意嚷給鄰居聽到。

院門關上，大妗子拍了幾回都沒得到回應，只得不甘願地朝老夏家大門吐了口唾沫，對幾個看熱鬧的鄉人嗆聲。「瞧個屁，沒見過活人？」這才罵罵咧咧地越走越遠。

夏老爹對夏春樹吩咐：「你在後頭遠遠跟著你大妗子，看她到了他們村裡，你再回來，別讓她這一趟再出什麼事，咱家也不能因為這事，再跟你大舅家結了仇。」

夏家大哥既為妹子沒嫁給傻子高興，又為家裡境況發愁，聽了夏老爹的話，點點頭，起身走出院子，乖乖跟上大妗子。

夏婉知道往後才是最嚴峻的時候，保住春柳的興奮早已消失，此刻只能默默地站在爹娘面前，聽他們怎麼打算。

「剛才不是跟猴子似的竄得老高，這會兒老實了？」雖然沒把孩子賣了，可買種子的希望也就此破滅，夏老娘瞅著閨女就罵。

「她當姊姊的，都是為了親妹子，妳也少說兩句。」夏老爹嘆口氣，問起夏家大哥的事。「春樹怎麼從鎮上回來了？」

夏婉這才想起還有她大哥這爛攤子，連忙打起精神，把夏春樹在鎮上的事講給爹娘聽。

聽完夏婉的話，夏老爹飽經風霜的臉上更添憂愁，拎了小板凳坐在院子裡，叼著煙桿子，皺眉尋思。

夏老娘捂著額頭直喊暈。「天殺的，怪不得老大家的又窩進屋裡不出來了，自家男人理虧，可不就得縮著脖子躲了去。老天爺這是不想讓人活了，生生斷人活路哇！」

「娘，大嫂懷著孩子，您就少說兩句，大哥也不想丟了活計呀。」

「合著他們都有難處是吧？」夏老娘想起扔給他大妗子那一包銅錢，當時是快活了，這會兒嘔得都要吐血。

春生這機靈的早就躲去爹娘屋裡，春柳還趴在窗戶上瞧動靜，夏婉背對著朝她擺手，讓她別出來，免得惹了夏老娘不痛快。

「我跟春柳上午在野塘裡抓了兩條魚，晚上煮魚湯喝。」夏婉趕緊用好話哄自家親娘，又給夏老娘捶背順氣。「車到山前必有路，總能撐過去。」

「小孩子不經事，懂個啥？」夏老娘總算暫時平靜下來，能跟夏婉好好說兩句話。「俺小時候遇上饑荒年，餓得受不了吃孩子的都有，老天爺不讓人活命，就把人往死裡逼啊……」

「實在不行，把我送到鎮上做工得了。」夏婉也是沒辦法了。「我聽王二嫂說，鎮上富裕人家買丫鬟也有簽活契的，過個五年、十年還能回家來。」

話音剛落，就被夏老娘一巴掌拍到後背上。「妳個不成器的孩子，爹娘養妳那麼大，就是讓妳去為奴為婢的？」

夏婉跟大妗子那麼吵都沒挨揍，沒想到現在卻被她娘揍了。或許是觀念不同，在夏婉眼裡，她去富貴人家幫工，又不是一輩子做奴婢，好歹能讓家人熬過這段日子，她自己不覺得低人一等，也不怕被人說道。

可在夏老娘眼裡，為奴為婢就成了自甘墮落，再也沒比這更丟祖宗臉面的事了。

「妳要是敢把自個兒賣了，我非打斷妳的腿，也省得讓妳出去丟人現眼！」

連平時一直挺好說話的夏老爹都不贊同。「婉兒，別想那些有的沒的，咱莊戶人家不能連祖宗姓氏都給丟了，咱家還有妳爹，還有妳大哥，輪不到叫閨女出來頂事。」

夏婉想不透，比起把閨女嫁給舅家的傻兒子，去給人家當奴婢的接受度要高得多，至少是靠自己的雙手吃飯。奈何爹娘堅決不同意，她也只能當這話沒說過。

晚上，除了紅薯稀粥外，夏婉又用兩條魚煮了一鍋湯，而青蟹被大妗子摔死一隻，不能再吃，夏婉只好把另一隻拿鍋蒸了。因為全家沒人願意吃，最後聊勝於無地進了她的肚子。

夜裡，春柳鑽進夏婉被窩，抱著她一條胳膊，夏婉怕把人捂著，想把春柳往上提，誰知一摸，一手的眼淚。

「沒事了，妳大妗子不是被攆走了？」夏婉輕輕拍著小姑娘瘦弱的後背，安慰道：「往後妳想在家裡待多久都成，沒人再拉妳走了。」

「姊，俺害怕，」小姑娘搖頭，從被窩裡鑽出來，拉著夏婉一隻手。「要是因為俺沒嫁給傻蛋，咱一家都餓死了怎麼辦？」

「不會的，」夏婉把小姑娘重新拉回被子裡躺好，摸著她的頭哄她睡。「有姊姊在，姊會想辦法，一定不叫咱家的人餓死。好了，快睡吧。」

直到夏婉被春柳搖醒，抬頭看窗戶外頭，天色還沒亮得徹底。

「怎麼那麼早起，餓得睡不著了？」自從來到這兒，夏婉掌握了見天認時辰的技能。「再睡會兒吧，早起也沒什麼事做。」

「咱娘在罵咱嫂子，」春柳一邊揉眼睛，一邊打呵欠。「天沒亮就開始罵，都快半個時辰了。姊，妳真能睡，那麼大聲都沒醒。」

「妳姊我是心大。」夏碗失笑。若換作旁人，一睜開眼就碰上穿越加饑荒，大概會立刻崩潰吧？

夏老娘罵人，永遠氣定神閒，條理清晰。先是小聲嘀咕，不管對方有沒有回應，時辰一到，音量立刻拔高，連一年前犯的錯都能揪出來數落一遍。等把你數落到耷眉慫腦，不敢言語，就是一通慷慨激昂，直到最後鳴金收兵，得勝還朝。

夏婉側耳聽了半天，怕是第一回合的三部曲已經走完，正是第二回合第一階段。

「妳再睡會兒，我出去看看。」夏婉把春柳按回被窩裡，穿上衣服、鞋子，推門走出去。

黎明的冷風吹得夏婉直起雞皮疙瘩，就見夏老娘佝僂著背，坐在白氏那屋的窗戶下，像唱歌似的大聲哼唧。

「沒良心的，只會躲在男人後頭，屁都不放一個啊！」夏老娘把大腿拍得啪啪直響。「娶了媳婦、忘了娘的癟犢子東西，看著老娘挨餓受凍，還護著那喪家玩意兒啊……俺的命怎麼那麼苦啊……這日子過不下去了啊……」

「娘，您嗓子不疼啊？」夏婉瞅一眼夏春樹緊閉的屋門，伸手一摸，夏老娘的後背全都濕了。「露水把衣裳都打濕了，再坐下去凍病了怎麼辦，咱家可沒錢請大夫。」

「死妮子，跟妳哥合夥來氣老娘是不是？他這不孝東西，擱屋裡死活沒動靜，妳還向著他，老娘白生妳這個吃裡扒外的！」

夏老娘嘴上罵得凶，卻在夏婉的攙扶下自發往灶間走。

夏婉把夏老娘按坐在一邊，熟練地生火、燒水，尋思著一會兒還得去山腳那邊揀點柴火。

「死妮子，」夏老娘就著燃起的柴火焐手，嬉笑怒罵，收放自如。「再罵一會兒，妳嫂子就會低頭了，妳偏把我拉回來。」

「大嫂還懷著孩子，您也不怕驚著孩子。」

「懷孩子就了不起了？老娘懷春生、春柳那會兒，肚子大到貼地，還得去割草！」

夏老娘雙手插腰，對著灶間門又開始嚷嚷。「惹急了老娘，前腳生下來，後腳就給她賣嘍，我看她還敢母雞坐窩似的霸著男人不撒手！」

「那可是您二孫子，您捨得賣呀？」夏婉不把夏老娘的虛張聲勢當回事。「等大嫂生孩子，咱這苦日子早就熬過去了，您且等著笑吧。」

「臭丫頭，慣會哄妳娘高興！」夏大娘噗哧一聲笑出來。「妳倒想得開，就不曉得老娘能不能活著看到俺那二孫子……」

夏婉沒把夏老娘的罵罵咧咧當回事，可夏大哥可不是那樣想的。這廂，娘兒倆正在灶間準備早飯，夏春樹頂著一頭雜亂的髮，一進來就朝夏老娘跪下。

「娘，千錯萬錯都是俺的錯，虎子還那麼小，不能賣啊……」

「你媳婦肚裡那個就能賣了？」夏老娘看著老實巴交的兒子，氣不打一處來。

「也、也不能賣呀……」

「俺在這兒嘮叨半天，嗓子眼乾得冒煙，你曉得俺在嘮叨啥不？」

夏春樹倉皇抬頭，滿臉緊張。「家裡沒口糧了，娘想……賣孩子？」

夏老娘砰地一下拍在夏大哥肩膀上。「你個癟犢子、二愣子，屁事不知道你就跪啊！我這倒楣的，怎生了你這個不開眼的？你給我滾，叫你媳婦過來，我就瞧你們兩口子是不是都在裝糊塗！滾滾滾，給我滾！」

夏婉差點笑出聲，她倒覺得她大哥是真沒明白夏老娘的意思。夏春樹手藝不錯，可性子卻是不愛多想的，你給他一張圖紙，他能給你做出好用的實物，卻永遠不會想是不是要在上頭多刻個花紋點綴？

夏老娘被兒子氣了一通，霸著灶間就是不出來。

夏婉把她和春柳的紅薯稀粥端回屋裡吃了，去灶間放碗時，才見嫂子白氏跟著夏大哥往灶間走。

夫妻倆一進去就跪下，夏大哥還在一旁緊張，白氏已經低下頭。「媳婦娘家情況也不太好，不一定能借到銀錢。煩請娘幫忙看一下虎子，媳婦今兒個回娘家一趟試試。」

夏老娘瞅一眼還在懵懂的兒子，開口道：「我就說，這話總有人聽得懂的。俺兒子實誠，就不跟妳一塊回去貼臉子了，能借到最好，借不到妳也別回來了，俺們家養活不了這麼多吃閒飯的！」

等到白氏點頭應下，這頓早飯才終於能吃進嘴裡。

夏老娘還同夏婉暗地裡嘀咕。「妳大哥那個傻蛋，治不住媳婦，早晚得被人給賣嘍，想我夏婆子精明一輩子，怎生了這麼個癟犢子？」

夏婉笑笑不說話。嚴格來說，夏家幾個孩子裡，只有春生隨了夏老娘的性子，其他幾個都像夏老爹。從前的夏小婉也是實誠性子，否則也不會為了給弟弟、妹妹留一口糧食，而把自己給餓沒了。

晌午，夏婉只打算去山腳那邊撿點柴火，便沒叫春柳一起。

吃不飽容易沒力氣，所以村子裡很少會看到出來閒逛的人，除了必要的事，餘下的村人只會慢吞吞地移動，才能降低體力的消耗。

夏婉路過村頭，看到幾個老人倚著大樹根，有進氣沒出氣地虛躺著。雖然今兒個是大晴天，他們卻不是出來曬太陽的，怕是躺著等死罷了。有些家中只剩下孤寡老人，生怕餓死在屋裡沒人發現，能死在有人經過的地方，碰上好心的，死後好歹能得一卷破蓆子給葬了。

拋開壓抑的情緒，夏婉慢慢走到村子外頭的山腳下。

蒼茫的大山沈寂得毫無聲息，如果她是個男人，這會兒怎麼著也得到山裡去碰碰運氣，只可惜她手無縛雞之力，也只能在林邊撿點柴火、找點野果子。

山林裡的野獸跟老百姓一樣也鬧饑荒，聽村裡有經驗的老獵人說，這時的野獸比平時更有攻擊性，之所以沒下山咬人，還是山裡的小動物夠牠們吃。若饑荒再不結束，草食動物絕了種，肉食動物就會下山去禍害老百姓了。

夏婉撿柴火的地方離林子還有些距離，也是村人常來撿柴火的地方，她撿了一堆，尋思著夠燒兩天，就不再撿了。

剛要把柴火揹起，她聽到林子那邊有動靜，想了想，把柴火靠在樹底下，躡手躡腳地過去瞧了一眼。

又是徐老賴，這人正跟一個大娘搶籃子，裹著碎花布的籃子裡不知道裝什麼東西。

籃子底部在大娘懷裡，把手在徐老賴手裡，兩邊都在使勁，夏婉不禁覺得下一刻那籃子就會四分五裂。

這藍色碎花布的樣式，怎麼看都不像徐老賴的東西，這人上回還想搶她和春柳的魚。夏婉心頭火起，四下一看，彎腰撿了塊石頭，大喊道：「哥，徐老賴又在搶人東西了，揍死他！」

一塊石頭砸在腳邊，徐老賴驚魂未定地朝夏婉躲的地方看，一個沒注意，被大娘搶回籃子，大腿還挨了一腳，直接被踢趴在地上。接著，夏婉的第二顆石頭緊跟著扔過來，差點砸到他頭上。

徐老賴生怕真有那叫哥的男人過來，想也沒想就爬起來跑了。說是跑，也是半拐半瘸的，夏婉看著他，大概也是餓得受不住才鋌而走險，這世道真是要瘋了。

那大娘見籃子保住了，也沒要走，站在原處拍拍衣裳。

夏婉無奈，只能從樹後走出來，朝大娘笑了笑。「這荒郊野嶺的，大娘還是快點回家去吧。」

「老婆子不怕那人，」大娘氣定神閒，絲毫不像剛被人搶過的樣子。「姑娘是一個人吧，這荒郊野嶺，怎麼跑到這裡來了？」

「我是來撿柴火的，聽到動靜才過來瞧一眼。」夏婉以為那大娘擔心她也有什麼不軌的心思，連忙澄清。「我這就要走了，大娘還是快點回家吧，一個人在外頭不安全，林子裡有野獸。」

夏婉也怕徐老賴去而復返，轉身就要走，又被大娘叫住。

「姑娘，俺還沒謝謝妳哪！」大娘說著，從籃子裡拿出一塊粗糧餅，往夏婉手裡塞。「妳是哪個村的呀，家裡怎麼讓妳一個人上山撿柴？」

「咱們村就在跟前，離得不遠。」扔了兩塊石頭又喊了一嗓子，要換作平時，夏婉真不好意思要什麼報酬，可這回她滿心滿眼都在那散發著香氣的粗糧餅上，只覺得若她是徐老賴也會搶啊，不知不覺就把自己的底說了出來。「剛才那個徐老賴也是咱們村子裡的，慣會搶人東西，大娘妳還是快點回家吧，省得等等他回過味又回來。」

「成，俺這就回去。」大娘笑咪咪地把夏婉上下打量一遍，拎了籃子就走，邊走還邊跟夏婉擺手。「姑娘也快點回去吧，姑娘沒跟著哥哥一起，比俺這老婆子還不安全哪。」

夏婉滿腦子都是「餅子」，笑得燦爛。「大娘，那就謝謝妳啦！」

夏婉見大娘拎著籃子越走越遠，突然有種熱淚盈眶的感覺。這世上總歸是好人多，總能讓人抓住點希望。

夏婉揹著柴火，往家的方向走。

沒一會兒，已經走遠的大娘又轉了回來，笑咪咪地嘀咕道：「還真是個實誠丫頭……」

她朝之前就要走的樹林鑽進去。過了好一會兒，手裡拎著一隻半瘦不肥、還蹬著腿的兔子走出來，往跟夏婉截然相反的方向離去。

夏婉將一塊粗糧餅分給全家每人一份，再細嚼慢嚥吞下自己的那一小塊。她發覺這是她穿來頭一回吃到真正的乾糧，心中的酸澀實在難用言語描述。

夏大哥到底不放心懷著孩子的媳婦獨自一人回娘家，頂著夏老娘一頓臭罵，陪白氏一同去了。

說是一頓臭罵，也大大遜於從前。經過大妗子那一通鬧騰，再加上夏大哥丟了活計的雙重打擊，夏家老兩口的精力彷彿一夜之間消失殆盡。

夏老爹也不去田裡轉悠了，除了啜著煙桿子坐在大門口發呆，旁的一概不理會。

夏老娘身為幹一手好活的農婦，平時連針線活都難拿得出手，這會兒地裡沒莊稼要打理，整個人閒得發慌，送走了兒子和媳婦，乾脆回炕上躺著。

剩下虎子一個小的沒人管，只好暫時由春柳看著。春柳被家裡壓抑的氣氛影響，本就膽子小，現在躲在屋子裡不敢出來，更不敢在夏老娘面前晃，夏婉索性讓她跟虎子兩人關了門在炕上玩，自己則到村裡去找跑出去玩的春生。

路過隔壁，夏婉被抱著孩子餵奶的王二嫂喊住。

「今兒個的奶水怎不拿碗來端？俺看妳嫂子和妳哥一大早就出門了？」

鐵蛋捧著他娘的大奶，咕嚕咕嚕喝得起勁，淡白色的奶水順著嘴角往外溢。

這孩子被他娘養得黑壯，不知怎的，夏婉就想起夏老娘說他們當年鬧饑荒，餓狠了，有人連孩子都吃的事，又想到太陽都快下山了，春生還沒回家，一陣心慌，也沒工夫同王二嫂閒扯。

「今兒個沒工夫來拿，春生這會兒還沒回家，我急著去找人，回來再跟嫂子說。」

「妳說這孩子，大人都沒啥力氣了，他們還能瘋跑？找到就該拎起來揍一頓，下回就不敢跑了。」王二嫂把兒子換一邊繼續餵，嘴上仍不閒著。「我好像看見春生跟老憨家兒子往村東頭去了，妳先去東邊找找。」

「哎，這就過去。」

夏婉一邊尋思找到春生還有沒有力氣揍他一頓，一邊順著長年累月踩出來的村中小路邊走邊喊。

路過一塊空地，一群孩子遠遠聽到夏婉的聲音，頓時像小雞崽似的飛快往四處跑。

夏婉三兩步跑過去，揪住企圖矇混過去的春生，眼瞅著他往地上扔了一坨東西，捏著他的耳朵，橫眉倒豎。

「你們在這兒幹麼呢？這麼晚了不回家，想挨揍？」

「姊，疼疼疼，妳快放手！」春生被夏婉揪著耳朵，為了少受罪，小腳踮高，奈何實在趕不上夏婉的個頭。他把腳踮多高，夏婉就把耳朵揪多高，疼得春生齜牙咧嘴，伸手護住耳朵。「俺要疼死了，再不鬆開，俺就找娘告狀！」

見他知道疼了，夏婉「切」了一聲，鬆開手。「除了回家找娘，你還會幹啥？就知道惹是生非。你們剛才玩了什麼？」

夏婉低頭去找他剛剛扔在地上的一坨可疑東西，春生還想悄悄用腳踩住，被夏婉一根手指推到一邊去。

「這是什麼玩意兒？」夏婉看著手心裡四、五個黃豆大小，顏色奇怪的泥丸子，放在鼻子下一聞，還帶著點酸菜的氣味。

「你們剛剛圍一圈拿這個幹麼？」不斷冒出的酸菜味，讓夏婉有種不好的預感。

夏婉的語氣太嚴肅，春生總算想起大姊不能惹，這下才知道害怕。「老李頭給俺們的，說是能吃的，他自己也吃了哪……」

夏婉腦袋嗡的一聲，手裡的泥丸子掉到地上。「你吃了嗎？你傻嗎？這是泥丸子，看不出來呀？」

她抖著手就去扳開春生的嘴，徒勞地往裡面看，覺得自己也快要崩潰了，這日子怎麼就沒有一天是順心的？

「俺、俺說像泥丸子，小憨他們非說不是，俺聞著流口水，就、就吞了兩粒……」

夏婉閉眼，深吸一口氣，努力讓自己看起來沒那麼可怕。她一手扶著春生肩膀，感覺到手心裡的細骨頭一顫。「剛吞下去的？」

「嗯……」春生被嚇傻了，倉皇地睜大眼睛望著夏婉。「俺以後都聽妳的，再也不瘋玩了，姊，妳告訴俺這是怎麼了？」

「沒怎麼，沒事。」夏婉安慰自己，才兩粒沒關係，況且才剛吞下去，可春生到底還是個孩子。「一會兒我用手指摳你喉頭，你別咬我，感覺想吐就吐出來，聽見沒？」

春生開始淌眼淚，夏婉沒管他，一手托著他下巴，一手伸出食指往他嗓子眼裡飛快攪一下又退出。春生哇的一聲，吐出兩粒快要融化的綠色泥丸子。

泥丸子躺在地上，還能看出完整的輪廓。夏婉慶幸春生為了填飽肚子，喜歡喝水，若是肚子裡啥東西都沒有，這兩個泥丸子還不一定能吐得出來。

「以後別啥東西都亂吃，聽到沒？」夏婉鬆了口氣，凶巴巴地嚇唬春生。「給你吃泥巴的人呢？」

春生一把鼻涕、一把眼淚地伸手一指。「就是住在那裡的老李頭，他家就剩他一人了。」

夏婉邪火往外直冒，怒氣沖沖地往老李頭家裡衝，推開門走沒兩步，差點被絆倒，回頭就見一個衣衫襤褸的老頭靠在大門後，紅著雙眼對著她嘿嘿直笑，如骷髏似的手掌顫抖著向前，捧著一把讓夏婉頭腦發暈的綠色泥丸子。「吃吧，吃了就不知道餓了，爺親手醃的。」

這老頭瘋了。

夏婉看見他腳邊一個長了一圈白毛的鹹菜罈子，狠狠吐出一口濁氣。她給春生催吐，就是怕吃下這個不知道生了多少黴菌的東西，本來就餓著肚子，沒什麼抵抗力，萬一吃壞肚子，根本沒得救。

夏婉生怕老李頭發瘋，突然爬起來抓她，頭也不回地跑出屋子。

春生還在抹鼻涕，見大姊出來，帶著哭腔喊了一聲。「大姊！」

「跟你一起的那幾個孩子都吃了這東西？」

「大的沒吃，小的吃了。」

這群倒楣孩子。夏婉低咒一聲，認命地領著春生去各家找一遍，把小孩吃了綠泥丸子的事跟他們家大人說了，誰知沒人在意這個，夏婉聽到最多的話就是「一點點泥巴，回頭拉出來就好」。

春生聽完，還抱怨道：「早知道俺也等到拉出來就好，我晌午吃的餅子都給吐出來了……」

「別囉哩叭嗦的，你現在三天才拉一回，要等到猴年馬月去？晌午那口餅子早消化完了。」夏婉推著春生往家裡走，邊走邊教訓。「下回再胡亂跑，亂吃東西，我就打斷你的腿，回家多喝點水！」

「那麼凶，小心以後嫁不出去。」春生朝他姊擠眉弄眼。

「嫁不出去就在家裡當老姑娘，吃你的、喝你的，肉疼死你。」

「……大姊，跟妳說，俺以後都聽妳的話，今天的事，妳別跟娘講。」說到底，大姊也就嘴上嚇唬嚇唬他，這個家裡春生最怕的還是夏老娘，這事若被夏老娘知曉，一頓打是躲不掉的。

「知道，知道，看你表現。」

姊弟倆身心俱疲地回到家，已經到了吃飯時間，被做好飯的夏老娘逮住就是一頓臭罵，夏婉只說春生跟別的小孩玩瘋了。

夏老娘嘮叨春生兩句，反而把回來晚了沒趕上做飯的夏婉好一頓罵，夏婉皮厚，不當一回事，也沒把小弟供出來。春生端著碗，朝夏婉擠眉弄眼地咧嘴笑，姊弟倆倒比之前親近許多。

大哥和大嫂晚上沒回來，夏婉只好把虎子領到她屋裡睡。哄睡了兩個小的，她睜著眼，反而睡不著了。

整個夏家都在等待白氏回家借錢的結果，就好像蹣跚遠行、缺水少糧的人存在心裡的最後一份信念，但凡有一點希望，都能繼續走下去，可那同樣也是壓倒駱駝的最後一根稻草，萬一等不到希望，夏婉真不知道他們老夏家該如何撐過去？

她稀裡糊塗地睡著，再醒來就聽見虎子激動地喊他娘回來的聲音。

白氏微笑著把一個小挎籃放在堂屋的桌子上。「俺娘擔心俺跟春樹走夜路不方便，特意留了一晚上，今兒個早晨吃過飯，才讓俺們回家來。」

夏老娘聽說兒子在丈母娘家待遇尚好，深沈的臉色稍霽，掀開挎籃，看到大半籃的粗麵，臉上有了笑。「回頭跟妳娘說，這算是俺們夏家借的，以後種好莊稼，收了糧食，再還回去。」

「不用還了，俺娘說了，就當給孩子們添點口糧。」

「嗯，親家是厚道人家。」夏老娘半合的眼睜開看了白氏一眼，見白氏沒別的話要說，只惱她沒眼色，終於還是把要問的話問出口。「那這買糧種的銀錢……」

白氏這才斂了神色，拉著夏春樹一起跪下。「娘，不是俺耍花樣，真是俺娘家沒錢了，這半籃子粗麵還是從全家的口糧裡硬擠出來的，俺嫂子前兩日幹活時還差點暈過去，也是沒辦法了，誰都得跟老天爺掙命去。娘，不信您問春樹，俺娘家什麼樣，他都看眼裡。」

陪媳婦跪著的夏家大哥連忙把在白家的見聞同夏老娘講，看意思也是向著自家媳婦的。

「白講了許多，總之一句話，就是沒借到錢是吧？」夏老娘打斷兒子的話，單問白氏一人。「沒借到錢，妳還回來幹啥？咱家養活不了那麼多人，妳回娘家去吧，好歹有口吃的，咱家過兩天連口稀湯都喝不到，別再餓著妳這金貴身子。」

「娘，您就少說兩句吧……」夏春樹跪求夏老娘別趕媳婦走。

「若實在不行，咱家不是還有地嗎？」白氏蒼白著臉，捂著肚子，把醞釀了許久的話說出來。「這年頭，旁的都不值錢，也就田地能值點錢，哪怕賣出去半畝，也能湊出買糧種的錢。」

「聽聽，你聽聽，」夏老娘拍著桌子，衝兒子恨恨地笑。「這就是你給你娘找的好媳婦，回去娘家住了一晚上，淨琢磨著老夏家的田了，是吧？俺問你，夏家要是賣田，能賣給誰啊？這附近的兩個村，沒鄉親有閒錢買地了吧？」

「俺哥說要是想賣，他能幫忙找買家……」

白氏話沒說完，就被丈夫一把捂住嘴。「娘，虎子他娘腦子餓壞了，您別聽她的，咱家的地都是您和爹辛苦一輩子掙出來的，不能敗在俺手裡，俺這就把她送回娘家去。」

「他爹，你這話是啥意思？俺想這個點子也是為家裡好，憑啥不讓俺說？」白氏始終不覺得自己的想法哪裡不對，明明只賣半畝地就能救全家人的命，難道地還比人命值錢不成？

夏婉在夏老娘後面站著一直沒吭聲，這會兒看大哥扯著白氏就要出門，想開口勸解兩句，卻被夏老娘攔住。「俺兒子好不容易腦子清楚一回，妳可別攔著，我看她白氏還能扯出什麼花樣來！」

夏婉看一眼努力掙脫夏家大哥，還要替自己分辯幾句的白氏，只感慨古代孕婦的身子骨都挺結實的。

老大夫妻倆正在堂屋門口拉扯，老遠就聽到一道聲音從院門口傳過來——

「喲，夏家老姊姊，妳家這是唱大戲啊，這麼熱鬧？」

「哪裡，小夫妻倆拌嘴而已。」家醜不可外揚，夏老娘聽見聲音，立刻換了臉色，擺擺手讓兒子趕緊把媳婦帶回屋裡，接著快步走出去，笑著迎上來人。「許久不見的老姊妹，這會兒怎麼有閒工夫到俺們家來啊？」

頭上包著額帕、抹著紅嘴唇的半老徐娘笑咪咪地將夏婉從頭到腳打量一遍，點點頭，拉住夏老娘的手。「王婆子我無事不登三寶殿，今兒個來給夏姊姊報喜了！有人家看上妳家大閨女，要討回家做媳婦，這不，央著我來做說客了！」

「喲，妳看俺這記性，咱屋裡坐。」夏老娘聞言，比那王婆子笑得更歡，扭頭朝夏婉使了個眼色，讓她去燒水，自己則攬著人進了堂屋。「一瞅眼，閨女都那麼大了，老姊妹啊，妳可得跟俺好好說道說道，這是哪戶人家啊……」

一對老姊妹到屋裡敘舊去了，留下夏婉一個人。

她還要幾個月才十五歲，這就有人來提親了？

第三章

夏婉端了熱水到堂屋，就被夏老娘打發出去。

她知道她們要講的事不會讓她聽見，便回到屋裡，喊了小弟春生去偷聽。

「你去聽咱娘和王婆子說了啥，回來告訴我，快去。」

春生最近跟大姊關係好，聽話地溜進堂屋。

「姊，王婆子是誰？找咱娘啥事啊？」嫂子白氏惹了婆婆和丈夫，這會兒正跟夏春樹在屋裡說話，虎子沒人管，便由春柳看著。

夏婉把從王二嫂那裡端回來的奶水餵給虎子，有點心不在焉地回答。「好像是個媒婆，不知道在說啥。」

春柳知道媒婆就是給沒嫁人的大姑娘說親的，立刻驚恐地睜大眼睛。「咱娘是不是還要把俺賣了？姊，俺不想離開家。」

「不是妳的事，」夏婉看她快要哭了，連忙把妹妹摟進懷裡安慰。「聽說是給我提親的，春柳別怕。」

春柳一聽，比剛才的反應更激烈。「俺也不想大姊走，咱們一家人在一塊兒不好嗎？」說著伸手把夏婉的腰摟緊。

夏婉拍拍她的頭，安慰道：「就是過來提親的，咱娘還不一定答應呢，妳姊我還沒十五，不會那麼快嫁人的。」

雖然嘴上那麼說，其實夏婉心裡也不確定，這跟大妗子隨便一點錢就想把春柳許給她家傻兒子不同，如果是正經人家遣媒婆來提親，家裡又是現在這情況，依夏老娘的脾性，是很有可能開口應下的。

來到這裡之後，夏婉一直關注在填飽肚子上頭，還真沒想過嫁人這件事，沒想到會來得這麼突然。

春生過了好一會兒才溜回來，笑得賊兮兮。「姊，妳要嫁人哪？」

「別廢話，那個王婆子說啥了？」

「她說東鄉村有個富戶家看中妳，家裡有田地，還有許多糧食，嫁過去就不用挨餓了。姊，妳嫁過去帶上俺行不？」

春柳見夏婉皺眉，忍不住拍了她弟一把。「說啥呢！」

「別的呢？有沒有說男方是什麼情況？」

「啥情況？」春生聽不懂他姊的意思，撓撓頭道：「俺就想著好吃的，沒聽清楚啥情況。對了，咱娘說那個男人剋媳婦，命凶得很。啥叫剋媳婦啊？」

「小孩子別問那麼多，一邊玩去。」夏婉道。

連夏老娘都知道，看來男方剋妻的名頭怕是響噹噹。她對剋妻的說法沒什麼意見，卻對一個東鄉村的富戶怎麼會相中她這件事比較感興趣。

在夏婉看來，夏家大閨女不管是長相還是身材都還算中上，只是原主的性子比較害羞，又不是愛招搖的性格，所以在他們溪山村並沒有什麼名頭。

難道是以前在什麼地方偶然遇見的？可據夏婉所知，夏小婉除了偶爾在村子裡走動，連鎮上都沒怎麼去過，總不會是人家知道他們家正是缺糧少錢的時候，認為他們為了生計，不會在意什麼剋妻的名頭，才特地尋來的吧？

夏婉想得頭疼，索性先放一邊，等王婆子走了直接問夏老娘。

夏老娘同王婆子沒說多久，就出來送客。

夏婉在屋裡就聽到王婆子一直勸夏老娘。「老姊姊，妳再想想，他們家大郎可是好人才，就那麼個名頭，也是陰差陽錯給人胡亂嚼舌根嚼出來的，俺們多年的交情，怎麼也不能對不住妳不是？這回是大郎他娘看上妳家閨女，她那性子，妳是不知道，整個東鄉村沒有不開口稱讚的。這做人媳婦的，可不就得找個性子好的婆婆，往後過日子才能順心。」

「妳的心意俺心領了，小婉是俺頭一個閨女，俺跟她爹一直疼她，這事還得跟她爹商量，妳容俺緩兩天，妳看怎樣？」任憑王婆子如何天花亂墜，夏老娘咬緊了口風，硬是沒答應。

「成，一家有女百家求，這個俺都知道，俺過兩天再來，妳跟俺大哥再多想想。」姑娘沒嫁人前才金貴，誰家閨女也不是媒人一上門就開口應下的，王婆子自然知道，又同夏老娘寒暄幾句才離開。

夏老娘在大門口站了好一會兒才轉身進院子，走到院子中央，沒好氣地朝夏婉屋裡喊：「聽夠了就出來，多大的姑娘了，扭扭捏捏的，沒點大氣樣子。」

夏婉嘿嘿一笑，打開門喊了聲。「娘。」

「妳跟俺進來，俺有話問妳。」

在春柳擔憂的目光中，夏婉隨夏老娘進了堂屋。

「妳最近啥時見到外村的人了？」

夏婉想了想。「就那天我去山腳下撿柴火，碰見一個大娘被徐老賴纏著搶東西，我不是跟你們說了？咱家吃的那塊餅子就是那大娘給的，旁的也沒遇見過別人了。」

想到那塊粗糧餅，夏婉又忍不住流口水。那大娘看上去脾氣確實不錯，就是把餅子推給她的手勁忒大，也不知道王婆子說的話有幾分可信？話說那個相中她給兒子提親的不會就是那個大娘吧？這是合作抗敵中結下的不解之緣？

夏婉想想，覺得有點好笑。「聽說男方剋妻，那是怎麼回事？」

夏老娘橫眉倒豎，立刻明白其中關鍵。「下回再讓春生來偷聽，俺把你倆逮著一塊兒揍。去去去，回妳屋去。」

夏老娘把她打發回屋。

夏老娘不跟夏婉講男方剋妻的事，夏婉自有知道的途徑。她去隔壁王二嫂那轉了一圈，就什麼八卦都曉得了。

東鄉村那個剋妻的男子，果然在十里八鄉十分有名。

王二嫂的八卦講得繪聲繪色，跟自個兒親眼看過似的，總結起來無非是兩件事——頭回訂的一門親，那姑娘還沒及笄，一場大病便早早地夭折了；過兩年又訂了門親事，花轎都抬過去接新娘子了，新娘子卻跟走鄉串戶的賣貨郎一起私奔了，後來被發現雙雙暴斃在荒郊野外。

新娘子家過意不去，還想把新娘的妹妹抵給新郎，誰知剛提個影，新娘的妹妹就開始生病，連床都下不了，嚇得新娘子一家離得遠遠的，這才守住小閨女的命。

這下新郎剋妻的名聲算是徹底坐實了，一傳十，十傳百，洗都洗不掉。

夏婉只覺得這個男人真倒楣，明明跟他本身沒多大關係，這沾上就甩不掉了。就是不知道夏老娘心裡是怎麼想的，也不知道夏老爹對剋妻這事怎麼看？

家裡來了媒婆，大哥和大嫂那邊不可能猜不出來，只是前頭白氏的事還沒講清楚，夏婉的親事兄嫂也作不了主，兩人就沒開口多問。

拋開剋妻這問題不談，夏婉覺得如果她最後答應，也全都是衝著男方家的糧食去的。都說一文錢難倒英雄漢，沒想到她夏婉也有為五斗米折腰的一天。

沒辦法，肚裡沒糧，心裡發慌，被餓得燒心燒胃的感覺實在太難過了。夏婉繼續想著從王二嫂那裡聽來關於男方的八卦——去世的爹是個秀才先生，家中長輩只剩下一個老娘，有個姊姊幾年前已經嫁人。男方讀過書，也會種地，也給人幫工，沒聽說有什麼不良嗜好。說是富戶，也就是家裡的田地多一點、房屋寬敞些而已。

依夏婉目前的情況，想在古代找個情投意合的人可能性幾乎為零，別看她考慮得那麼多，還想著要不要答應這門親事，其實最後點頭的也輪不到她。她只是覺得，既然早晚都要嫁人，總要找個家裡情況簡單、容易應對的，反正這輩子不被餓死，也就是個當農婦的命。夏婉考慮來、考慮去，最後只想知道這門親事男方究竟能給他們家多少聘禮？

不過不管夏婉內心想法有多少，夏家老兩口對於閨女被提親這事，表現得相當平靜，幾乎沒在家人面前提過。

不知道夏大哥說了什麼，大嫂白氏終於老實了，把虎子接回自己屋裡，也沒提要回娘家的事。平常就是繡繡花、帶帶孩子，還跟原來一樣過日子。

過沒兩天，大舅冷不防來到夏家，把自家親妹子罵了一通，例如「妳翅膀長硬了，不把哥嫂看在眼裡，哪怕把親閨女掐死，也不嫁給俺兒子，這還是不是人說的話？」等等，完全沒給夏老娘留一點面子。

夏婉終於知道大妗子囂張跋扈的樣子是從哪裡學來的了，她大舅家這兩口子簡直就是「不是一家人，不進一家門」，都不是什麼省油的燈，她大舅還是個徹頭徹尾的糊塗蛋。

她大舅匆匆地來，罵完人後又匆匆地走，把夏家人都罵懵了。夏老娘愣在當場，一聲不吭，寡言少語的夏老爹拍拍老妻肩膀，直嘆氣。

夏婉沈默良久，總覺得夏家再這麼下去，只會越發艱難，走到夏老娘身邊，開口道：「王婆子下回再來，娘就應下那門親吧，我不怕被剋。」回過神的夏老娘抓著閨女衣裳，「哇」的一聲嚎啕大哭。

夏老娘一貫雷厲風行，既然下定決心，王婆子再來時，便一口應下這門親事。家裡空空如也，謝媒禮還是拿半籃子粗麵抵數的。王婆子知道夏家情況，笑咪咪地推辭，兩人拉扯了半天，才把這謝媒禮送出去。

若是平時，兩家互相相看、下聘、請期，起碼也得一、兩個月到半年，只是夏家如今已經到了火燒眉毛的地步，倒也不拘泥，只走了個過場，只要沒什麼遺漏就好。

隔天王婆子又來了一趟，這回待的時間比以往要長，等到送走了王婆子，夏老娘便把夏婉喊到一邊說話。

「蕭家給了一千兩百個大錢的聘禮，還有二石糧食和一套衣裳，衣裳算是相看的時候給的。」夏老娘說著，伸手遞來一條紅帕子，塞到夏婉手裡。「這也算是相看的時候給的。」

夏婉打開一瞧，細細的一只銀鐲子，沒什麼分量，卻是嶄新的，想那蕭家也是花了心思的。

知道重視女方，應該不會是那種拎不清的人家，夏婉暗暗點頭，問道：「一千兩百個大錢？」

「嗯，就是一兩銀子和六袋糧食。糧食就留在家裡，銀子等給妳置辦好嫁妝，剩下的都給妳當壓箱底，一併帶著。」夏家不是頭一回辦親事，當年家裡年景好，兒子娶白氏也沒這麼大的排場。對此，夏老娘還是滿意的。「咱家辦酒席的肉菜，蕭家也包了，最要緊的，蕭家過兩天就會把糧種送過來，不算在聘禮裡。」

不算在聘禮裡，就是不打算讓外人知道，也省得夏家落下為了糧種賣閨女的閒話。蕭家想得如此周到，夏老娘沒什麼不樂意的。

夏婉這門親是結定了，夏老娘想著男方那響噹噹的名頭，心裡還是有些放不下，自那之後就一直把夏婉拘在屋子裡，生怕閨女還沒成親就遭遇什麼不測。

夏婉要成親的消息來得突然，鄉親們知道婚期近，都說要過來喝喜酒，只是回頭還得發愁這賀喜錢要怎麼擠出來。

隔壁王二嫂得了消息，頭一個跑過來找夏婉。

「乖乖，妳這不得了，那麼快就要嫁人了？怪不得那會兒會跑來問俺蕭家後生的事。」

「嫂子不是不知道咱們家的情況，爹娘養我一場，也該是我出力的時候。」不嫁人，哪來的食物和糧種？連自家親戚都幫不上忙，還能指望什麼？

就是王二嫂自己，當初也是為了給她兄弟娶媳婦，才被爹娘早早地嫁到王家來，自然明白夏婉的意思。雖說養兒防老，可到了關鍵時刻，不還得要養的閨女頂上？王二嫂自己日子過得還成，又是個性子好的，跟夏婉又聊得來，便希望夏婉也過得好。

「妹子放寬心，那蕭家後生，除了名頭不好聽，人卻是頂頂好的，還能幹著，這兩年也不是沒被別的姑娘看上，只是男方家那頭沒看得上，這才沒成。小婉妹子也是個好人才，嫁過去就享福了。」

夏婉裝著害羞地笑道：「嫂子怎麼啥都知道？」

「瞧妳說的，那蕭家後生的事，十里八鄉誰人不知道？」王二嫂嘴快，一說出來就有點訕訕地，連忙補救。「妹子上回餓暈，從鬼門關上轉一圈都能回來，還怕啥妖魔鬼怪，只管放寬心等著嫁過去吧！」

夏婉聽了，哭笑不得。敢情他們都覺得她是個命硬的，不怕剋？怪不得夏老娘雖然擔心，還是同意了這門親事，原來還有這種說法，也不知道男方那邊是不是也是因為聽說了這件事？

東鄉村村尾的農家院裡，蕭正剛幫人跑了一趟鏢，風塵僕僕地回到家，得到蕭老娘十分熱情的迎接。

「娘，您又幹了什麼好事？」蕭正脫下外褂抖一抖，全是塵土，見自家老娘欲言又止的模樣，突然有種不好的預感。

「娘幫你說了一門親……」

「不是說以後都不提這個了嗎？」

「聘禮已經下過了，婚期也定了，就在十天後，是溪山村夏老頭家的大閨女。他們家這兩天正準備翻地種莊稼，你既然回來了，抽空去幫個忙，好歹也算是他們老夏家的女婿了。」蕭大娘頂著兒子磣人的目光，一口氣把話說完，面不紅心不喘地等兒子回話。

蕭正：「……」

見兒子默不作聲地盯著她看，蕭老娘一邊心虛，一邊抱怨。「你都二十了，啥時候讓我抱上孫子？一天到晚在外頭晃蕩，你姊又不在家，我一個老婆子好不可憐，當初就應該跟你爹一起走了，也省得自個兒留在這裡活受罪。」

「村裡不是有幾個相熟的大嬸、大娘能說說話嗎？」蕭正無奈道。

「老姊妹再相熟，能有媳婦貼心嗎？媳婦能給我生孫子，老姊妹只會拿她們的孫子饞我！誰教早前給你相了幾個大閨女，你死活不同意！」

「所以您就先斬後奏了？」

「你娘的眼光什麼時候差過？那姑娘腰細、屁股大，一看就是好生養的，性子也是個活潑的，我瞅著就喜歡。」

蕭正想起他那個私奔的新娘，還有後頭兩個沒說成的人家也都是他娘的眼光，想著乾脆再出一趟鏢好了。

蕭老娘洞悉兒子的想法，威脅道：「你敢跑試試？夏家這個兒媳婦，我是娶定了，你要是敢跑，我就捉隻公雞替你拜堂，你不回家，我就當娶個閨女回來陪我老婆子說話，大不了以後給她招贅，我也好有個孫子……」

老娘越說越離譜，蕭正聽不下去，撂下一句「隨妳」，重新披上外褂出了門。

蕭老娘知道兒子這是答應了，樂呵呵地跑到門邊，朝兒子背影吆喝。「別忘了去溪山村幫老夏家翻地！」

老夏家最近遇到一件怪事。

夏老頭父子倆第一天看好了地，打算第二天一早就去翻土，誰知第二天到了田裡一看，他們家的地已經被人翻了一遍。

父子倆驚得不行，問了相熟的人家，也沒聽說誰家翻錯了地。

地是夏家的沒錯，不管是不是旁人翻錯的，該幹的活兒不能停，夏老爹只好帶著疑惑，跟兒子把田裡的土翻過第二遍。因為找人耽誤了工夫，第二遍沒翻完，只好等隔天再來。

只是過了一夜，剩下的活兒又被人做完了，連肥料都弄好，現在只要播上種、蓋上土就好了。

夏老娘知道了這事，忍不住要去拜菩薩。這年頭，上哪兒找好心幫忙又不要回報的人家？弄不清楚原委，整個夏家不禁人心惶惶，還好王婆子及時出現，帶著蕭大娘交代的話，來給她家兒子邀功。

「是蕭家那後生給妳家翻的地，老姊姊好福氣，這親還沒成，女婿的福先享到了。妳啊，往後就等著樂呵吧！」王婆子瞇眼笑道，又說了蕭家大郎許多好話才離開。

夏老娘嘴上說著「這蕭家大郎也真是的，想幫忙就白天過來，盡等著夜裡不聲不響地嚇唬人，有啥毛病」，臉上的喜色卻掩都掩不住，總算接受了閨女要嫁給剋妻的男子。

夏婉卻對蕭大娘比較感興趣，兒子不聲不響來幫忙，顯然是個低調憨厚的，當娘的生怕人不知道兒子是個好的，特地遣人來記上一功，這未來婆婆的性子也太有趣了。

想到這裡，夏婉對將來的婚姻生活總算多了一絲期待。

等到夏家的四、五畝田地整頓好，也到了夏婉出嫁的日子。

這天晚上，夏老娘特地陪著大閨女一起睡，夏婉以為她娘會跟她說說新婚夫妻房中的那點小事，誰知她娘太彪悍，只道：「姑爺想怎麼弄就怎麼弄，妳躺著就行，只是年輕人得輕著點，別把妳這地給犁壞了。」

「娘，我還沒十五，不能過幾個月再圓房嗎？」好歹給她熟悉對方的時間啊。

「不是早就來過癸水了？」夏老娘一拍額頭，想起重點。「完事之後，多拿水沖一沖，妳年紀小，萬一懷上孩子，會生得很辛苦，所以能往後推就推。在姑爺家養好身子，才能開枝散葉，這話俺跟王婆子說了讓她給親家帶話，就是不知道親家能不能講給姑爺知道？」

畢竟天王老子也管不了新郎官睡媳婦啊。

夏婉已經不指望她老娘了，只能嫁過去再自己想辦法。

夏老娘又把迎親的規矩跟夏婉交代一遍，便催著她趕緊睡。「明兒個有妳累的，趕緊睡了，好養精神。」

「娘，咱家眼看就能緩過勁來了，我走了之後，您對春柳好點吧。大妗子上回來鬧，把她嚇著了。」一想到明天就要嫁出去，夏婉有些睡不著。「等我在蕭家站穩腳跟，一定能想到辦法幫襯咱們家。把春柳好好養大，以後也給她找個好女婿，到時候我還能給她掌掌眼。」

「知道啦，怎麼廢話那麼多？」夏老娘沒好氣地拍她。「俺是沒給她吃還是沒給她穿，怎麼就委屈她了？俺小時候還沒她日子過得舒坦呢，上回不是沒辦法，想岔了，誰承想妳大妗子那麼不是東西，說出來的話句句捅人心窩子。」

夏老娘想到自己跟娘家扯不清的破事，趕緊又囑咐夏婉幾句。「姑娘家嫁了人，胳膊肘就得往外拐了，妳也就拿好話哄哄妳娘。妳得先顧著自己的丈夫、孩子，別讓人逮著話頭，再受了委屈。咱家這口氣喘過來，往後肯定會越過越好，妳不用操心咱們，先把自己顧好。」

「我知道。」雖然只有短短不到一個月的相處，挨餓受罵的沒少吃苦，夏婉心底深處卻感受到夏老娘疼她。「蕭家大郎不是上過學嗎？回頭看能不能找著門路，讓咱家春生也識上字。」

「嗯，聽妳的。」好半天，夏老娘略帶鼻音的聲音才在黑暗中響起。

夏婉覺得自己好像才剛閉上眼就被人叫醒了。

胡亂塞了兩口吃的，穿上嫁衣，梳好新娘子頭，就不能再隨意走動。

來了個開臉的婆子說著吉祥話，給她絞了面，鄉親四鄰的小媳婦和大閨女圍坐在炕邊陪她，只等新郎官上門。

家裡條件還可以的、能準備賀禮的都想來夏家沾沾喜氣，客人不多，三、四桌就能坐滿，夏老娘在外頭張羅著，忙得不可開交。

蕭正趕著馬車，帶了兩個從小一起玩到大的玩伴一起來接新娘子。

瞭解他的兄弟忍不住調侃他。「你嫂子還想讓俺把她娘家姪女說給你，沒想到你小子倒是快，走趟鏢回來就把媳婦給娶了。」

另一個兄弟忍不住接話。「老李，你這就不厚道了，你媳婦娘家的姪女可是比你輩分小啊，咱正哥要是娶了你那姪女，可不就得比你小上一輩？」

被稱呼老李的漢子嘿嘿直笑。「俺倒是想哪，阿正特別中意他這小媳婦，俺想也不頂事啊。」

「正哥，他們說的是真的啊？聽說你半夜還喊了兄弟一起給嫂子家的田地翻土澆肥？怎麼都沒帶上俺？」

蕭正不置可否。他如今連媳婦的高矮胖瘦都不知道，只聽他娘說性子是個活潑的，哪裡就特別中意了？他想得最多的，還是擔心這回娶媳婦別又出什麼岔子，剋妻的名頭對他來說無所謂，但是走到哪裡都被人指指點點就比較討厭了。

「夏氏年紀小，一會兒回了東鄉，你們也別想著鬧騰，家裡酒席已經備齊，順順利利地把人接回去，咱們兄弟再好好喝上一杯。」

「嘖嘖，」老李搭著三人裡年紀最小的那漢子的肩膀，直咂嘴。「這回開眼了吧，咱阿正這回可是鐵樹開花，等不及嘍！要不把俺媳婦那娘家姪女說給你？」

「滾一邊去！」被搭肩的小兄弟恨不能拿腳踹這活痞子。

「阿正，你那舅兄比你還小一點吧？回頭兄弟幫你會會他？」

「……你兒子以後也是要成親的。」

「哈哈哈哈，阿正急了！俺可不吃你那套，想鬧俺兒子，等你先把兒子搗鼓出來吧。」

蕭正把「兒子」兩字在嘴裡繞了一遍，突然輕笑一聲。有了媳婦，兒子還會遠嗎？

蕭家大郎踩著吉時來迎親，夏婉還在拉著春柳說話，夏春樹已經在外頭喊道：「妹子，哥送妳！」

夏老娘手腳飛快地給夏婉蓋上紅蓋頭，屋裡迅速響起依依不捨的抽泣聲。

夏婉懵了，被人引著拜別爹娘，這時哭聲比剛才更響亮，她才想起夏老娘囑咐過她出門時還得「哭嫁」。

偏偏前後反差太大，隱在蓋頭下的新娘子忍笑忍得肚子疼，愣是哭不出來，被她大哥揹上背時，冷不防被夏老娘在大腿上掐了一把，立刻疼得飆出眼淚，哼唧了一會兒，才算完成任務。

溪山村和東鄉村只隔了兩個村子，路不是太遠，夏婉坐在鋪著棉墊的馬車上，聽跟著蕭正來迎親的兩個農家漢子左一句右一句地套她憨大哥的話，偶爾會插入一道陌生男人的嗓音，聽聲音倒像個穩重的。

她大哥會一直把她送到蕭家，等蕭家待客之後，自會有親戚朋友把她大哥送回家，到時候她就得一個人面對新的生活了。想想都覺得不可思議，她在古代，連男方的面都沒見過，就這麼隨隨便便把自己給嫁了。

這種忐忑的心情，直到在新房的炕上坐定，才漸漸平靜下來。掀了蓋頭、喝了交杯酒，夏婉一心只顧著低頭裝害羞，連蕭正的正臉都沒看到，只餘光掃到對方是個高大健壯的男子，比她高出一個頭都不止。

這下可好，夏婉覺得過了今晚，自己「這塊地」怕是要不好，她不會過不去就夭折在炕上吧？

抬頭見準婆婆正跟一群婦子、大娘們笑咪咪地瞅著她，夏婉思索著晚上裝傻哭著喊想老娘，藉此賴到婆婆炕上的機會有多大？

夏春樹身為新娘娘家人，免不了要被賓客們灌酒，蕭正見他實誠，來者不拒，很快被灌得暈乎，突然懷疑起新娘的性子——不是說活潑得很？有夏春樹這樣的哥哥，新娘子別是碰一下就哭上半天的嬌嬌女吧？

帶著疑惑，蕭正送走了親朋好友，神色清明、步履穩健地往新房走。

蕭老娘剛跟兒媳婦說了會兒話，囑咐她吃點東西，好好休息，轉身就見兒子跟一尊門神似的杵在門口。

想了想，蕭老娘把兒子拉到一邊去，道：「新媳婦還差幾個月才及笄，身量看著是長成了，但給饑荒鬧的，這些日子怕是吃過不少苦頭，要不咱再給她好好將養一下？」

蕭正笑道：「不是您急著要孫子嗎？這會兒又讓兒子忍著？」

「呸呸呸，沒大沒小的，在娘跟前說什麼渾話！這東西你收著，回頭自己看看，真要忍不住，也得悠著點。」蕭老娘從袖子裡掏出本小畫冊，往兒子手裡一塞，慶幸自己早有準備，自覺辦成一件大事，如釋重負地揮揮手，把兒子攆回新房去了。

蕭正抬腳就要進門，低頭一聞身上，轉身又進了灶間。

為了迎親，昨兒個已經好好洗過一回，這會兒也不嫌夜裡冷，沖了沖，只套著長褲和內衫就進了新房。

夏婉乖覺地在炕上坐著，聽到開門聲，扭頭去看，入眼就是兩條大長腿，隔著細薄的長褲，能看到賁張的肌肉。再往上看，寬肩窄腰，面容剛毅，稜角分明，是她喜歡的類型，離得近了，還能聞到男人身上淡淡的酒香和水氣。

「夫君……」夏婉的聲音有點抖。

「洗了嗎？」

「洗過了……」

「那就睡吧，累了一天，明天還要早起。」

夏婉顫抖著手，掀開炕上僅有的一床被褥，躺進去時，整個人都是僵的。

北方的炕會連著一面牆，枕頭朝外放，夏婉才剛躺下，便感覺一片溫熱的肌膚擦過她臉頰，下一刻，便同她一起窩在被褥裡，跟她的身子只隔了一層衣裳。

老蕭家的炕熱得可真邪乎，夏婉睡著前迷迷糊糊地想，尤其是她左邊這塊……

第四章

夏婉起床時，另一半的被窩已經涼了。

明明沒怎麼累，昨晚睡得也早，夏婉還是覺得像沒休息好似的，渾身上下都不對勁。

新媳婦剛進婆家門，手腳要麻利，嘴巴會喊人，立得住腳，討得了好才是好媳婦。想起夏老娘的囑咐，夏婉趕緊穿好衣服，走出房門。

夏婉對所謂的富戶一直沒有十分確切的認識，直到站在蕭家的院子裡，才明白都是莊戶人家，富戶與普通的農戶人家究竟有多大的差別。

寬敞明亮的院子，地面用青石板鋪得整整齊齊，院子一角還搭了座葡萄架，下面擺放石桌和石凳。正房三間加東西兩廂，大門旁邊又是兩間，沿著廂房還有小石子路通向房子後面，夏婉沒朝後面走，也知道那裡還有別的用地。

這簡直就是一戶農家的四合院嘛！還是石頭青磚打底的，怪不得明知蕭家大郎剋妻，還有人踩著門檻都要嫁進來，就衝著這光景，日子也不會差到哪裡去。

「小婉起來啦？」

蕭老娘繫著圍裙，從前門穿堂一側的廚房走出來。「怎麼沒多睡會兒，昨兒個累著了吧？」

夏婉反應了一瞬，笑著迎上去。「不累，我睡得很沈，在家時也是一覺到天亮，我娘為了這件事，說過我好幾回哪。」

到了新家還能睡得安穩，代表新娘子與婆家有緣，蕭老娘一大早就跟吃了蜜似的，越看夏婉就越覺得哪兒都好。

「早飯一會兒就好了，趕緊洗漱好過來吃。」

夏婉心想，看來她明兒個要起得早一點。

她手腳麻利地把自己收拾好，進了廚房，幫蕭老娘端碗、拿筷子。

粗糧餅子、醃漬的小菜、昨天宴客剩下的一點肉菜，最妙的是地鍋熬出來的雜糧粥，夏婉一口熱粥下肚，差點流淚——這才是一般早餐該有的樣子啊！

她邊吃邊想，自己對蕭正的瞭解實在太少，她打定主意要跟婆婆好好親近，可對丈夫最起碼的關心還是要有，她從醒來到現在，還沒看到蕭正的影子呢。

她試著張了張嘴，第一聲「娘」喊出來後，後面的話就順暢多了。「阿正人去哪兒了？早飯不在家吃嗎？」

「這渾小子，一早就去了揚穀場那邊，咱們不管他，他跟著他那幫兄弟，去哪裡都有飯吃。反正一會兒去族裡上家譜，他自己就回來了。」

連當娘的都不在意兒子，夏婉就更沒意見了。吃完早飯，收拾好廚房，夏婉用實際行動表示她可以是個手腳麻利的好媳婦，也可以是個能說話逗趣的小尾巴。

「娘，您真能幹，把咱家收拾得乾淨俐落，怪不得我娘說讓我多跟您學著點。」夏婉跟蕭老娘挽著胳膊，像逛街似的逛蕭家院子。

蕭老娘聽了媳婦的甜言蜜語，十分受用，笑咪咪地帶夏婉看老蕭家的家業。「忙活的時候，村裡的嬸子、大娘們都會來幫忙。平時活計少，我自己就能做了，還成吧。」

廂房後頭建了個馬廄，矯健的駿馬看到來人，揚了揚頭。食槽裡的草料被吃了大半，顯然是蕭正一早起來裝的。

「阿正喜歡馬，小時候跟在他爹屁股後頭吵著要小馬駒，長大如了願，心也野了，見天騎著大灰到外頭亂竄。妳別看他性子冷，對他那幫兄弟好著呢，但凡入了他眼的，掏心窩子地對人好。」

夏婉聽她婆婆又開始推銷兒子的好，忍不住就想笑。看來昨兒個她是沒入他的眼，寥寥幾句話也沒見有個笑，她還以為他就是那副性子呢。

「我娘說阿正還是個讀書人，能識字，又能幫人走鏢，畫本子裡講的文武雙全，就是夫君這樣的人吧？」跟著婆婆誇人，肯定不會有錯。夏婉使勁地往嘴上抹蜜。

「可不是？」一想到如果沒有給兒子娶親，這會兒兒子出去，她還得一個人在家裡發呆，沒有這句句熨貼的甜話聽，蕭老娘恨不能把兒子二十年的豐功偉業全都說給夏婉聽。「阿正姥爺當初就想有個文武雙全的乖孫，才把妳娘我嫁給你們爹的。他爹好歹是個秀才，龍生龍，鳳生鳳，阿正讀書習字，都是他爹手把手教的。」

說著，把夏婉領到她跟蕭正喜房隔壁的房間。梨花木的案桌，放著書一塵不染的書架。「這才是咱蕭家最值錢的家當，等妳跟阿正生了孩子，這些全是俺孫子的。」那激動的語氣，彷彿夏婉肚子裡已經揣了她大孫子似的。

夏婉不好接這話，只能低頭裝害羞小媳婦。

揚穀場上，蕭正把一塊刻了大字的石塊插在場邊的地上，轉身問面前三三兩兩的孩子。

「都記住了嗎？沒記住的再多瞅瞅、多唸唸，明兒個還是我來考你們，會的有獎勵，不會的……」

「蹲馬步！」一群小孩子大聲對答，互相瞅一眼，笑成一團。

蕭正搖頭失笑，被一旁等著的老李搭上肩膀。「今兒個不是還要上祠堂，別把你跟弟妹的好日子給耽擱了。」

「許多日子沒回來，趁這會兒有工夫，趕緊給他們補上，過兩天還得去趟山裡，到時又沒時間。」蕭正不甚在意，問道：「家裡還有沒有吃的，給我找一點填填肚子。」

「沒陪著弟妹在家吃過了才來啊？」老李聽了直咂嘴。「你跟哥哥說實話，這有了媳婦，感覺怎樣？哥怎麼瞅著你還是從前那副樣子呢？」

蕭正在心裡嘆氣，夜裡睡覺，褲子都不能脫了，有點不大習慣。不過小媳婦身上涼，好歹沒讓他覺得熱得受不了。

就是夜裡翻身抱被子時，不小心把人一起抱了，軟和得不得了，讓他大勁都不敢使一下，沒怎麼睡得好。

「就跟多了床棉花被子似的。」一不小心把心裡話說出來，蕭正定住，伸手推人。「趕緊給我找點吃的，等等回去還得上祠堂。」

自覺人生閱歷豐富的老李一聽蕭正這話，長長的「哦」一聲，手指頭點著蕭正，笑得賊。「你小子，看不出來啊，有兩下子。」

他有的可不止兩下子呢。蕭正乾脆抬腳自己走，不理那活痞子。

夏婉陪著蕭老娘把蕭家轉了一圈，蕭正正好邁著大長腿進了家門。

「知道回家來了，吃過沒？」蕭老娘看夏婉一見到兒子，立刻乖順得不得了，就跟老鼠見了貓似的，忍不住就要拿眼瞪兒子。

他爹那呆樣，都知道給媳婦吟首詩討媳婦歡心，輪到她兒子，就會拿眼睛嚇人。

「吃過了。」蕭正嘴上回著話，眼睛還在夏婉身上，見她穿的還是昨天迎親的那件衣裳，倒也配今兒個的儀式。

他忽略老娘的白眼。「收拾好了就走吧，族長已經在祠堂候著了。」

夏婉以為進的是蕭家的祠堂，誰知到了之後才發現，祠堂是屬於整個東鄉村的，只不過上族譜的時候，會把她的名字記在蕭家族譜上。

蕭正成親在東鄉村是件大事，祠堂門口圍了許多來看熱鬧的鄉親，和森嚴肅靜的祠堂內形成鮮明的對比。

蕭老娘只能陪他們走到祠堂門口，剩下的路還要夏婉和蕭正自己走。

夏婉眼觀鼻、鼻觀心地同蕭正錯開一步跟著，剛走兩步，前頭蕭正發現身邊沒人，便停下來等她。「不要害怕，就是走個過場。」

「我沒害怕。」就是有點感慨而已。夏婉認真地告訴蕭正，覺得這男人太小看自己。

偏偏在蕭正眼裡，小媳婦明明緊張得不得了，卻還要裝作大膽的模樣，總算讓她不像個嬌氣的小媳婦，不由得嘴角微彎。「嗯，我知道。」

夏婉磕過頭，在等待蕭正把她的名字添在蕭氏族譜上時，不禁神遊天際——蕭正剛剛對她笑了，這是待見她的意思吧？

從祠堂出來，夏婉沒瞧見婆婆的身影。

鄉里鄉親的沒什麼大規矩，幾個年輕人過來跟蕭正打招呼，順帶認認人。

「弟妹」、「嫂子」的聲音此起彼伏，夏婉還不認識他們，只好中規中矩地微笑應對著。

夏婉底子好，養了這些天，氣色漸漸紅潤起來，整個人生機勃勃，像棵小白楊，站在蕭正身旁俏生生的，就有老婆子和小媳婦過來誇「阿正娶了個俊俏媳婦」、「弟妹有空來俺們家玩」。

這回輪到蕭正笑著客氣，反而又被長輩們調侃「阿正疼媳婦，俺們又不能把你媳婦吃嘍」。

昨兒個晚上沒鬧成的洞房，正好在祠堂外被鄉鄰們鬧回來，蕭正知道都是善意的調侃，倒是沒什麼意見，低頭看夏婉一直笑咪咪的，顯然也不甚在意，就隨著這些人鬧騰。

這時一道突兀的聲音突然傳來。

「阿正快去瞧瞧，你老娘又跟范婆子對上啦！」

蕭正皺眉，大步朝來人指的方向走去。夏婉初來乍到，不知道范婆子是何許人也，只怕婆婆受了欺負，也趕緊跟上去。

周圍的鄉親誰不知道范婆子的名頭？聽說范婆子又在整么蛾子，也一股腦兒地跟上去瞧熱鬧。

夏婉沒蕭正走得快，旁邊一位圓臉的小媳婦便湊過來，邊走邊跟她道：「弟妹在溪山村沒聽說過范婆子吧？她是咱們村有名的老寡婦，跟妳家婆婆從年輕那時就不對盤，之前還想把她閨女許給阿正，她家閨女也不是個省油的燈，弟妹妳可得小心點。」

雖然話裡話外都是對她的關心，夏婉卻不喜歡這人說話的語氣，正好前面的人群停下來，夏婉敷衍地笑了下。「嫂子，我先去瞧瞧我娘。」

她三步併作兩步走到蕭正身邊，往裡頭一瞧，才知道為何一群人圍在中間指指點點，卻沒有再往裡多走一步。

只見六、七個婦子和大娘們在中間拉扯、勸架，場面十分熱鬧。礙於男女有別，也沒有漢子敢往裡頭去幫忙。

一個散了半邊頭髮、衣裳鮮亮的婆子歪斜著腦袋，罵罵咧咧地朝蕭老娘身前闖，幾個婦子攔都攔不住。

只是她闖到蕭老娘跟前，還沒碰到邊，蕭老娘眼疾手快，一隻手掌抵在腦門上，頓時猶如被抵住犄角的老牛，使勁也邁不動腿，吭哧吭哧地直刨地。

旁邊一個柔弱的姑娘捏著手帕，衝著蕭老娘哭道：「嬸子翻臉不認帳也就罷了，怎麼能這麼對俺娘？可憐俺家沒有頂梁的人……」

姑娘哭到一半，抬眼瞥見蕭正立在人群中看她們，頓了一下，又拿起帕子抹眼淚，身子欲倒不倒地往這邊傾，看那架勢，下一步就會哭到蕭正身邊來。

夏婉再次見識到她家婆婆的武力，正要抬腳往裡走，被蕭正伸手牽了一下。

「妳還是別過去了。」蕭正對他老娘的本事挺放心，可對軟和得跟棉被似的小媳婦卻是一點都不放心。

夏婉朝蕭正笑了笑，推開他的手。她知道婆婆吃不了虧，可這樣鬧下去總不是辦法，她怕她婆婆尷尬，回頭還會節外生枝。

蕭老娘若是知道夏婉心中所想，肯定又要覺得還是兒媳婦貼心。

她這會兒正惱著呢，原本今天是她兒媳婦上族譜的大好日子，她在外頭等著完事後帶兒子和媳婦一起回家，偏偏被這瘋老婆子逮住糾纏，旁邊還有個哭哭啼啼的，哭得她耳根子疼，又不能一腳踢開，頓時覺得這幫老姊妹也是不靠譜。「都沒吃飽飯哪，趕緊把她給拉開啊！」

正煩躁著，夏婉一隻手伸過來，按住她擋人的手臂。「娘，您小心可別受傷了。」

婆媳倆對視一眼，瞬間福至心靈，蕭老娘照顧兒媳婦，閃身時還特意往夏婉那邊躲。

額頭突然失了支撐的范婆子煞不住，一頭往前栽到人群裡，被撞了個滿懷的莊稼漢嗷嗷叫。「嬸子妳別啊，對俺投懷送抱被俺媳婦知道了，回家得跪搓衣板啊！」

人群一陣哄笑，范婆子手忙腳亂地站直身子，氣得面紅目赤，披頭散髮地瞪著雙眼，尋找夏婉婆媳倆。只是還沒走兩步，身邊的人群就笑著四下散開，彷彿當她是洪水猛獸，范婆子沒辦法，一屁股坐到地上開始哭嚎。

夏婉已經跟婆婆退到蕭正身邊，婆媳兩個四兩撥千斤，耍弄了瘋婆子，頓時惺惺相惜地互相偷笑。

眼見老娘敗落，一直哭哭啼啼的姑娘賊快地挪到蕭家人跟前，還沒開口控訴，就被夏婉一句話堵住嘴。

「這位姑娘可別學著投懷送抱，咱家沒有搓衣板可以跪，就不陪妳們瘋了。」

沒出嫁的姑娘到底臉皮不夠厚，被夏婉嘲諷，哭也不是，張嘴也不是，愣在原地不能動彈。范婆子暗惱閨女沒用，重新爬起來，學乖了不敢再動手，嘴上卻沒閒著。

她罵來罵去也就兩句話——蕭家背信棄義，原先說好了要娶她家姑娘，轉過頭卻娶了溪山村的夏婉。

蕭老娘怕兒媳婦誤會，連忙跟夏婉解釋：「她家遣了媒婆來說親，俺當場回絕了。誰知那黑了心的媒婆悄無聲息地把她家閨女的生辰八字帖藏在咱家裡，俺發現，立刻就給她還回去，誰答應要娶她家閨女的！」

明眼人一瞧就知道，這是范家想讓閨女傍上蕭正，可范婆子不要臉面，非得把這事鬧大，也是想著蕭家為了聲譽，說不定還能鬧點什麼好處回來，萬一把新娘子給氣回娘家才好。

「這位老大娘，您知道那是哪兒嗎？」夏婉突然打斷范婆子的哭訴，抬手指著身後祠堂問。

范婆子沒忘記夏婉剛剛使壞，哼了一聲，扭過頭不睬她。

夏婉也不在意，直接給她建議。「祠堂就在那邊，族長興許還沒走遠，老大娘要是證據確鑿，又有天大的委屈，那就找族長去，族長剛正不阿，一定會幫妳作主的。只是我的名字好像已經上了蕭家族譜，咱莊戶人家也沒納妾一說，姑娘為了名聲，也別四處撒潑了，沒得壞了名聲，失了往後的姻緣。當然，要是一心上趕著想給人當妾，也沒什麼可說的，就是估計在咱家是行不通了，姑娘要不還是另尋高枝？」

最後幾句話明顯就是對已經傻眼的范家姑娘說的，不卑不亢，無波無瀾，語氣鄭重又正經，把大家都聽愣了。

莊戶人家的小媳婦和老婆子，哪個吵架不是指鼻子、蹬臉子罵的？差別只在於誰的嗓門大、誰的力氣大。夏婉冷不防來個文謅謅的教訓，那反應慢的還沒回過神來呢。

見范家姑娘和范老娘已然愣住不動，夏婉一手攙了婆婆，一手拉拉蕭正，示意他們趕緊撤。

蕭正意外自家小媳婦還有這糊弄人的氣勢，臉上浮現笑意，任由她拉著往家裡走。主角都走遠了，圍觀看熱鬧的群眾覺得沒意思，拍拍屁股也都散了。

蕭老娘自知理虧，回去的路上一個勁兒地誇夏婉會說話，弄得夏婉哭笑不得。「就是覺得拿瓷器碰瓦片虧了，那樣的人不搭理她就是了，越較真反而越扯不清，白白浪費好光景。」

「對，就是這個說法。」蕭老娘十分捧場，跟兒媳婦手挽手，一路避著兒子走。

蕭正還是沒放過自家老娘。「范家母女倆這幾天是不是不在村子裡？」一句話戳中蕭老娘痛腳，如同鋸了嘴的葫蘆，不吭聲。

夏婉一開始沒明白這娘兒倆在打什麼啞謎，見婆婆連她的目光也要躲，突然明白過來——

怪不得她的親事成得這麼快，原來還有為了擺脫范家母女這個原因。可不就得趁著人不在速戰速決嗎？如果范家母女當初知道消息，估計今天這場熱鬧就要出現在她和蕭正的喜宴上了。

夏婉只覺得她婆婆真辛苦，為了兒子別被狼叼走，絞盡腦汁地想點子。

「就知道傻笑，沒有我想出的點子，妳男人早就讓人給訛上了！」

夏婉笑嘻嘻地安慰蕭老娘。「以後就由我看著相公，絕對不會讓狼給叼走的，娘就放心吧。」

望著同個鼻孔出氣的婆媳倆，蕭正突然覺得這小媳婦不像是給自己娶的，倒像是給他娘娶的。

三個人回到家已是晌午。蕭老娘準備去做飯，話音剛落，就見兒媳婦眼神一亮。以為她是不習慣，又跟她解釋：「阿正食量大，餓得快，咱家習慣一天三頓飯，晌午也不用煮什麼大魚大肉，隨便弄點能填飽肚子的就行。」

「娘歇著，我來吧！」夏婉抑制不住地眉梢飛揚。原本還想著該怎麼潛移默化地讓蕭家養成一日三餐的習慣，誰知這瞌睡還沒來，枕頭就送來了，嫁人可真好！

兒媳婦自告奮勇，蕭老娘好脾氣地幫著燒火。夏婉和麵，捏了麵疙瘩，配上昨兒個剩下的肉菜，做了一大鍋麵疙瘩湯，有菜、有肉、有湯、有麵，又被蕭老娘好一頓誇。

蕭正沒用嘴巴誇，只用一連幹掉三大碗的實際行動，認可了夏婉的廚藝。

夏婉新婚的頭一天圓滿落幕，直到夫妻倆準備上炕之前。

夏婉一邊鋪床，一邊尋思。蕭正昨天沒碰她，應該是王婆子傳的話起了作用，可被窩裡有個愛裸睡的，還是力量占據絕對優勢的那個，她擔心男人血氣方剛的興致一來，半夜把她給壓在身下。

等蕭正洗漱完回到屋子裡，已經鑽進被窩的夏婉突然開口跟他商量。「要不你還是把衣裳都穿著吧，我夜裡愛踢被子，就怕把你晾在外頭凍著了。」

經過白天的相處，蕭正才不相信小媳婦會像她表現的那樣老實。他把裹得嚴嚴實實的被子上下打量一遍，走到炕腳，從箱子裡抓出一床被子，挨著夏婉旁邊鋪好，沒等她反應過來，褂子一脫，褲子一蹬，鑽進自己的被窩裡。

……夏婉恨不能自戳雙目。

這時耳邊傳來一聲得逞的輕笑。「睡吧，明兒個還要回娘家。我不怕冷，就怕熱，這麼睡涼快。」

……臭流氓！

夏婉比昨天起得早，卻還是沒逮著蕭正。她放棄試圖研究自家夫君作息的想法，起床去做早飯。

正房的蕭老娘聽到院子裡的動靜，心裡美滋滋的，轉身給兒媳婦找回門要帶的東西。

夏婉對廚房的活計早已駕輕就熟，燒熱了鍋灶，塞進幾塊木頭就能控制好大小火。她今天準備用死麵烙餅，自己燒著小火就弄成了。

蕭老娘到廚房時，鍋臺上已經有二十多張薄餅，夏婉正快火熗著馬鈴薯絲。在現代當上班族時，胡同口的馬鈴薯絲加鹹鴨蛋的捲餅，配上一杯豆漿，她最好那一口。

「紅薯粥已經弄好了，等我這邊起鍋就能吃。」北方人習慣吃麵食，夏婉想著這邊雖然沒捲餅，但這種吃法應該也合胃口。

攤開一塊薄餅，刷了點家裡自製的豆瓣醬，挾上兩筷子馬鈴薯絲，夏婉麻利地捲好，遞給婆婆。

蕭老娘嚐了一口，恨不能立刻拉著兒媳婦去老姊妹那裡炫耀一圈。她家媳婦不僅嘴甜，手藝也好，做出的吃食合她口味。

一個捲餅下肚，蕭老娘一拍大腿。「妳等著，我這兒還有好東西！」

說著從廚房角落的櫃子裡找出個小罈子，摸出三個鍋底灰醃成的鹹鴨蛋。「沒剩幾個了，我尋思著放上，興許會更好吃。」

要不是不能太出格，夏婉一定會把婆婆抱在懷裡一頓猛親！

她該不是婆婆遺落在外的閨女吧，啥都能想到一塊兒去，捲餅可不就得配著鹹鴨蛋吃嘛！

婆媳兩個笑咪咪地捧著夾鹹鴨蛋的捲餅，一口餅、一口紅薯粥，一邊交流做飯心得。「這餅子會很難做嗎？」

「容易著，控制好火候就行，還不費油。」

「回頭有空了妳教教我。」

「娘哪需要學這個，娘以後什麼時候想吃，小婉就給您做。」

蕭正特意趕回來，打算陪老娘和媳婦一起吃早飯，還沒進廚房，就聽見他娘在他媳婦面前編排他。

「渾小子就知道出去浪，咱不給他留。」

「餅子多著哪，咱娘兒倆哪吃得完呀？」夏婉吃飽喝足，心情十分明媚，抬頭見蕭正高大的個子立在門邊，顯然聽到婆婆剛才的話，立刻佯裝失憶，笑著招呼。「夫君回來啦？快來嚐嚐這捲餅，娘給你留的鹹鴨蛋，個頭可大了。」

她將兩塊餅疊起來一捲，笑咪咪地遞到他面前。「夫君嚐嚐？」

都說伸手不打笑臉人，婆媳倆的關係比他想像的還要好，蕭正還能說啥？他接過來大嘴一張，半個捲餅進了肚子。

蕭正吃東西的速度奇快，眼看著餅子一張一張沒了。夏婉咋舌，不禁懷疑今兒個回娘家，家裡的飯夠不夠他吃？

新娘子回門也得找個好時辰，夏婉把廚房收拾好，開始準備回家要帶的東西。她想到之前跟老娘說過讓春生識字的事，站在蕭正書房外，有些遲疑。家裡沒人認識字，她就是給春生借到書本也沒用。

在桌前收拾東西的蕭正透過窗戶看見她，問道：「站在外頭幹麼？想進來就進來。」

夏婉踏進房門，打定主意，春生識字的事還是先別提了，莊戶人家對於書本文房自來看得貴重，她不能不知輕重地開口。

蕭正把已經晾乾的宣紙收起來，見夏婉站在桌前打量他寫的大字，笑著問她：「認識嗎？」

夏婉不吭聲，抬頭朝他笑。這兒的字都以繁體字為主，她連矇帶猜也算能看明白。在她看起來，蕭正的大字只能算中規中矩，沒什麼特別出色的地方，這點眼力她還是有的。

蕭正以為小媳婦的笑是因為看不懂，想了想，伸手拿過一張寫廢的宣紙，翻到背面寫了兩個字，輕輕移到夏婉面前。

「知道這兩個字怎麼唸嗎？」

夏婉不可置信地看著「傻妞」兩個字，不留痕跡地低下頭，免得被蕭正看見她扭曲的笑臉，肚子忍得有點痛，沒想到她男人還是這種屬性。

夏婉惡趣味地伸出食指，點在那兩個字上，語氣萬分雀躍。「這兩個字是『蕭……正』，對不對？相公想把自己的名字教給小婉，小婉一定會把這兩個字牢牢記在心裡！」

「蕭……正、蕭……正。」夏婉咬著音，翻來覆去唸了好幾遍，抬頭問：「夫君能教我怎麼寫這兩個字嗎？」

見男人瞪大眼睛，一言難盡，夏婉瞬間有種昨夜的辣眼之仇已報的成就感。

「咳，今天時間來不及了，下次吧。」生怕夏婉還說出別的話，蕭正趕忙把宣紙往之前的紙堆裡一蓋，拿出事先準備好的沙盤。「聽大哥說春生只有八歲，這種沙盤我小時候識字時用過，覺得挺方便的，就給春生做了一個，沒事的時候在上面寫寫畫畫也不錯。」

四四方方的木框牢牢釘在一塊木板上，裡頭鋪上細沙，平滑筆直的木棍被繩子拴著，用釘子固定在木框上，防止丟失，簡直就是古代版的自製畫板。

夏婉不知道他什麼時候悄悄做的，就衝著這份用心，她也承他的情。「我先替小弟謝謝夫君了。」

「阿正。」自己用心做的東西有人識貨，蕭正心情也好。「以後可以叫我阿正。」

「嗯。」夏婉柔順地應了一聲。「那我收拾東西去了，阿正你也快些。」

他們出發前，蕭老娘偷偷把夏婉拉到一旁。「阿正就是面冷，他要是不會說話，讓親家公、親家母別著惱。」

「娘，您想多了，相公好著呢。我們過了晌午就盡快回家。」

「不急，我一會兒會去找妳秋雙嬸子嘮嗑，你們太陽下山前回家就成。」

「嗯。」夏婉嘴上應著，打定主意還是儘量早點回來。畢竟蕭正父母在東鄉村沒什麼親戚，蕭老娘常掛在嘴邊的老姊妹也都不是有血緣關係的，夏婉總覺得他們一離開，婆婆就像個空巢老人似的，心裡不忍心。

夏婉同蕭正進了溪山村，遠遠就見雙胞胎姊弟倆在家門口等。

春柳還有些怕生，看到他們，只咧嘴笑，站在原地不動。

春生這熊孩子才不管認不認生，大老遠就飛奔過來，小臉興奮得通紅。「姊，妳回家啦？」

沒等夏婉開口，他又抬頭打量蕭正。「你就是我姊夫吧？姊夫，爹娘他們在家等著哪，咱們快回家去。」說著伸手拉蕭正。

蕭正隨他往夏家走，到了門口，春柳低頭喊了聲「姊夫」，等姊夫和小弟進門，她才眉開眼笑地朝夏婉身邊湊。「大姊，妳怎麼現在才回來，我等得脖子都長了。」

夏婉享受著么妹的撒嬌，笑著摸她腦袋。「等急了吧？姊帶了好吃的給妳。」說完又問她最近在家過得好不好？

「娘把春生趕到俺們屋裡睡了，炕上拉了簾子，讓俺和春生一人一邊。」春柳抱怨道。在她心裡，那屋是歸她和大姊的，大姊不在家，就被春生霸占了。

「春生歲數大了，再跟爹娘睡不像樣，過兩年我跟娘說說，讓春生搬到別的屋裡。」

小姑娘沒那麼多的心思，屋裡多睡個弟弟就是天大的事了。春柳得了大姊的承諾，就把這事拋到腦後，剩下的全是姊姊回家的喜悅。

夏老娘還是風風火火的性子，只瞧見姑爺進家門，後頭也沒閨女跟著，往外就喊上了，夏婉立刻聽見她娘中氣十足的嗓音。

夏婉喊了聲「娘」，跟著夏老娘走進家門。

夏老爹同夏婉大哥在堂屋裡陪蕭正。蕭正似乎對應付孩子很有一套，一邊跟兩個大人說話，一邊還能回應黏在身邊的春生的各種閒話。

夏婉見他雖然話不多，倒也遊刃有餘，便打了聲招呼，去灶間幫忙。

夏老娘終於逮到機會，便拉過夏婉問道：「跟姑爺圓房了嗎？」

夏婉不想跟她說自己的私事，眼珠一瞪，嚇唬老娘。「飯菜做得夠嗎？阿正胃口大得很，飯量看著就嚇人！」

夏老娘立刻掐了她胳膊一把。「吃得多，幹得多，哪個做活的男人飯量小了？飯菜做得很足夠，就等著你們回家。妳一說到這個，俺倒想起來，當初給妳壓箱底的錢，妳怎麼沒帶上？死丫頭，就知道勾得妳老娘心裡難受，嫁閨女沒壓箱底的錢怎麼好，那是拿來討好彩頭的。」

「誰說我沒帶，我出門的時候拿了十個錢當壓箱底，剩下的才給妳留著，十全十美才是好彩頭。」

「十個錢能夠幹啥？」夏老娘知道閨女懂事，也虧得自己沒白疼她一場，忍不住要抹眼淚，但一想到今兒個是她回門的好日子，又生生忍了回去。「家裡的田地都拾掇好了，妳嫂子從鎮上接了繡活，妳大哥還準備再出去找個活兒幹，咱家糧食還有許多，用不著妳操心，妳就過好自個兒的日子，別讓俺們擔心就行。」

「知道、知道。」

夏老娘喊閨女來就是為了說話，話說完後就攆她出去，不讓她在灶間待著。

第五章

春柳把老娘交代的活兒幹完，眼巴巴地瞅著灶間門等她姊。

夏婉一出來，就把春柳拉到自個兒屋裡。「妳把虎子和春生叫來，我給你們分好吃的。」

蕭老娘知道夏婉家裡孩子多，臨走前給了夏婉一小包麥芽糖，數量不多，四、五塊而已。

原先連飯都吃不上，更別提能嚐口甜的，今天剛好有機會，夏婉就想讓幾個孩子一起甜甜嘴。

春生一聽說有好吃的，也不要姊夫了，飛快溜進他姊屋子裡。

夏婉分了糖，把虎子擱炕上爬著玩，叫雙胞胎到她面前，把蕭正做的沙盤拿出來給他倆瞧。

「就算以後家裡舒坦點了，還是要識字，知道識字讀書，找活計也能比別人更容易。」夏婉也沒真指望他們有多大出息，卻想讓他們有顆知道上進的心。

她拿沙盤寫了四個字給雙胞胎看，就是這對雙胞胎的名字，前面兩個字一樣都是

「春」，所以一個人只要記三個字就行。

春柳對能識字這事十分驚奇。「大姊，俺也要學認字啊？」

「都學，等虎子大了也要學。」

夏婉躲在屋裡教弟妹，怕大道理他們記不住，就先讓他們學自己的名字。她以為躲得隱蔽，偏偏教喊她出來吃飯的蕭正聽個正著。

吃過飯、告別家人，回去的路上，夏婉總覺得蕭正看她的眼神不同以往，仔細一瞧，又好像沒有什麼。

回到東鄉，從秋雙嬸子家接回蕭老娘，婆媳兩個又黏到一塊兒有說有笑。直到夜裡，將要睡下，夏婉已經把白天的疑慮忘到九霄雲外。

躺進被窩的蕭正翻來覆去，到底嚥不下那口氣，不弄個明白，這覺怕是睡不成。

他把夏婉從被窩裡挖出來，小夫妻倆裹著被子，面對面坐著，情形十分詭異。

蕭正還是不確定小媳婦是不是真認識那糟心的兩個字，盯著夏婉的眼，問她。「傻妞？」

夏婉噗哧一聲，笑倒在炕上。「你才傻妞呢，傻妞不是你嗎？」

果然認識，這糟心的媳婦……蕭正氣得青筋暴跳，抬手就要輕拍她。夏婉裹著被子，邊笑邊躲，一不小心巴掌拍到屁股上，驚得她「啊」一聲，兩人一起鬧成大紅臉。

再鬧下去就是玩火了，夏婉兩眼水汪汪的，朝蕭正求情。「我錯了，下回再也不敢了，阿正饒了我吧。」

「下不為例，睡覺！」蕭正板起臉，維護最後的尊嚴。

誰知好不容易睡著，又被小媳婦入了夢。一聲聲「阿正饒了我吧」，直把蕭大郎二十年的清夢，攪了個黏乎乎。

夏婉的小秘密意外被發現，其實還是有好處的。蕭正知道她識字，大方地把書房分給她用，連筆墨紙硯也為她準備好了。

「我只是恰好認識一點字而已，根本不會寫啊。」對上好脾氣的蕭正，夏婉也覺得昨兒個晚上不應該作弄他。「阿正練字時，我在旁邊看看就成，不用特意準備。」

蕭正猶自不信，不怎麼識字，還讓他敗在「傻妞」兩字上？他從書架上抽出一本最淺顯的《三字經》，攤開來讓夏婉唸。

夏婉默默盯著薄薄的書頁，想笑又不敢笑。剛說自己識字不多，就把一本《三字經》背完，蕭正說不定會更想揍她。

結結巴巴唸了三、四頁，夏婉停下來，眨眨眼。「好難，別的就不大認識了。」

這已經很讓人驚喜了。原以為被老娘誤打誤撞，娶了一個會做飯的小媳婦，誰想小媳婦不僅飯做得好吃，還識字。既然識字，就說明可以教，總比那些一直不開竅的人強多了。

「那以後我習字就帶著妳一起，房裡的書妳也可以看，有不懂的都可以問我。」

夏婉點頭，覺得過世的公公把蕭正教得很好。雖然身處田間，卻始終不忘讀書，不僅自己學，也願意帶動身邊的人一起學。

蕭正和婆婆的性格開朗樂觀，這些都是從家風中潛移默化來的，家裡和睦懂理，日子才會越過越有意思。

這場婚姻對於夏婉來說，也算得上意外之喜了。

因為不管是蕭正的父親還是蕭正本人，都不是種田那塊料，蕭正這兩年又總喜歡往外跑，在家裡也是閒不住，蕭家的田地一直都是給鄉鄰租種，只每年播種收割，蕭正在家裡多看著些種子、農具的事就成。如今這會兒，蕭家的田地已經裡裡外外整治好了。

夏婉聽婆婆說，東鄉村裡身手好的年輕人很多，不少人長年以打獵為生。作為身手敏捷的年輕人，蕭正過幾天要跟大夥兒一起進山打獵。

「打回來的獵物正好臘月裡醃上，過年時就有臘味加菜了。獵物打得多的，還能賣到鎮上，或是分給沒上山的人家，家家戶戶也能在新年裡討個好兆頭。」蕭正小的時候，他們老蕭家都是拿錢買肉的那一批，如今兒子長本事了，蕭老娘十分驕傲，也想讓兒媳婦知道。

和東鄉村的年輕人一比，溪山村的村民都快被比成渣了。當然，溪山村的人種地還是很有一手的，這也是讓夏婉感到奇怪的地方，東鄉這裡的風氣，著實跟普通的種田老百姓不一樣。

不是說饑荒時的野獸很凶猛嗎？即便有經驗豐富的獵人帶隊，也很危險吧？夏婉知道自己不懂這些，也不提別的，只跟著婆婆乖乖幫蕭正收拾進山要帶的東西。

牛皮水袋、護住身體的皮甲……夏婉看著婆婆不知從哪裡摸出來的裝備，覺得自己完全不用多操那個心。裝備那麼齊全，一看就是常往山裡跑的。

旁的幫不上忙，夏婉只好在廚房發揮所長。她幫蕭正烘了許多類似饢餅的餅子，以及醃製、風乾烘烤過的肉乾，這肉乾保存時間長，能吃得飽又方便。

餅子家家戶戶做得多了，總能摸索出來，肉乾明顯更得漢子們的青睞。

夏婉試著做出來的頭一批，被蕭正在村子裡轉一圈就分完了。第二天，蕭正那幫兄弟就擠到他們家來，明著說是來嚐嚐嫂子做飯的手藝，其實還是為了那些好吃又方便的肉乾來的。

「做法挺簡單，就是過程麻煩了點，要不我直接教給他們家裡會做飯的不就成了？」她想做足夠他們吃的分量，恐怕會累死。家裡會做飯的，通常都是老娘、姊姊、媳婦，大家都是女人，她也沒什麼好避諱的，這樣她也能輕鬆一點。

誰知她這想法，卻被蕭正攔下了。

「之前是我想岔了，那幫小子跟無底洞似的，真做夠他們吃的，怕要把妳累著。妳自己的手藝，也不能就這麼白教給旁人。我跟他們講好了，自己想吃，就準備調料和肉，咱們家出柴火，等妳做出肉乾，讓他們按斤給妳算辛苦錢。」

這就是要明著給她工錢了。肉乾雖好吃，價錢卻不便宜，不僅要拿錢買肉，還得出工錢，這樣一來，要的分量肯定也不會很多。畢竟進山的乾糧還是以餅子為主，肉乾也就是涮嘴的。

蕭正的話在兄弟裡向來很有分量，如今對小媳婦也這麼仗義，夏婉是越看他越覺得順眼。

之後送肉來的人果然就沒那麼多，幾天工夫就能完成，夏婉拉著婆婆幫她一起做，得到的工錢由婆媳倆一起分。

蕭老娘推脫不要，夏婉不聽她的。「娘要是不收，小婉下回再不敢讓您動手了。自從來到這個家，小婉還沒有好好孝順過您，這回就當借花獻佛，孝敬娘幾個零花錢。」

婆媳兩個一人分一半，還有一百來文。

「行，那我先收著，等過兩天阿正他們進山，咱娘兒倆去鎮上逛逛。」

「好啊，我好久沒去鎮上了。」其實成為夏婉後，她是一次都沒去過，去見識見識這裡的城鎮也挺好的。夏婉突然又想到個點子。「娘，您說咱們再做個三、五斤肉乾，順帶捎去鎮上看能不能賣出去，怎麼樣？」

自己賣肉乾顯然比只拿工錢更好賺，好歹這回去鎮上能買塊布做件新衣裳，總不能到了臘月，還一直穿著成親的衣裳。

「行啊，如果賣不出去，咱就留著自己吃。」蕭老娘沒有兒媳婦迫切想要賺錢的渴望，只怕她賣不出去，委屈自己，先把後路想好了。

「嗯，賣不出去就留著，反正阿正喜歡吃。」

二、三十個年輕人揹著弓箭、砍刀，告別家人，準備啟程進山。夏婉最後一絲擔心也在看到這麼多人後消失殆盡。一大群人過去，只怕別把猛獸們驚跑了，不敢再露臉才是。

夏婉望著不遠處的深山，冷不防被走到身邊的蕭正喊了一聲。「想什麼呢？」

高大健壯的青年揹著弓箭，一身幹練地立在面前，神采奕奕，目光溫和。夏婉忍不住心情激盪。「想夫君一定能大獲全勝，滿載而歸。」

話音剛落，她就忍不住捂臉。滿載而歸還說得過去，大獲全勝是什麼鬼？又不是去找猛獸打仗！

果然，耳邊傳來蕭正愉悅的笑聲，夏婉臉蛋微紅地睜開眼。

蕭正抬手捏了捏她耳朵。「沒關係，等我回來教妳讀書。」下回就不會說錯話了。

明白蕭正話裡未盡的意思，夏婉只覺得臉又紅了，被蕭正捏過的耳垂更是鮮紅欲滴。「那你路上小心點，早點回家。」

「嗯，妳在家裡陪著娘。」蕭正想了想，到底不放心。「也要多看著點娘。我在娘那裡留了些銀錢，聽娘說妳們過兩天要去鎮上，給自己買點合心意的……」

最後兩句話越說越小聲，到最後都跟在舌頭裡打轉似的。夏婉在心裡哼，古代男人太含蓄，想給妻子買東西，就直接把錢給她啊，放在婆婆那裡，她哪好意思開口要？

過了兩天，夏婉帶著做好的肉乾，和婆婆一起到鎮上去趕集。

東鄉附近有趕馬車的，專門往來於幾個鄉村間，目的就是把沿途的客人載到鎮上。原本鬧饑荒時，趕馬車的行當已經沒人在做了，最近光景好起來，陸陸續續又有了重新開工的人。

從東鄉到鎮上，一個人要二文錢，坐車的大都是老幼婦孺，倒也用不著避諱。

蕭老娘帶著夏婉，大清早在村口等了一會兒，就有一個老漢趕了馬車過來，車上已經坐了兩、三個媳婦。

蕭老娘付了車錢，拉夏婉上車坐定，笑著同車上人打過招呼，很快就參與到小媳婦們的話題裡。

東邊哪戶人家的兄弟們鬧分家、西邊哪個小寡婦掙了銀錢送兒子上學讀書、妳是哪個村的、我是哪個村的，一來二去，周圍的村子裡有些什麼趣事，都能拿出來說嘴。

夏婉對她們說的地名和人名一概不熟，卻不妨礙她聽八卦，一路上嘰嘰喳喳的嬉笑聲，讓顛簸的馬車之行增添不少趣味。

剛看到泥磚的建築物，蕭老娘就帶著夏婉下車。

「下面十里八村賣東西的，都在鎮子入口這處聚集著，鎮上的人想買鄉里的東西，都知道特別往這裡尋。咱們先把肉乾賣了再進去，省得拎著這麼重的籃子逛街。」

已經有不少來得早的鄉人擺好攤子，賣些雞蛋、紅薯，蕭老娘找到一塊空地，招呼夏婉過去。

夏婉挎個籃子跟著婆婆走，雖然原本另有打算，可架不住婆婆熱心，只能先賣賣看。

籃子擱在地上，上頭的布掀開，也不用扯嗓子吆喝，自有感興趣的人過來問價。

夏婉的肉乾在集市上算是稀罕物，來打聽的人不少，等問過價錢，卻都搖搖頭離開。

最後，連蕭老娘都忍不住委婉提醒兒媳婦。「咱家的肉乾是不是賣得貴了點？三十五文一斤，這年頭的老百姓哪捨得花大錢買這個？」

「年頭那會兒豬肉十五文一斤，如今已經漲到十八文，豬肉烘乾之後變輕，算上醃肉的調料還有人工，三十五文真賺不了幾個錢，總不能虧本賣吧？娘別急，賣不掉就拎回去給阿正吃就是。」

夏婉耐心地跟婆婆解釋，蕭老娘卻聽得頭暈。她向來對算帳這些不拿手，自然是兒媳婦說什麼就是什麼。

又等了一會兒，眼看連問的人都沒有了，夏婉拎起籃子。「娘，這鎮上有酒樓或酒館之類的地方嗎？」

「有啊，西街那邊就是，咱今兒個就是要去逛西街，鎮上也就那一條街熱鬧。」

夏婉堅持要走，蕭老娘只能不提賣肉乾的事，領著兒媳婦朝西街走，瞧她挎著個籃子走得吃力，還想搭把手。

「娘，我拿得動，咱走快點就是。」夏婉悄悄挪了挪挎著籃子的胳膊，心裡想著無論如何也要把這肉乾賣出去，不然都對不起自己走這一路淌的汗。

婆媳倆走了一刻多鐘，終於來到豎著牌樓的西街。巧得很，蕭老娘想逛的布莊和鎮上唯一的酒樓剛好在馬路對面。夏婉想著等等跟掌櫃的推銷肉乾，不好叫婆婆在一旁等，便勸蕭老娘先去逛逛。

「就在路對面，我過去問一聲，他們真不收，我就過去找您。」

「那妳快點，我一會兒出來瞅兩眼。」蕭老娘生怕她一個小媳婦被人給拐了。

「知道，娘也幫我看看店裡有啥好東西。」夏婉笑著跟婆婆撒嬌，看蕭老娘進了布莊，才抬腳往對面的酒樓走。

還沒到吃飯時間，酒樓裡客人不多，掌櫃的一個人在櫃檯後面打算盤，夏婉走過去，敲了敲櫃檯。

掌櫃的放下手上的東西，抬頭笑道：「喲，客官想吃點什麼，裡面請。」

夏婉朝大堂裡掃了一圈，笑道：「還沒到吃飯時間，先不忙著吃飯，想找掌櫃的做個小生意。」

掌櫃的一聽不是來吃飯的，倒也沒立刻翻臉，只是笑容淡了點。

夏婉也不理會，從挎籃裡摸出條小手帕，裡面裝著在家裡就切成丁的一小包肉乾。

「家裡做的小吃食，給男人下酒用的，生意能不能做成，掌櫃的嚐過之後再說？」說著把手帕攤在櫃檯上，往掌櫃的那裡推了推。

能當上酒樓的大掌櫃，就不是眼高於頂的人，偶爾也會碰上像夏婉這樣，拿著家裡做的吃食來酒樓裡碰運氣的，掌櫃的倒不覺得有什麼。

夏婉醃肉乾時，調味料放得豪邁，烘乾後帶著淡淡煙燻味，確實吸引人，那掌櫃的伸手捏了一塊扔進嘴裡，嚼了兩下，眼神頓時一亮。

「這是用新鮮的豬肉剛做出來的，這樣的天氣放十天半個月都沒問題，可以當下酒的小菜，掌櫃的覺得呢？」為了能把肉乾賣出去，夏婉連飢餓行銷都拋出去了。

「妳有多少，我都要了。」掌櫃的伸手點了點夏婉的籃子。

「有句話得說在前頭，新鮮肉曬乾了減重量，加上獨門秘製的做法，這肉乾可不便宜。話說回來，一斤肉乾少說能裝個四、五盤，倒是賺不少。」酒樓裡一碟賣個二十文都有銷路，算下來比她論斤賣還賺。

「多少錢，說個價吧。」

夏婉把三十五文在嘴裡轉了兩圈，想著自個兒買東西，都得跟賣家講個價，張口來了一句。「五十文一斤，一籃子六斤，掌櫃的給三百文就成。」

那掌櫃的笑笑，就想開口還價，又被夏婉一句「不過」截住話頭。

「既然掌櫃的要包圓，咱也不說虛的，我再優惠一點，二百八十文，一文不少，再少我就不賣了。」

當夏婉挎著裝了二百八十文錢的籃子走出酒樓時，整個人難掩笑意。比她預計的賺得多，怎麼想都覺得開心。

只是很快地，她就笑不出來了。

布莊裡，蕭老娘身旁站著兩人，妳一句、我一句的。年輕點的那人有張圓臉，夏婉立刻想到上族譜那天，祠堂外遇見的那個大嫂子。旁邊年紀大的那人看著眼熟，她還沒想起是誰，蕭老娘看見她，就讓她過去喊人。

「這是妳秋雙嬸和堂嫂，她們也來鎮上逛街，趕巧碰上。」

夏婉一一喊了人，總覺得那一對婆媳看她的神色有點不自然，還沒來得及仔細打量，布莊的小夥計捧著包好的布料過來，送到蕭老娘跟前。「杭綾三尺，松江布一丈，斜紋布六尺，共計二百七十三文，抹去零頭，您給二百七十文即可，布料您收好嘞！」

「娘，您這麼快就把東西選好了？」夏婉對古代的布料沒研究，也不清楚價格，只聽見兩百七十文，不由咋舌。都快抵上她賣肉乾的錢了。

「沒哪，就這個杭綾是咱們的，秋雙娘兒倆沒帶夠錢，來一趟鎮上不容易，我就把她們的布錢先墊上了，等回到村裡再說。」

夏婉瞅了眼秋雙婆媳兩個，又看看外面剛升上來的日頭。二人手上空空如也，顯然還沒來得及買什麼東西，出來趕集總不會一文錢都不帶，既然錢還沒花出去，怎麼就連買塊布的錢都不夠？換句話說，沒錢就別買那麼多布，一丈、六尺……這是把過年做衣裳的布料都備齊了吧！

夏婉笑笑，絕口不提布料的事。「嬸子都買了啥好東西啊？我和娘才剛過來，什麼都沒來得及買呢。」

圓臉的堂嫂伸手捅了捅婆婆，使眼色給她看。

夏婉就見那秋雙嬸肉疼似的從提籃裡摸出一串錢來。「俺們也沒來得及逛，這趟出來實在是沒帶夠錢，等等還得買鹽、糖、醋啥的。這裡有五十個錢，老姊姊先收著，等回了村子，俺讓強子媳婦把剩下的送過去。」

「嬸子帶的錢可夠啊，好不容易來一趟鎮上，別再沒買齊東西，錢不夠，不用慌著給呀……」夏婉把她婆婆的話又學了一遍，蕭老娘沒聽出不對勁，還一個勁兒地順著兒媳婦的話點頭推讓。

秋雙婆媳倆卻覺得從蕭正這小媳婦嘴裡說出來的話特別彆扭，秋雙嬸嘀咕兩聲，不由分說地把那串錢塞到蕭老娘懷裡。

「俺們帶的錢還有一點，餘下的東西也能買，要不妳們娘兒倆先逛，俺們到街上去瞅瞅？」

「那妳們先去逛。」從頭到尾沒發覺不對勁的蕭老娘跟老姊妹應了一聲，就被她兒媳婦拉去說話了。

「娘，這杭綾多少錢一尺，二十五文？那這三尺就得七十五文，您剛給秋雙嬸子家裡墊了一百九十五文啊，您哪來那麼多錢？」

走到店門口的婆媳倆聽夏婉把帳算得清楚，差點被門檻絆到，回頭一瞅，那時時露著笑的小媳婦掂了掂手裡一串銀錢，突然朝她們皮笑肉不笑地看了一眼。

婆媳兩個虎軀一震，趕忙走到店外。

「都是妳出的餿主意，非要去占妳嬸子那點便宜。」秋雙嬸自覺被一個小輩拂了面子，憤恨地揪了兒媳婦一把。

「誰知道阿正家媳婦那麼精明？」如意算盤打到一半被人識破，強子媳婦也是悶。

「回到村裡，咱真把剩下的錢給她送回去啊？之前借的銀錢，也沒見嬸子來要啊？」

「那能一樣嗎？這回被阿正媳婦逮個正著，妳不還，回頭她告訴阿正怎麼辦？妳個貪財好吃的豬腦子，也不知道想想。」

「早知道不使勁扯那麼多布了……」強子媳婦剛才光想著占便宜，買的顏色都是給家裡的男人、孩子做衣裳的，這下子可沒戲了。

不管外面婆媳倆如何懊惱糾結，這邊，蕭老娘聽了夏婉的話，以為她嫌她花了給自個兒的孝順錢，連忙解釋。「妳給娘的錢，娘收得好好的，借給秋雙的錢是阿正之前給的。」

妳兒子給的錢，也是咱家的錢，重點是那婆媳倆明顯動機不純，這麼大筆錢借出去，婆婆這是根本沒往心裡去啊！

還有這杭綾，一尺的錢都能買兩尺棉布了，價格也忒貴，感覺料子也沒有棉布紮實，婆婆買這布來幹麼？

夏婉還沒問，蕭老娘就先拿布料哄兒媳婦高興。「妳秋雙嬸說，這杭綾做裡衣好看著，新娘子就得穿漂亮點，我就給妳扯了一身，回頭做出來，肯定好看。」

夏婉突然覺得，蕭正離開之前的擔憂不是沒有道理，她這婆婆在家裡好說話也就罷了，在外人跟前，更容易被糊弄啊。

夏婉拿著杭綾看向賣布的小夥計，那小夥計一路裝傻充愣地回櫃檯收拾東西，連眼神都不敢跟夏婉對上，生怕她把東西又退還回去。

夏婉：「……」

撇開秋雙婆媳倆的事，自家該買的東西還是得買，夏婉算著自己的私房錢，扯了一塊松江布。

那塊據說可以用來做裡衣的杭綾，看來是退不掉了，夏婉摸著確實十分柔軟透氣的布料，突然想到一個好用處。

自從溫飽得以解決後，她的身子如雨後春筍般唦唦地舒展開來，胸前更是發育明顯，動不動就覺得脹疼。雖然沒有塑形內衣可用，一般的少女型胸衣還是能做出來的，有了胸衣固定，起碼活動時不會摩擦生疼。

夏婉打算得好，奈何付錢時，蕭老娘死活不同意。「妳自己掙的私房錢，自己收起來。阿正走之前留的銀錢，就是給妳買衣裳用的，一會兒咱們再去銀鋪給妳打一對耳墜之類的，那小子會掙錢，不用替他省。」

最後，夏婉拗不過婆婆，只得投降。

除了買給她，蕭老娘還幫蕭正選了塊做衣裳的布料，輪到蕭老娘自個兒，選好料子後，特意掏出之前做肉乾時夏婉分給她的錢，跟店裡小夥計顯擺。「這可是我兒媳婦孝順我的，回頭做了衣裳，一定要去老姊妹那兒多轉兩圈。」

夏婉娘兒倆買的東西不少，那夥計當然是不要錢地往外恭維，聽得夏婉臉熱，瞬間覺得壓力好大啊。

之後又逛了幾家店面，蕭老娘就帶著夏婉到離西街稍遠的地方，去吃一個老婆婆做的餛飩麵。

「從前我跟阿正他爹來鎮上，就愛吃這家的餛飩，阿正小的時候，我們還帶他來過。」

提起這個，蕭老娘又想起娶兒媳婦的意義，與那精神矍鑠的老婆婆閒聊。「等我們家有了孫子，也讓他爹娘帶他來您這兒光顧。」

誰不想長命百歲，益壽延年，蕭老娘的話聽著吉利，老婆婆笑咪咪的，又給她們多加了一碗蝦仁蛋花湯。

蕭老娘碰到合眼緣的人，總能跟人說到一塊兒去。夏婉原先還覺得婆婆太好糊弄，這時卻能感受到那份隨心隨興的豁達。

回村的路上，夏婉問她婆婆。「娘當初怎麼想到替阿正定了我的呀？」

「妳那天不是幫我拿石頭攆跑了徐老賴嗎？」聽兒媳婦終於提起這事，蕭老娘拍著夏婉的手，樂呵呵的。「我當時就想，哎喲喂，這丫頭真有我年輕那時的氣勢，妳說，我找兒媳婦可不就得找個跟我脾氣相投的？後來我跟人一打聽，知道妳是溪山村的，又知道妳家裡的情況……」

夏婉前頭聽著還有些訕訕的，後面就覺得不對勁，見婆婆打住，不由得接嘴問：「您跟誰打聽到我呀？」

「秋雙唄，她家有親戚嫁到溪山村，一打聽就知道了妳。我說中意妳的性子，秋雙也直說妳好，我就找了王婆子去妳家提親了。」

夏婉聽這裡頭還有秋雙嬸，就有種不好的預感，想到蕭家的光景，又想到她那一兩的聘禮，問道：「那聘禮……」

「秋雙說妳家當時最缺的就是糧種，禮金倒是其次。雪中送炭才正合適，所以禮金給得就不多，都是糧食和種子。」蕭老娘自從有了貼心的兒媳婦，這事一直擱心裡放著，當時沒覺得不妥，還挺認同秋雙的話，可兒媳婦娶回家後，她就後悔了。怎麼樣也不能只給一兩銀子的聘金啊，老話都說「好事成雙」，她也是昏了頭。「小婉啊，當初下聘時聘禮給的是不多，不過往後咱家的銀錢都是妳跟阿正的。」

「娘，我不是那個意思，」夏婉倒沒嫌當初給的聘禮少，要不是蕭家幫襯，那些糧種就是有錢，也不一定能立時買到，她在意的是這個秋雙嬸不僅能讓婆婆毫無芥蒂地把錢借出去，還能插手到蕭家的家務事裡，這就不是什麼好兆頭了，也不曉得蕭正知不知道這些事？

夏婉攬過婆婆。「往後應該是我和阿正孝順您才是，以後阿正不在家，小婉陪著您，有什麼事，您都能跟我說。」

「哎，娘知道妳孝順。」

婆媳倆坐馬車回到村裡，剛進家門，屁股還沒坐熱，就有人來敲門。

夏婉開了門，一個個子高、急得不行的大嫂子懷裡抱著孩子來借馬車，夏婉記得成親那天見過，好像叫做春梅嫂。因為春梅嫂的丈夫跟蕭正關係好，還是那天陪著去迎親的其中一個農家漢子，夏婉便記得特別清楚。

「這是怎麼了？」夏婉連忙把人讓進來。

「水生肚子脹得直叫喚，吃不下東西，喝水也往外吐，大林子不在家，我心裡急得慌，想帶水生去鎮上瞧瞧。」

李林跟著蕭正上山打獵去了，家裡還有個走路不索利的老母親，春梅嫂抱著孩子衝過來，孩子的奶奶還在後面慢騰騰地走，還沒走到蕭家門口。

蕭老娘一聽就急了。「妳會套馬車嗎？這丫頭，都這個時辰了，誰給妳趕車啊！」

「弄好了我自個兒趕車試試。」一路抱孩子過來，流了一頭汗，春梅嫂把孩子放在院裡凳子上坐著，就去房子後頭牽馬。

五、六歲大的男娃娃，眼淚還沒擦乾，捂著肚子，一副想吐又吐不出來的樣子，精神還好，就是小臉皺成一團，讓人看著也替他難受。

夏婉伸手摸了摸他額頭，沒發熱，也沒出冷汗，蹲下來問：「水生是吧，只有肚子脹嗎？還有哪裡不舒服？」

「就肚子脹。」水生小臉一皺，又要淌眼淚。

夏婉抬頭喊孩子娘。「春梅嫂，水生怎會肚子脹啊？」

「還能怎麼，昨兒個夜裡睡覺不老實，踢被子，白天又偷喝井水，不脹你脹誰！」春梅嫂把大灰牽出來，想起兒子不省心，忍不住就要罵。

「小孩子難受著呢，妳就少說兩句。」蕭老娘不忍心孩子受罪，還得挨老娘罵，連忙攔著。「妳沒給他通通氣啊？」

「煮了蘿蔔水給他喝，都吐出來了，也沒用。」

「嫂子能抱著水生讓我看看嗎？孩子肚子脹，一路上坐馬車顛得也難受，我看能不能給他揉揉。」

夏婉猜測水生是肚子受涼，脾胃脹氣，她剛好知道幾個治脹氣的穴位，應該能讓孩子舒服一點。

第六章

春梅嫂聽了，有些遲疑。

夏婉跟她商量。「我在娘家時經常帶弟弟、妹妹，碰上他們肚子脹，就把手烤熱了給他們揉，放出幾個屁就會舒服許多，也不會花太久時間，要是沒用，嫂子再帶水生去鎮上也不耽誤。」

見春梅嫂半信半疑地把孩子抱起來，夏婉連忙讓婆婆去燒火盆子過來。

她掀開水生的衣裳，一手手指貼在小肚皮上，一手屈起敲了敲，果然砰砰作響。

她把水生手腕和小腿露出來，找到內關、足三里的穴位。「嫂子，一會兒我給水生熱手揉肚子，嫂子幫忙按我指的地方，都是能治肚子脹氣的，好歹能讓水生舒服一點。」

這時水生的奶奶終於走到蕭家，聽夏婉說要揉肚子，不由跟著點頭。「俺原先也聽說誰家孩子肚子脹就揉肚子，但俺就是不會啊，想著得找大夫看看，大閨女會揉就好。」

蕭老娘燒好火盆拎過來，夏婉乾脆把孩子挪到屋裡，四個大人在旁邊圍著，按穴位的按穴位。

夏婉把一雙手在火盆上烤得通紅，在水生肚臍旁順時針揉，治療胃腸脹氣的天樞穴和中脘穴都在那兒，稍微用點力往下按著揉了半刻鐘，夏婉累出一頭汗，連水生也跟著出了點汗。

見孩子表情明顯比剛才好一點，夏婉擦了擦汗，問道：「水生有沒有覺得好一點？」

話音剛落，躺在炕上的男娃娃立刻放了兩個大響屁，頓時不好意思地吭聲，直往他娘懷裡鑽。

水生奶奶高興，直說：「響屁不臭、響屁不臭。」

春梅嫂開心地看向夏婉。「這是排氣了？」

「還得再揉一會兒，孩子胃裡受涼，熱手揉過了，回頭也得多焐著，別再受涼才好。」

都說小孩無假病，夏婉又揉了好一會兒，水生嘴裡打出一個飽嗝，整個人立刻精神起來，也不哀肚子不舒服了，還陸續又放了幾個小屁。

夏婉吁了口氣，直起腰。「這樣應該就能好起來了，回頭別亂吃，要吃就煮稠一點的熱粥喝。」

看著水生活蹦亂跳，春梅嫂也不急著套馬車了。

「若嫂子不放心，也可以再去鎮上看看。」夏婉道。

「我家孩子我自己知道，這樣就是沒事了，好好休養就好了。」

既然這麼說了，夏婉也沒再勸。「嫂子家裡有湯婆子就給水生焐著，熱粥裡放點薑絲一起煮，專治胃寒，過了今天晚上，明天能吃東西就沒事了。」

這麼一番折騰，天色也晚了，春梅嫂抱著水生準備回家，到了門口，還把夏婉喊過去說話。

「俺家那口子比阿正長幾歲，俺也覥著臉應阿正叫一聲嫂子，原先還想把俺娘家姪女說給阿正，如今瞧著娶了妳，阿正那小子可賺到了，往後有空就來嫂子家玩啊。」

夏婉只是意外隨手幫了個忙，還能知曉蕭正有一朵小桃花，也不知她這夫君在外頭能惹多少朵桃花？

晚飯由蕭老娘掌廚，吃過飯，夏婉正琢磨著怎麼跟婆婆學做衣裳，她家婆婆就先拿了本宣紙訂的本子，以及一個小匣子過來。

「我聽阿正說妳識字，這是咱家跟親戚朋友人情往來的帳本，還有家裡日常開銷的銀錢。妳如今是咱老蕭家的媳婦了，這些交給妳，我也能輕鬆點，往後就等著妳和阿正孝順我了。」

夏婉抿了抿唇。「這事阿正知道嗎？」

「知道，這事還是阿正先跟我提的。他那性子，什麼話都喜歡憋在肚子裡，你們小夫妻倆的事，還得我在中間傳話，也不嫌累。小婉啊，阿正是面冷心熱，一、二十年沒得改了，妳可要加把勁，等他把妳放進心裡，妳就知道他的好了，他可真是隨了他爹，都是那臭脾氣。」

前一刻夏婉還在感動，一聽到婆婆吐槽相公就想破功。她拿過帳本打開來看，前面的字跡一看就是蕭正的，都是喪葬婚嫁人情往來的禮金，最新的是她跟蕭正成親時，鄉親鄰居的禮。

看著這個，夏婉才終於深刻體會到，她已經是蕭家的兒媳婦，是蕭正明媒正娶的妻子。

婆婆信任她，移交了管家權，夏婉覺得自己也有能力管好這個家。偏偏手癢，臨蓋上前她又把帳本往後翻了翻，看到最後兩頁，夏婉沒忍住，打開攤在面前。

一排排的圓圈跟小孩子塗鴉似的，夏婉看不明白，望向婆婆。

「哎喲，差點忘了，秋雙今兒個借的錢還沒記上呢。」

夏婉一臉不可思議。「這些都是秋雙嬸借的錢？」

除了圓圈，啥都沒有，這樣怎麼知道什麼時候因為什麼事借的錢？還有，這圓圈也太多了吧，看來像今天這樣的事，根本不止一次。

「是啊，原先三文、兩文的借，我都記不住了，後來阿正給我出了個主意，說借十個錢就畫一個圈，這樣也省得忘記。妳瞧前頭那幾個劃掉的圓圈，是秋雙已經還的。」

可是沒還的圓圈更多啊，原來這事蕭正也知道。夏婉覺得她得好好消化一下這事。

「對了，今兒個秋雙借了咱們幾個圓圈來著？」

「十四個半，您就畫十四個吧，那半不用算了。」夏婉已經沒了吐槽的慾望，加上前頭說親的事，這秋雙嬸算是徹底被夏婉記在腦海裡了。

雖然接下婆婆給的帳本，這日子也還是跟往常一樣地過。至於某些總喜歡現眼的人，夏婉準備等蕭正回來看看他的態度，再決定該怎麼做。

這兩日，夏婉一直跟著婆婆學做衣裳。

蕭老娘知道如何量尺寸、裁衣裳，卻不怎麼動手做。「年輕那時我是寧可去溪邊洗衣裳，也不願意捏繡花針的，我手勁大，不是把針弄彎，就是把線掙斷，做壞了還得跟自個兒生氣，索性就不怎麼做了。不過做衣裳的步驟倒是記得，妳聽我講幾遍就會了。」

夏婉中規中矩地把衣裳做出來，瞧著竟然挺像樣子，蕭老娘一高興，索性讓夏婉把蕭正的衣裳也一起做了。

「阿正原來穿的衣裳都是我量好、裁好，再請老姊妹幫忙縫的。」蕭老娘想到往事，略有傷感，卻還是往好處想。「我跟妳說，年輕那時阿正的衣裳都是他爹縫的，老頭子還不許我到外頭張揚。後來他爹沒了，我找別人幫忙，我那幫姊妹還犯嘀咕，怎麼我臨老了連衣裳都不會做了。」

「娘年輕著呢，哪裡老了？我前陣子看您一大早起來晨練，胳膊腿比年輕人都索利，娘回頭也教教我唄。」蕭老娘手勁大，多半跟年輕那時堅持下來的鍛鍊有關，不知為何，夏婉總覺得她婆婆和蕭正一樣是會武的。

「哎呀，還是妳這丫頭識貨。」蕭老娘早就覺得兒媳婦身子骨弱，同兒子站在一塊兒，跟隻小綿羊似的，等圓房那日別再被兒子壓散了架。

這會兒夏婉自己開口要跟她學，蕭老娘簡直求之不得。「我這套養生拳法是阿正他姥爺教的，若學好了，往後生孩子都能少受點罪。妳想學，以後咱娘兒倆一早起來練，我這兩年也是荒廢了，心情好了才爬起來撲騰兩下子，往後也得重新練上，把身子骨練結實了，好給你們帶孩子。」

夏婉聽了，只能抿嘴害羞地笑。她覺得自己現在就像一隻精心餵養的小乳豬，時候一到，就得被抬到蕭正眼皮子底下吃乾抹淨。

蕭正走的十來天，夏婉一邊做衣裳，一邊跟婆婆練養身拳法，竟覺得時間過得飛快。

自從上次幫了春梅嫂，夏婉明顯感覺到自己被東鄉村的小媳婦們所接納。每回去北邊溪水那兒搥衣裳，都有大姑娘或小媳婦笑著跟她打招呼。

起先她認識的人不多，反正見到誰都笑臉相迎，也不會出錯。後來春梅嫂拉著她一塊兒洗，再碰上村裡的嫂子、妹子，都有春梅給她介紹，沒幾天就被她認了個七、八成。

待蕭老娘偶爾跟兒媳婦八卦村裡的趣事時，夏婉已經能對答一二了。八卦來源的管道不同，傳出來的話有時會有出入，而這樣的八卦顯然更讓人覺得有意思。

「春梅性子爽快，在村裡會做人，那些小媳婦、大姑娘也喜歡跟她一塊兒玩，妳就跟著春梅多聽聽、多看看，也能學到不少東西。」夏婉以為婆婆讓她跟春梅嫂學交際能力，哪知蕭老娘隨即又補充一句。「聽到什麼有意思的，回頭再講給我聽啊。」

夏婉哭笑不得，覺得蕭老娘對八卦的熱情僅次於抱孫子，不過這種熱情她倒是挺喜歡的。

這天，夏婉一邊搥衣裳，一邊笑咪咪地聽春梅她們說進山打獵的男人們這兩天就該回來了，這時有個人跑來喊道：「妳婆婆崴了腳，叫人扶回家去了，趕緊回去看看吧！」

夏婉立時收住笑，跟春梅幾人打了招呼，快步往家裡走。

萬幸蕭老娘在東鄉村人緣好，她崴了腳，走不了路，半道被鄉親看到，喊人把她揹了回來。

夏婉剛進家門，就聽婆婆在屋裡嚷嚷。「我的籃子哪，裡頭有隻兔子，別給弄丟了！」

那個揹蕭老娘回來的年輕後生覥著臉，把蓋著碎花布的籃子遞給夏婉。「俺把籃子撿回來了，嬸子就是腳崴了，沒傷著骨頭和筋，拿活血的藥膏揉兩天，消了腫就好。」

夏婉一邊道謝，一邊送來幫忙的鄉親離開，然後提著籃子走進婆婆的房間。

蕭老娘坐在炕上，一見夏婉拎著籃子進來，連忙讓她拎過去，打開布，瞧見兔子綁得好好的，老老實實地蜷在裡面，頓時鬆了口氣。「為了牠才崴到腳，若真叫牠跑了，我都不知上哪兒後悔去。」

夏婉看過婆婆崴到的那隻腳，見紅腫的那處已經塗上藥膏，才鬆了口氣，開始說教。「婆婆去抓兔子了？上回被徐老賴纏住那次，不會也是去抓兔子的吧？」

鄉親跟她說了碰見蕭老娘的地點，夏婉前後一聯想，立刻想到她跟婆婆第一回見面的地方。「到林子裡抓兔子多危險啊，您下回可不能誰都不說一聲，就一個人跑去了。」

「我是設陷阱抓的，又不是跟在兔子後頭抓的，是回來路上才不小心崴到腳。」蕭老娘對自己設陷阱抓兔子，可是很驕傲的。「我還不是想著過兩天阿正回來有兔子吃嗎？那小子最喜歡兔肉了。」

「您也知道阿正快回來了，若讓阿正看到您受傷，指不定要說您了。」自己的話婆婆不聽，夏婉只好把蕭正搬出來嚇唬。

「沒事，阿正他們還要兩天才能回來，等他回來，我這腫早就消了。」

夏婉拿婆婆沒辦法，偏有老天爺讓蕭老娘長記性，剛剛告辭的年輕後生又跑回來，跟夏婉遞消息。「嫂子，俺阿正哥他們回來了，已經到村頭了，春梅嫂讓俺來喊妳。」

「欸，知道了，一會兒我就過去。」

回到屋裡，夏婉朝婆婆兩手一攤。「阿正都到村頭了，我看您怎麼跟他說吧。本來還能跟我一起去接阿正的，這下只能在炕上躺著，娘這下可得記住了，以後一定要小心點。」

蕭老娘頓時不吭聲了。

夏婉搖搖頭，拍拍衣裳準備要走，蕭老娘突然想起來，隔著窗戶叮囑道：「先別跟阿正講，他說不定沒注意，咱還能糊弄過去。」

「行了，娘，您趕緊躺著吧，我一會兒就把阿正接回來。」夏婉無奈笑道，覺得她家婆婆有時候真像個孩子。

夏婉到的時候，村口已經聚集不少人，大家都在議論這一趟的獵物。

夏婉在人群中，一眼就看到正指揮漢子們搬獵物的蕭正，以及被繃帶包裹著的兩隻手。

「你的手怎麼了？」一想到這娘兒倆傷到一塊兒去，夏婉的口氣頓時嚴肅起來。

蕭正見小媳婦來接他，牽了下嘴角沒吱聲，旁邊一個小夥子見狀，連忙過來幫忙解釋。「嫂子，正哥這手是為了救俺才傷著的，這回逮的野豬忒護崽，發起狂來差點把俺踩趴下，正哥為了擋野豬，手掌皮肉被劃到爛，千錯萬錯都是俺的錯，您可別跟俺哥置氣。」

蕭正一聽他形容得血肉模糊，還怕嚇著小媳婦，一根手指頭就把人給推走，又把包了繃帶的手朝身後背。「妳別聽他的，沒那麼嚴重，休息一下就好了。」

夏婉真想看看不省心的娘兒兩個面對面時要怎麼辦。她沒好氣地瞪他一眼，伸手把他的手拽過來，發現繃帶外頭還有淡紅色的血漬。「搽藥了嗎？你這手最近可不能再沾水了。」

「在山裡找了草藥抹上了，沒事的，往年也不是沒傷過。那隻野豬咱家能分半頭，回頭大卸八塊給妳出氣。」

夏婉聽他話裡有些許討好的語氣，莫名氣消了一點，可想到家裡炕上躺著的婆婆，心裡又是一梗。「你這邊忙好了？能不能先回家去，婆婆一個人在家裡我不放心。」

蕭正看她樣子，就知道一定又是老娘出了什麼事。不過夏婉神態不是很緊繃，代表事情並不嚴重。

他想了想，把老李喊過來。「還跟原來一樣在祠堂前面分肉，我先回家一趟，你幫忙登記，回頭我再過去。」

老李笑道：「行，這邊我能處理好，你想啥時過來就啥時過來，就算沒空過來，我就讓人幫你把肉分好送你家去，不用著急。」

這話說得好像蕭正急著回家要幹麼似的，夏婉聽了扭頭就走，心想她春梅嫂配上活痞子老李，真是一朵鮮花插在牛糞上。

回到家後，被兒子和媳婦堵在炕上的蕭老娘立刻用眼神譴責兒媳婦——不是說先瞞著，怎麼就給她露了餡兒？

「娘，阿正手也傷了，暫時做不了事，一見面就露餡兒了，哪還瞞得住？」

對吼，兒子手傷了，她腳崴了，家裡的事都得由兒媳婦操心。就她那小身板！蕭老娘這下子可知道後悔了。

「哎喲，疼疼疼，小婉，妳給我個痛快吧，可疼死我了！」蕭老娘半躺在炕上，受傷的那隻腳正被夏婉抱在懷裡用藥膏揉。

「娘再忍忍吧，一會兒就弄好了。」蕭正說消腫的藥膏得揉開才有效果，他如今兩隻手都受傷，這活兒只好由夏婉來做。

腫起來的腳碰一下都疼，要揉開上頭的藥膏只會更疼。蕭老娘疼得朝後縮，她力氣又大，推搡著夏婉，把夏婉折騰出一頭汗來。

「娘，您老實點，小婉沒您力氣大，把她推走，您還要不要早點好了？」蕭正在一旁站著，皺眉教育老娘。「知道疼，下次就記住教訓了。」

「渾小子，我就知道你是故意的。自己兩手都包著，還來教訓老娘？你老娘好歹兩隻手都好好的，做什麼都不礙事。你這手包得跟粽子似的，我看你回頭怎麼吃飯？手不能沾水，往後臉也洗不了，澡也洗不了，你就髒著吧，臭小子！」

蕭老娘光顧著跟兒子拌嘴，早忘了腳上的疼。夏婉乘機把藥膏揉開，等蕭老娘回過神，兒媳婦已經把她的腳裹了層棉布，放進被子裡了。

「揉好了，娘歇著吧，我去做飯。」

夏婉去了廚房，娘兒倆面對面看著，蕭老娘恨鐵不成鋼地罵兒子。「愣著幹麼，還不趕緊去幫忙，真要累死你媳婦啊！」

蕭正被他娘一噎，搖搖頭，去廚房幫夏婉燒火。

「你都累了十多天，回屋裡歇著吧，我自己能行。」

夏婉聽春梅嫂說過，男人們在山上打獵，睡得不好，吃得也不好，十多天的時間，恐怕早就累壞了。

蕭正抬手，動了動沒被包起來的手指頭。「手指頭是好的，還能做事。」

夏婉瞧他被裹得動彈不得的大拇指，心想：你剩下四根手指頭再靈活，連大拇指都搆不著，也派不上用場啊。

不過她當然不會傻得說出來，男人願意幫妻子做事，這習慣十分良好，往後還要積極培養才是。

夏婉把柴火點著，放進灶口裡，讓蕭正看著，一邊炒菜，一邊問蕭正他們打獵的事。

「追蹤獵物痕跡，在牠們慣常出沒的地方設陷阱，一般小一點的野雞或兔子直接就打了，大一點的才要多花點功夫。」蕭正抬頭，透過熱鍋冒出來的蒸氣，瞧著灶臺後面聽得津津有味的小媳婦。

他想了想，也反問夏婉。「妳跟娘在家裡做什麼了？」

「去了趟鎮上，扯了布回來跟娘學做衣裳。我還給你做了一件，是剛學的，針腳可能還不夠細密，但肯定能穿。」為了證明自己做的衣裳是合格的，夏婉特地把婆婆搬出來。「娘手把手教的，在炕上擱著呢，回頭你試試。」

「嗯。」映著灶火的亮光，蕭正的表情格外柔和，把柴火往外抽出一點，控制著火候，又想起他那不省心的娘。「娘也就口頭上教教妳，她自個兒都不做衣裳，我小時候的衣裳都是爹縫的。」

「是啊，」夏婉一想到公公一個大男人，捏著繡花針，細心地縫衣服，就覺得婆婆好福氣。「娘和爹感情很好啊，娘還帶我去吃餛飩麵，賣餛飩的老婆婆年紀雖大，精神卻好得不得了。」

「是小時候常去吃的那家吧？妳要是喜歡，下回我再帶妳去。」

這話講得像是他們要去約會似的。夏婉覺得臉有點熱，也不知道是鍋上的熱氣烘的，還是因為蕭正的話。

晚上的菜，夏婉特地切成小塊炒，這樣蕭正捏著勺子舀菜吃飯，倒也沒怎麼費事。但這讓一心想看兒子笑話的蕭老娘十分失望，回頭又要埋汰兒子。「你就說你手不能用了，讓小婉給你餵飯哪，木頭疙瘩，一點不知道把握機會，老娘還指望著你們多親近親近呢。」

「小婉晚上還要醃肉，您就別想一齣是一齣了。」

這回打獵，蕭家除了分到半隻野豬外，還有不少兔子、野雞和麅子肉。蕭正拜託老李幫忙將兔子和野雞剝皮去毛，至於野豬肉，家裡人商量著，賣了一半給鄉親，剩下的一部分自家留著，還要給夏婉娘家送一點過去，這也是蕭老娘和蕭正商量好的。

新鮮的肉不能久放，留下這兩天吃的，剩下的都得抓緊時間醃起來。還有野豬身上的肥油也要快點煉出來，等凝固之後，日常炒菜就能用。

這樣一算，夏婉今兒個晚上要忙的事情多著呢。

蕭老娘立刻不吱聲了，過一會兒才想起來。「把我扶到堂屋裡，我來剁肉，我可不像你兩隻手一傷就廢了，啥事都做不成，就知道吵人。」

蕭正：「……」

這季節的山間野味可真不錯，晚上夏婉還特地做了爆炒兔肉給蕭正解饞。又想著既然是為了讓食物保存時間長一點，乾脆把野豬的心、肝、大腸和野雞爪子、兔頭之類的做成滷味。這樣，蕭正跟他那幫兄弟喝酒時，也能有個味道不錯的下酒菜。

當忙完雜七雜八的事，都過了子時，夏婉很久沒有熬到這麼晚了，蕭老娘早就耐不住睏意去睡了，難為蕭正一直陪她，給她打下手，轟都轟不走。

「熱水燒好了，燙燙腳再睡，解乏。」

夏婉不知他什麼時候燒的水，一提洗腳，倒是想起男人進山十多天，怕是都沒好好洗漱過。「阿正要洗澡嗎？都出去十多天了……」

蕭正聽出她話裡未盡的意思，突然就笑。「山裡有溪水。」所以他還是不髒的。

夏婉被他一笑，突然不敢拿正眼看他，惱羞成怒道：「那你還要不要洗？」

「當然要，」蕭正一本正經。「就是我這手不方便，還得小婉幫下忙……」

她一定是累昏了頭，才會提洗澡這事。夏婉這時腦海裡全是蕭正的「不方便」，一想到自己要幫他行方便，整個人都快燒起來了。

廚房旁邊有個隔間，專門放木桶，就是平時洗澡用的，一邊是廚房，一邊挨著水井，打水或燒水都挺方便。蕭正不想讓夏婉太累，讓她直接用木桶裡混好的溫水幫他沖洗。

夏婉從剛剛開始就一直臉紅，這會兒都不敢直接面對蕭正。她拿著棉布，傻傻看著蕭正慢條斯理地用手指解開衣裳，露出結實的胸腹，再往下，條理分明的肌理一直延伸到褲腰，甚至還有絲絲毛髮在褲腰邊緣……夏婉覺得自己快要燒著了。

蕭正剛想伸手去解褲腰帶，就被她一把伸手按住。

「阿正，你先洗上半身，就坐在旁邊的凳子上，我幫你沖水。」好歹讓她緩緩，沒辦法，這可比在一個被窩裡睡覺還勁爆多了。她就不明白了，明明要脫光衣服的是蕭正，可羞得快冒煙的反而是她，實在是太羞恥了，偏偏她除了心臟跳得怦怦作響，一點也不覺得不耐煩。

蕭正「嗯」了一聲，十分聽話地坐在木桶旁的凳子上，任由夏婉舀水澆在他胸腹上。

靜謐的夜晚，一盞昏暗的油燈閃爍搖曳，把一立一坐的兩個身影映照在牆上。恍惚之中，影子像是重合在一起，你中有我，我中有你，再也分不開。

蕭正沒說話，只把兩隻手抬高靠在木桶邊，防止水弄濕傷口。夏婉聽著嘩嘩水流聲，拿著棉布給蕭正擦背，突然覺得他倆現在還真有老妻老夫的感覺。

「小婉，我褲子濕了，不脫下來會受涼。」大冬天直接拿井水沖澡的男人面不改色地扮柔弱。「脫下來稍微沖兩下就行。」一副很好說話的樣子。

夏婉已經破罐子破摔了，反正她之前還不小心看到過。

蕭正起身，中褲因為被水淋濕，緊緊貼在臀部和大腿上，顯出矯健結實的形狀。夏婉費力地幫他把褲子褪下來，起身時因為下意識避開，差點往後仰倒，被蕭正伸手扶了一把。

「小婉，我們是夫妻，妳不用怕我。」男人低沈的聲音在頭頂響起，夏婉忍不住就是一哆嗦。

要不是夫妻，她才不會站在這裡幫他洗澡呢！夏婉哼了一聲，把棉布揉成一團，舀水一沖，也不管有沒有洗乾淨，只管捏著布團在他身子隨便刷洗幾下，再轉身就抓來一條大一點的棉布蓋在蕭正身上。

「剩下的自己擦！」她撂下一句話，飛快跑出屋子，在院子裡吹了一身冷風，才吁了口氣，徹底清醒過來。

等到夏婉把自己收拾好，幾乎是躺進被窩便立刻睡了過去。本以為會一覺睡到天亮，誰知半夜卻被兩條胳膊轉著筋的疼給疼醒了。

蕭正聽到斷斷續續的呻吟聲，睜眼就見小媳婦裹在被子裡小聲抽泣。

「小婉醒醒，是不是作惡夢了？」

「我胳膊抽筋了，抬不起來。」夏婉想揉胳膊，偏偏兩隻一起疼，抬哪隻都痛。

「昨兒個晚上幹活累著了吧？」那麼多肉又要洗、又要醃的，筋肉受了涼也會抽筋。蕭正掀開夏婉的被窩，自己移了過去。「哪兒疼？我給妳揉揉。」

「兩隻都疼，一會兒就好了，你還是別揉了，你手掌還傷著呢。」

帶著哭腔的小媳婦好不可憐，自己難受，還想著他，忒讓人心疼。

「用手背也能揉，把筋揉開就不疼了，妳放輕鬆一點。」蕭正沿著夏婉小手往上摸，手指邊摸邊按，聽她突然小聲抽氣，知道找對了位置，手腕一翻，拿手背貼在她胳膊上，緩緩使力揉起來。「可能會有點疼，妳忍忍。」

「嗯。」夏婉小聲應著，感覺被蕭正揉著的胳膊痠痠的，想到什麼，突然破涕為笑。「你說這是不是我給娘揉藥膏的報應啊?娘那會兒比我還疼呢。」

「別瞎說，妳幫娘揉藥膏是為了她好。明兒個不能再沾涼水了，免得回頭再抽筋。現在覺得好點了嗎？」

「沒那麼疼了，但還有點痠。你的手沒事吧？」夏婉這才發現男人已經鑽進她的被窩裡，原本不甚暖和的被窩烘得熱呼呼的，疼得發涼的胳膊更舒服了一點。

「沒事，睡吧，今兒個我陪妳睡。」蕭正說著，跟哄孩子似地拍了拍她的背。

夏婉不知道什麼時候又睡著了，迷迷糊糊間，覺得有個男人還是挺不錯的，最起碼在她需要時，還能有個暖被窩的。

第二天，蕭正破天荒地沒有提前起床，而是環著夏婉一直陪她睡。

結實的手臂鬆鬆地橫在她腰間，夏婉稍微一動，手臂的主人立刻被驚了一下，開始慢慢往回抽。

夏婉以為蕭正已經醒了，又怕兩人尷尬，便躺著沒再動，誰知那手掌卻在路過她小腹時突然停了下來。

過了一會兒，彷彿見夏婉依舊沒動靜，那手掌竟在她因為衣裳散開而裸露的柔軟小腹上緩緩摩挲起來，繃帶特有的粗糙感，激得夏婉起了一層雞皮疙瘩，像刮在她心口上，幾乎一瞬間便亂了呼吸。

「……妳醒了？胳膊還疼嗎？」蕭正略顯粗重的呼吸噴灑在耳邊。

夏婉耳朵又是一麻。「已經不疼了。」

「那我先起來了，等等趁早把給岳父他們的豬肉送過去。妳躺一會兒再起來吧。」蕭正的手掌自然而然地縮回去，彷彿剛剛只是很平常的動作。

沒了蕭正的被窩迅速冷卻下來，想著昨天晚上混亂的一夜，夏婉嚶嚀一聲，抱住被子在炕上滾了兩下。

一大早，蕭正把五十斤豬肉，以及一袋子粗麵送去溪山村，趕在吃午飯時回到家，後頭還跟著一個孩子。

一夜過後，蕭老娘的腳已經消腫許多，拄著根棍子，能從堂屋走到廚房。

蕭正開門的時候，她正在幫夏婉燒鍋，聽見響動，立刻伸頭，就看見一個長得跟兒媳婦有三、四分相像的小姑娘，怯生生地跟在兒子後面，立刻喜笑顏開。「小婉啊，妳瞧瞧是不是妳妹子來看妳了？」

夏婉嚇了一跳，雙手在圍裙上抹了兩把，快步從鍋臺後走出來。

一路上安靜乖覺的春柳見到她大姊，立刻跟兔子似的跳到人懷裡，委屈道：「大姊……」

夏婉拍了拍懷裡小丫頭的腦袋，問道：「這是怎麼了，來之前也沒說一聲？快，過來喊人。」

春柳被她姊拉了一下，老實站好，乖乖地喊：「嬸子。」

「欸！」

蕭老娘應了一聲，笑咪咪的還想問什麼，被蕭正適時扶住胳膊。「腳還疼著吧？我扶您去屋裡休息。」

夏婉驚訝地看了一眼特地給她們姊妹倆留空間的蕭正，隨即附和：「是啊，娘去堂屋歇著吧，有春柳幫我燒火就行了。」

「來的都是客，哪能讓小孩子幹活？」蕭老娘十分好奇，還想再待一會兒，就被兒子不由分說地架走了。

如今只剩下姊妹兩個，春柳又喊了一聲「姊」，忍不住就要哭。

「在別人家裡不能哭知道嗎？我平時怎麼教妳的，有問題咱們就去解決，但妳自己得先堅強一點。」春柳以前在家時就是最弱的，連春生都能騎她頭上。

夏婉沒成親前還好說，如今人不在家，有些事情等她知道都太晚了，所以她一直都想讓春柳硬氣一點，起碼以後能少受點欺負。

「過來給我燒鍋，順便把發生的事講給我聽。」

春柳最羨慕大姊這種無論碰到啥事都天不怕、地不怕的個性，感覺什麼困難都難不倒她。

她熟練地坐在灶火旁，點著柴火燒起鍋，想起這兩天發生的事，又羞又惱。

「大妗子又來咱家鬧事了……」

第七章

與此同時，蕭正也把在夏家的見聞告訴蕭老娘。

「照你這麼說，小婉她大妗子跟她大舅還真不是東西，小婉她妹多大來著？」當初訂親定得急，一切都交給王婆子，蕭、夏兩家長輩在孩子成親前見過一面，蕭老娘也只知道兒媳婦家裡有哪些人口，具體知道的不多。

「八歲。」

「這麼丁點兒大的小孩知道啥，他們也有臉往人家頭上潑髒水？我怎聽說小婉大舅家的小兒子是個傻的？這不是踐踏人家的閨女嗎？那還是一母同出的親妹子家啊！」

「夏家被鬧得不像樣，岳母擔心春柳在家聽多了閒話，鑽牛角尖，讓我把人帶來找她大姊。」

「這事你做得對，好歹是小婉娘家的妹子，回頭瞧小婉怎麼說吧。」

另一頭，夏婉也在問春柳。

「妳來的時候，大舅兩口子走了嗎？咱娘說啥了？」

「咱娘說從來沒訂親這回事，當初大妗子給的錢也還了，叫咱舅他們往後不要再來咱家了，他們就出去編排，咱娘差點被他們氣暈。」大姊出門後，娘對她比從前親密多了，娘生氣，她也難受，偏偏啥都幫不上忙，只能給家裡多幹點活。「娘怕他們過年前還會來，就讓大姊夫把俺帶來找妳了。」

夏婉說話的當下，手腳也沒閒著，很快就把午飯做好。「那妳在這兒安心住幾天，就當出門走親戚，回頭看看再說。走，幫我端菜。」

夏婉最喜歡春柳的一點，就是她只要跟對她好的人混熟之後，嘴巴特別甜。從小缺少重視的小丫頭，本能地知道誰喜歡她、誰真心對她好。

剛好碰上蕭老娘也喜歡嘴甜的孩子，兩人一見面，很快親近起來。春柳嘴裡嬸子長、嬸子短，搭把手的小事也做得麻利，弄得蕭老娘哪兒都不想去，吃過飯還要拉著春柳一起說話。

夏婉乘機提了想讓春柳在家住兩天，蕭老娘當然不反對。「春柳就跟我睡，小孩身上體溫高，有春柳陪著，我連燒炕都省了。」

夏婉鬆了口氣，夜裡睡覺時，想著娘家攤上的倒楣事，忍不住就要嘆息。

自古碰上不講理的親戚，要麼比他更不講理，要麼比他橫。偏偏娘家一樣都占不到，夏老娘在其他時候還能橫一點，可碰到大舅，卻有種對娘家大家長的畏懼，十回裡頭有八回都是退讓的，所以這事處理起來還真有點棘手。

蕭正聽她嘆氣，開口問：「還在想娘家的事？」

「是啊，躲得了初一，躲不了十五，春柳總不能永遠不回家。我大舅那邊罵也不是，打也不行，還真有點難辦。」

蕭正聽綿羊似的小媳婦都能說出「打」這個字，可見是被逼急了，忍不住好笑，試探地問：「妳家跟舅家關係怎麼樣？」

「你也能看得出來吧，我爹娘和大哥都是老實人，我大妗子估計就是看中這一點，才上趕著鬧騰。當初因為糧種，我娘想岔了，真想過要把春柳給我舅家，我那時死活攔著，錢都還給他們了，沒想到他們一點都不顧念親情，還要鬧起來，這樣的親戚還不如不要。」

「就妳這小身板，還死活攔著？」蕭正一點都不信。

「……後來我也沒怎麼動手，我娘想通了，就把錢還給他們了。」夏婉說著，覺出蕭正的調侃，忍不住抗議。「我現在不是每天都跟娘練拳法嗎？下回再碰上，還不定誰打誰呢！」

「那妳就跟娘好好學吧……」蕭正話語裡全是揶揄。

夏婉說完，才發現這人不知什麼時候又跟她擠一個被窩了，她用手指戳了兩下，見男人沒動靜，嘀咕了句「這麼快就睡著」，無奈又推不動他，只好就這麼睡了。

蕭老娘腳上的腫全消了，有春柳陪著，也沒出去找老姊妹聊天，動不動還要提點兒子。「你跟小婉早點給我生個孫子，我也哪兒都不去，就在家給你們帶孩子，家裡有個孩子，不知道有多熱鬧。」

又過了四、五天，夏老娘親自來接春柳回家，跟蕭老娘敘了會兒話，到大閨女屋裡時，激動得不行。「妳舅和妳妗子往後可不敢再來鬧騰了！」

夏婉問怎麼了？

「不知道誰幹的，妳舅家院子裡灑了灘血，三隻剁掉的雞頭上還插了三炷香，妳大妗子差點沒嚇得當場尿褲子，回頭哭爹喊娘，連大門都不敢出。」夏老娘繪聲繪色的語氣，彷彿親眼看見了一樣。

夏婉有些意外，沒想到會有這樣的事發生，見她娘激動的臉上帶笑，顯然也是被哥哥、嫂嫂給氣狠了。突然，她想到蕭正那幫會功夫的兄弟，不動聲色地提醒她娘。「大妗子那臭脾氣，指不定在哪裡得罪過什麼人。如今他們不敢再來鬧，咱們家也能舒坦點。娘也別見誰都說，免得外頭人說咱家不地道。眼看著快過年了，娘把家裡收拾好，咱只要把自個兒的日子過好就行。」

「知道、知道。」夏老娘直喊阿彌陀佛。「妳也是，俺不來，妳就不知道把春柳送回去，還讓她麻煩妳婆婆。好了，俺們這就回去了。」夏老娘離開時，當著蕭老娘面說了好幾遍客氣話，弄得蕭老娘都有些不好意思，還以為把人家姑娘留久了。

「我娘說話就這毛病，娘別多想，娘要是喜歡春柳，回頭我再讓她來陪您玩。」

夏婉越想越覺得這事跟蕭正脫不了干係，晚上睡覺時，把她娘說的話又跟蕭正說了一遍。

男人「嗯」了一聲就沒動靜了。

夏婉還以為自己想岔了，剛想放棄，就聽蕭正十分淡定地道：「就是可惜了那一大盆雞血……」

「……」她只說灑了灘血，可沒說那是灘雞血，看來還真是她男人幹的。

夏婉興奮地朝蕭正身邊挪了挪，語氣裡有說不出的柔軟和討好。「阿正想吃雞血了？我聽娘說快過年時村子裡要殺豬，到時候接了新鮮的豬血，我給阿正做血腸吃，味道可好了。」

男人又「嗯」了一聲，在黑暗中彎了彎嘴角，翻了個身，光明正大地把一隻手搭在小媳婦的肚子上，手指頭動了動，才道：「不早了，快睡吧。」

夏婉：「……」這傢伙……

過了臘八，離年節就近了，老百姓辛苦忙碌一整年，就圖能過個好年，紅紅火火、熱熱鬧鬧，才是暢快的好日子。

夏婉這兩日去鎮上的機會多了起來，先是跟著春梅嫂她們一起出去，買些針線，大姑娘和小媳婦攢了一年的零用錢，哪怕買個小小的銀丁香耳墜，都十分滿足。

夏婉主要是去逛集市的，看看大家都賣哪些東西？又有哪些東西是過年時比較吃香的？還有在集市哪個地段擺攤，人會比較多？

前不久，蕭正請了跟他一起進山打獵的好兄弟吃飯，年輕的漢子們顯然對下酒的滷味特別有好感。夏婉做了滿滿一大砂鍋滷味，直接被他們一頓吃光，還直說不夠。

如今夏婉跟他們也熟了，開玩笑地問他們願不願意拿錢買？

「過年前後親戚兄弟在一塊兒喝酒的時候多，配上這個滋味足，一口滷味，一口酒，簡直賽神仙。」老李抓著支滷雞爪，嘖嘖道：「還是俺兄弟有口福，你嫂子就想不出這些道道，回頭俺可要多來蹭幾頓飯。」

「可不是？嫂子妳想啊，大過年的，為了口吃的，哪怕多花點錢也值得，都苦了大半年了，還不興享受兩天啊！」

大家你一言、我一語，給了夏婉極大的肯定，這才有了夏婉在集市上的尋摸。

她的滷味經過改良，後來又加了幾味調料，很顯然這裡並沒有人家會這種做法。

夏婉想著，除了滷鍋材料比較麻煩，剩下的雞爪、豬下水、豬耳朵甚至豬蹄這些，比起肉類來說已經非常便宜，有時肉攤還是搭了零頭給的，就像現代在菜市場買菜，都會塞一把蒜苗當作添頭一樣的道理。

如果拿這些做滷味，價錢就能翻好幾倍。還是那句話，賣不掉就自家吃，過年吃些好的也無妨。

夏婉打定主意，年前就在鎮上的集市裡賣滷味，這一次，她想帶著娘家人一起做。

蕭老娘聽了，頭一個贊成。小婉上次做肉乾就挺有一套，這回做的滷味，蕭老娘自己也挺喜歡吃，既然大家喜歡，那肯定能賣得掉。就是過年這段時間本來是為了好生歇息，小婉卻一直忙活，蕭老娘怕她身子吃不消。

「我不幹活，就像娘當初教我做衣裳那樣，我只管告訴我娘和我哥他們該怎麼做。」婆婆的開明讓夏婉很感激，她更不能為了娘家的事耽誤了婆家過年，因此大的活計都交給娘家人，這樣賺的錢，夏老娘他們也好拿得理直氣壯。「頭兩天我跟著他們去集市上賣賣看，如果能賣得掉，之後的事我就撒手不管了，回頭讓我娘分我兩成就行。」

「咱不幹活，也不掏錢買材料，要兩成會不會多了點？」蕭老娘心裡明鏡似的，兒媳婦眼見著是為了幫襯娘家，只是夏婉光張個嘴就分走兩成，蕭老娘怕兒媳婦被娘家親戚知道了戳脊梁骨。

「我做滷味用的材料，別家都不知道，算是我的獨門秘方，就算教給我大哥他們，也得讓他們保密，畢竟我現在可是蕭家的媳婦。本來這事我自己做也成，就是想著我娘和我妹子他們過得不容易，做閨女的多少幫襯點，我娘肯定會同意的，說不定還嫌我要得少了呢。」

這一番話，既貼心了婆家，又捧高了娘家，蕭老娘心裡舒坦，哪裡還猶豫？直道：「那有啥要幫忙的，就把阿正喊上，家裡的事也不多了，妳不用惦記著，往年我都做習慣了，不費事。你們要幹，就把這事幹好，開春用錢的地方還多著哪。」

得到婆婆的首肯，整個臘月中旬，夏婉便一直忙著這事，等手把手教會兄嫂，又給大哥找好賣滷味的地方，夏婉就不怎麼管了，只隔兩天回娘家問問情況、算算帳。

這一圈算下來，在集市上賣的，反而比在酒樓裡供應的要多，看來這玩意兒還是更得父老鄉親的喜愛，往後還能考慮在自個兒村裡做一些來賣，起碼是個營生。

這些天夏婉一直來去匆匆，家裡該做的事，她瞅空也會搭把手，唯獨對自個兒丈夫的關心少了點。

其實這也不能全怪夏婉，白天她忙著回娘家幫忙，晌午回來收拾完家裡，又到了做晚飯的時候，等吃過飯、洗漱好，早就累得昏昏欲睡，幾乎腦袋一沾枕就能睡過去。

蕭正平時也有自己的事要忙，原先是夏婉一直在家裡，想說話隨時都能說，還不覺得有什麼。夏婉一忙起來，兩人連打照面說兩句閒話的工夫都沒有。

到了晚上，好不容易等夏婉閒下來，蕭正剛想跟小媳婦在炕上聊兩句，一扭頭，就見小媳婦早就睡沈了，還打著小呼嚕，一來二去，就算知道夏婉辛苦，蕭正心裡也不痛快了。

妳忙可以，忙到都把丈夫丟一邊了，妳這心裡還有我嗎？

既然心裡有不痛快，就得從別的地方補回來，不然吃虧的還是自個兒。

這天，娘家那邊的滷味生意已經收尾了，夏婉沒花多大工夫算好了帳，終於無事一身輕，連晚上睡覺都沒睡得那麼沈。

只是這覺一輕，就覺出不對勁來，當她感覺到被襲胸的瞬間，不禁錯愕。她知道蕭正喜歡揉她肚子，不過那也是在她清醒時，她只當他揉兩把過過乾癮，誰知這半夜都揉到胸口上去了，還越揉越來勁，怪不得她這兩天總覺得胸口脹得慌，還以為又開始發育了，原來是夜裡被這混球給揉的！

夏婉想死的心都有了，她要是真睡著了還好說，可她現在醒著呀，被人從後頭摟著，揉上最敏感的地方，身子都是酥的，胳膊連著手指直發顫，抬都抬不起來，為了裝睡，差點沒把自己憋氣憋死。

偏偏蕭正鐵了心地要補償自己的「被冷落」，兩邊的柔軟被他大手揉到一起，稍微一用力，夏婉終於破功，「啊」地叫出聲來。

一聲嬌啼在夜裡尤其清晰，夏婉顧不上別的，只想趕緊喘兩口氣，以為蕭正會像從前那樣，被她發現了便自動抽手，誰知這男人色膽包天，不僅沒有抽手，還整個人貼了上來。

「小婉，妳醒了？」

灼熱的呼吸噴灑在她後頸，夏婉幾乎立刻感覺到下面被堅硬如鐵的東西頂住，剛想往前挪遠一些，又被男人追上來。

「小婉別動，我不弄疼妳。」蕭正也不揉她胸部了，只將她緊緊抱在懷裡，嘴唇不住地在她脖頸上磨蹭。

接著蕭正一個翻身，仰躺在床上，而夏婉也被他兩隻手臂緊緊摟住，仰躺在他身上，擱在她臀縫中的東西滾燙而堅硬。

接下來的兩刻多鐘裡，除了蕭正粗重熱切的喘息，夏婉什麼都聽不到了，直到男人在一陣劇烈的顫動下，長長吁出一口氣，夏婉才徹底回過神來。

蕭正喘息了一會兒，饜足地把夏婉放回炕上，伸手給她脫褲子。

夏婉一個激靈，雙手捂住褲腰往後縮。「你不是已經好了嗎？」

「妳褲子濕了，沒覺得涼嗎？我給妳換條乾淨的。」蕭正一本正經地道，彷彿她褲子濕了跟他沒關係似的。

這傢伙竟然都弄到她衣服上了！夏婉那個氣啊，伸手一摸，果然屁股中間濕了一大塊，不知道的還以為是她尿褲子呢。

她恨恨地把褲子拽下來，扔到蕭正懷裡。「捲起來放著，我明天早上起來拿去洗，再去給我拿條乾淨的來！」

夏婉從來沒有說話這麼硬氣過，偏偏蕭正吃飽喝足，一副她說什麼都好的樣子，給她拿來褲子，一轉臉，卻把夏婉換下來的褲子在自己腰腹上擦了一把。

夏婉都沒臉看了，隔老遠都能聞到男人身上不一樣的味道。

蕭正自個兒或許也覺得不妥，乾脆出去沖了一下。過了一會兒，帶著一身水氣的男人重新回了屋，卻見他的小媳婦已經給他鋪好另外一床被子，再也不讓他鑽她被窩了。

「行，那就先這麼睡。」蕭正給自己找臺階下，躺下去時，心裡想著，反正人就在炕上，胳膊一撈就過去了，他根本沒在怕。

隔天，沒等夏婉起床，他倆弄髒的衣裳便被蕭正洗乾淨晾起來，夏婉卻沒因此給他好臉色看。他對外人倒是穩重踏實，背地裡想怎麼「欺負」她，都是分分鐘的事。

尤其經過昨天晚上，夏婉近距離體驗了下蕭正的尺寸，想想還不到兩個月就是她十五歲生日，不禁有些不寒而慄。

接下來的兩天一直到小年，只要婆婆不在身邊，夏婉瞅著蕭正過來，就立刻繞道走，甭管他會不會生氣，反正死活都不要跟他沾上邊。

後來夏婉想想，也是她自己睡迷糊了，腦子不清醒，被蕭正那麼一揉，立刻軟了身子，才會一點反抗的念頭都沒有，任憑蕭正捏扁搓圓。還好蕭正忍得住，沒真把她吃乾抹淨，否則強壯如他，她這隻瑟瑟發抖的白兔根本毫無還手之力。

小倆口鬧彆扭，連一向粗神經的蕭老娘都察覺出不對勁來，她悄悄拉過夏婉問怎麼回事，夏婉只能搖頭說沒事。

本來也不是什麼大事，別說不能讓婆婆知道，就算她說了，婆婆不僅不會幫她教訓蕭正，說不定還要替兒子感到高興。

過了兩天，夏婉就把那天晚上的事拋到腦後，概因整個東鄉村有個最大的慶典要在年三十這天舉行。

蕭家身為東鄉村裡數一數二的人家，更需要精心準備。這事連蕭老娘都相當重視，夏婉當然不敢怠慢。

之前蕭正他們去打獵的那座山有個名字，這事還是夏婉跟春梅嫂她們閒聊時知道的。山名叫「三聖山」，半山腰下還有座「三聖廟」，自從東鄉村的人在山腳下定居繁衍之後，每年大年三十大清早，都會全村出動到三聖廟裡燒香祈福，以求依山靠水的東鄉村人丁興旺，蒸蒸日上。

「妳還別說，這事就是這麼邪門。咱就說近的，這回的天災不得了吧？周圍的鄉村，哪家哪戶沒遭過災啊？日子怎麼苦自不必說，再往北邊去，還有全村餓死人的，咱們村就是有三聖山的保佑，才比外頭人過得好一點，這山可靈著，連動物都比其他山林還多。」春梅嫂對於自己的信仰尤其堅定。「小婉這回上山也好好祭拜，說不定來年就能給阿正生個大胖小子哪！」

祭拜可以，生孩子就算了吧，她現在可是一丁點這打算都沒有。

從春梅嫂的態度，就看得出東鄉村的村民對祭祀的重視。到了年三十那天，蕭正還會跟隨族長同眾多族人們一起抬三牲上山，以告慰山神，祈求平安。而夏婉和婆婆則要忙著準備一、兩道分量足夠的大菜，待族人們祭祀歸來，好參加百家宴。

年前，蕭正去了鎮上好幾次，除了置辦他們家過年用的紅紙和香燭外，更多時候是為了幫村裡準備祭祀用品。夏婉知道他忙，沒想到他忙歸忙，還曉得給她帶東西。

頭一回帶了老婆婆家的餛飩回來，剛包好的新鮮餛飩，直接下鍋，水一滾就能吃。

後一回竟然給夏婉帶了一把長柄的桃木梳。夏婉喜歡洗頭，大冬天也是兩、三天就要洗一回，可家裡的梳齒太窄，打理一頭長髮不方便，沒想到蕭正那麼細心，長柄的桃木梳齒縫剛剛好，用起來十分方便，一下子就讓夏婉心裡熨貼不少。

等到晚上，啥話擱心裡都不說的蕭正悄悄再往她被窩裡鑽，夏婉就不好再講他什麼了，甚至覺得這樣悶聲賠禮的男人有些可愛。加上蕭正又恢復到以往的踏實模樣，不再對她動手動腳，夏婉也就睜一隻眼、閉一隻眼。

到了年三十這天，一大早天剛亮，整個村子裡的人全都活動起來。蕭正他們更是頭天晚上便住進祠堂的門房那裡，為的是先一步準備好祭祀用品，領頭走在村民的前面。

夏婉和蕭老娘把今年新做的衣裳拿出來穿，點好火把，娘兒倆手挽著手，走出家門。

一路上，陸陸續續有許多村民像她們一樣舉著火把往山腳下走。微暗的晨霧裡，熒熒如星的火光散發著古老而神秘的韻味。

待大部分村民與搬運祭祀用品的隊伍會合後，晨曦微露，火把熄滅，主持祭祀儀式的族長口中唱著祭祀之曲，率先邁步帶著族人朝半山腰的三聖廟前進。

眾人安靜虔誠地邁著步伐，帶著對未來的憧憬緩步而行，讓夏婉也感到一絲熱切與期盼。

一路往上，終於隱隱能夠看到三聖廟，只是茂密的樹林深處，竟還有一大片人為修建的露天平臺，已經生出野草的開闊平地，幾乎能夠同時容納幾百人。

夏婉能夠肯定，這裡包括她即將抵達的三聖廟，應是不知什麼時候留下的遺跡，想到東鄉村的年輕人幾乎個個都懂些拳腳功夫，每年都要全副武裝如同歷練般進山打獵，她突然覺得自己似乎發現了什麼不得了的秘密。

威嚴的三聖廟內，和村子裡的祠堂內如出一轍，只規模大了一倍不止。

夏婉被蕭老娘一把拉下，跪在地上。

想到春梅嫂說的虔誠祈福，夏婉沒有說話。見前面的人已然彎腰伏跪，她也有樣學樣跪拜下去，額頭碰上蒲團的瞬間，心中竟也有了些期盼。

只願老百姓安居樂業，再也不要有吃不飽的時候，希望娘家和婆家都能越過越紅火。

冗長的祈禱儀式結束後，下山的人群明顯熱鬧起來，三兩成群，討論自家準備的大菜，誇讚對方花心思穿出來的新衣裳。

夏婉這是頭一回見到東鄉村所有村民，跟蕭老娘一路走下山，不知道同多少人打過招呼，起先蕭老娘還給媳婦介紹一番，後面不甚熟悉的人家，蕭老娘只喊個人名便罷，夏婉全程保持著微笑。

「老姊姊，可等等我——」夏婉看見興沖沖走過來的秋雙嬸，突然想到這人欠他們家許多錢還沒還。

「恁家今年做什麼菜啊？俺曉得了才不會重複呀。」

「還能做啥菜？跟往年差不多，就是這回有小婉幫我，可輕鬆著哪。」

秋雙嬸瞅一眼跟她打過招呼就沒吭聲的夏婉，心裡到底還是有點發怵，只是為了跟蕭老娘打好關係，硬著頭皮也得開口。「俺就說嘛，老姊姊有了兒媳婦可享福了，這當了婆婆的人，跟之前就不一樣了，瞧這紅光滿面的，小婉這媳婦可貼心孝順了不是？」

蕭老娘多喜歡聽好話呀，誇的又是她兒媳婦，跟秋雙嬸多日不見的疏遠一下子便沒了，頓時熱絡起來。「可不是嘛？俺們家小婉多勤快呀，這回做的大菜都是小婉想出來的，那滋味，包准妳吃過一回還想吃第二回，是啥俺就先不說了，咱們中午百家宴那時再比較比較。」

百家宴上，各家準備的大菜可是要由村人們嚐過後一致推舉，最得民心的那道菜來自哪戶人家，就表示這戶人家來年一定紅紅火火、大吉大利，而這也是蕭老娘特別重視百家宴的原因。畢竟老蕭家今年剛娶了新媳婦，來年也想有個好兆頭。

「那敢情好，回頭俺可要好好嚐嚐阿正媳婦做的菜。妳這媳婦算是娶對了，漂亮又會做事，孝順又跟妳貼心，俺當初說得沒錯吧？這閨女就該是你們老蕭家的。」秋雙嬸一番唱作俱佳，真就跟蕭老娘又敘到一塊兒去了，兩人說著說著，還講到元宵節一起去鎮上逛街的事。

夏婉主動退讓到兩人身後，只覺得十分佩服這位秋雙嬸，不管是臉皮的厚度，還是識得人心的能力，都讓她望塵莫及。等這陣子忙完，她應該好好跟春梅嫂聊聊這位秋雙嬸家的事，畢竟知己知彼，才能有備無患。

百家宴講究吉時開宴，這也是為何天沒亮，整村人就要趕早上山祭拜的原因，說到底還得給上午的做菜準備騰出時間。

夏婉覺得婆婆對參加百家宴的熱情，遠遠超出上山祭拜，索性便跟婆婆大半宿沒睡，把做菜的材料準備齊全，今兒個做起來也輕鬆許多。

老蕭家準備的兩道菜，一道是寓意著紅紅火火的毛血旺，這是夏婉順著蕭正的喜好做的。

之前村裡殺豬時，蕭正除了豬肉，還要了許多豬血回來，夏婉給他做了頓血腸，男人便愛上這口。只是血腸做起來費時又費工，平時做一些給蕭正解解饞還成，真要當成大菜送到百家宴上，怕是做一天都不夠。

夏婉退而求其次，把血豆腐做得嫩一點，卻能一次做出大分量，配上豆腐皮、豆芽、羊肉片，滿滿的一大鍋，加上蕭老娘自己曬的紅辣椒榨出的辣油，紅通通、熱呼呼，別說聞味道了，瞅一眼就能讓人口水直流。

第二道菜，夏婉仿照從前吃過的「大力丸」，用糯米和豬肉丸子包起來蒸出的一道菜，取名就叫「團團圓圓」。

糯米是用排骨清湯泡發的，豬肉丸子裡加了薑末和冬藕，軟彈肉香，一大顆肉丸子外頭裹上鮮甜的糯米，一人一粒，既好吃又有好寓意，讓蕭老娘還沒出門，就說今年老蕭家的大菜保證能拿第一。

老娘、媳婦們忙著做菜，年輕的少年後生們就負責取菜、送菜。夏婉估計還差半個時辰就是正午時分，陸續便有穿著新衣裳，喜笑顏開的少年上來拍門。

由於每家大菜的分量都不少，一家需得來好幾個小夥子端菜。夏婉拿出事先在鎮上買好的糖果，打開門先不說旁的，每人先塞兩塊糖果。

得了意外之喜的半大孩子可開心了，臉蛋紅彤彤的，嘰嘰喳喳地喊人，瞧著十分喜慶。

直到這時，夏婉才覺得新年對於辛苦忙碌一年的農人來說，果然意義非凡。

送走了送菜的孩子們，蕭老娘這才鬆口氣，拉著兒媳婦梳洗整理。這一年的辛苦到這時才算徹底結束，接下來就是享受的時候了。

舉行百家宴那處，自有老到的人負責搬桌椅、整理碗筷、擺放菜餚。等鄉親們到了，還會有人負責把村人往席面上領。

夏婉過去時，就見桌子和長凳擺得像一條長龍似的，依次排開的菜餚瞧著就讓人食慾大增。

蕭正在祠堂前頭擺放燈籠，見夏婉過來，同身邊的人打了個招呼，就朝這邊走來。

「菜都做好了？」

「嗯，看著他們把菜送過來，我和娘才來的。」夏婉四處看了看，見大家都在忙，沒人注意到他們倆，伸手把早就藏在布兜裡的糖果塞了一顆到丈夫嘴裡。「甜吧？早上有沒有吃東西？餓不餓呀？」

「甜得很。」蕭正含著糖粒，瞅著小媳婦直笑。「早上沒來得及吃，就把妳塞的肉乾跟老李他們幾個分著吃了，還喝了點水。」

夏婉聞言，立刻把布兜裡的糖果一股腦兒給了蕭正。「抽空含一顆在嘴裡，能抵點餓。」

蕭正發覺夏婉很喜歡投餵他吃各種東西，連女人、小孩愛吃的糖果都能給他。當下也不說別的，呵呵笑著把東西留下，朝四周環視一圈，兩隻大掌握住夏婉的肩膀，揉了兩下。「胳膊可疼？今兒個做菜累到了吧？」

他還記得小媳婦有多嬌氣，之前醃個豬肉，都能累到半夜抽筋。

「今兒個還好，大菜做得也輕鬆。你忘啦，我正跟婆婆學打拳呢，胳膊勁比以前大多了。」

「嗯，胳膊勁大一點也好。」

夏婉沒明白他的意思，剛抬頭想問，男人的大手就順著肩膀往上挪，挪到她頸子旁，捏著她的耳垂揉了兩下。

夏婉頭皮一麻，再也不敢問了。

「你、你忙你的吧，我去找娘了，一會兒就要開席了。」夏婉結巴道。扭頭避開男人的手，裝作在人群裡尋找蕭老娘。

蕭正輕笑一聲，收回手，特意指給眼神根本沒聚焦的她看。「娘在那邊呢，趕緊過去吧，等等開席時我再去找妳們。」

夏婉的臉轟地一下紅起來。她好像又被蕭正給耍了，這傢伙……

第八章

那廂，蕭正慢悠悠回到一幫兄弟中，拿出布兜給人分糖。「家裡的怕餓著，特意送過來的，一人含一粒，好歹頂頂餓。」

現學現賣的蕭正耳朵聽著兄弟羨慕又幽怨的嘀咕，兀自施施然重新拾起手中的活計，嘴角上揚，心情十分美麗。

像這樣全村老少齊聚一堂，喝酒吃肉、吆喝著過的節日，夏婉頭一回體驗。剛開始大家還能十分矜持地坐在自家位子上，互相敬酒，說著吉祥話，可酒過三巡後，態度立刻就不一樣了，尤其像老李這樣年紀稍大一點、有了老婆和孩子的，言語間少了少年人的穩重。喝到最後，乾脆直接捧著酒壺，挨個兒桌子敬酒。

蕭家上的那兩道大菜，特別受到眾人青睞，因而來蕭正這桌敬酒的也多。

蕭正明顯心情很好，大多來者不拒，看得夏婉都替他胃疼，還好喝酒前吃了菜墊底，不然很傷身啊。

偏偏全程看在眼裡的蕭老娘，一點也不怕兒子喝多了，反而勸慰夏婉。「男人一年到頭總算能暢快地喝一回，由他們去吧，大不了醉倒了讓人抬回去。」

鬧到最後，連蕭正都喝多了，大傢伙比射箭、比摔角，誰輸了誰喝，讓蕭正把人家敬給他的酒又討了回來，把那幫鬧得最凶的一群傢伙差點喝成孫子。

夏婉管不住他，索性隨他們去，就連她自己都被相熟的幾個嫂子灌了幾杯米酒。甜絲絲的米酒帶著些酒氣，一點都不難喝，就是後勁有點大。夏婉在宴席上還沒覺得怎麼樣，剛回到家，酒勁就開始上來。

她扶著醉醺醺的蕭正在炕上躺好，自己摸出去在院子裡的小板凳上坐下，曬著暖烘烘的太陽，隔一會兒便嘿嘿笑兩聲。

明明腦子清楚自己在幹麼，偏偏身子不受控制，一個勁兒地覺得自己搖頭晃腦的樣子十分滑稽，把自己逗得直樂呵。

蕭老娘比他們回來得晚，剛進家門，就見她家兒媳婦傻乎乎地捧著紅紅的臉蛋對她笑。「娘，您怎麼斜著身子走路啊？您快別晃了，再晃就要暈了。哎，有兩個娘一起斜著走路……」

「哎喲喂，這傻丫頭酒量也忒差了。」蕭老娘差點笑出眼淚來，半扶半摟地把人送回兒子屋裡。「下半晌都沒啥事了，妳也睡會兒吧。」

蕭正酒量並不差，只是酒勁上來，暈了一會兒，夏婉幫他脫鞋、幫他蓋被他都知道。聽到動靜，他睜開眼，就見他娘扶著醉醺醺的小媳婦進屋，見到他醒了，二話不說，直接把人塞他被窩裡。

「你們睡吧，我到隔壁串個門去！」

蕭老娘溜得快，蕭正只好幫夏婉脫衣裳。醉醺醺的小媳婦全身散發著甜甜的酒香，尤其不老實。

「哎呀，阿正，你把我弄疼了！」夏婉瞧著自己發酒瘋，晃了晃腦袋想清醒一點，誰知更暈了。「壞傢伙，脫我衣裳想幹麼，是不是想欺負我呀？」

蕭正自己還暈著，剛幫夏婉脫去襖子，就被她一下子撲進懷裡，偏偏她又愛嬌地說著不知有多勾人的話，把蕭正聽得氣血翻湧，直抽冷氣。

「你敢脫我的，我也敢脫你的。」面臨危險猶不自知的夏婉倒在男人懷裡，試圖解男人衣裳，手上用不上勁，乾脆摸到衣裳下襬，伸手進去朝上摸索。

「也不怎麼涼快呀？」男人身上比她還熱，夏婉嫌棄地就想抽手，她還以為能找到涼快的地方會舒坦一些。

蕭正被她撩撥得血脈賁張，按住夏婉想逃的雙手，一下子把人摟進被窩，拿腿夾得她不能動彈。「小婉是在輕薄我嗎？嗯？」

「你是我相公，我不輕薄你輕薄誰？嘿嘿——」下半身被夾住，夏婉掙扎兩下，伸出兩隻胳膊，抱著男人的脖頸，先是拿手指沿著蕭正的眉毛描畫半天，末了捧起男人的腦袋，重重親了一口。

「我男人真帥。」

都說酒後吐真言，蕭正從沒想過夏婉喝醉後會有這麼率真的一面。上一回他把她揉怕了，還對她做了那樣的事，她就一連幾天虎著臉躲他，讓他不敢再輕易對她孟浪。沒想到其實小媳婦心裡還是挺想跟他親近的。

他也忍得全身發疼，又有溫香軟玉在懷，還主動勾著他脖子，再忍下去，蕭正就不是男人了。

很快地，衣裳一件一件從被子裡扔出來。

夏婉不滿地哼道：「你弄疼我了，我這會兒不熱了，有點冷呀，我不要脫了，嚶嚶嚶，你放開我！」

蕭正遲疑了一瞬，一低頭，藉著明晃晃的亮光，把小媳婦上半身那件透明的、幾乎看得到紅梅的小衣盡收眼底，一時間只覺喉頭發緊，全身血液沸騰，撲上去之前，只來得及發出含糊的聲音。「乖，跟我貼緊一點就不冷了。」

紅梅被含住，溫熱的氣息噴灑在胸口。迷糊之中，夏婉分不清是醉酒的微醺還是被蕭正作弄的酥麻，氣喘吁吁地直哼。她捧住胸前的腦袋，想把人往遠處推，又有點捨不得地攬著，漸漸覺出趣味來，忍不住扭動身體，被蕭正一個巴掌拍在屁股上。

男人抬起頭，眼角泛著豔紅，讓略微清醒點的夏婉一個顫抖。「我、我生辰是二月初二……」

「所以？」

「所以，反正就剩一個月了，也不是不能提前，啊……」

夏婉默許的態度更加刺激蕭正，男人重新低下頭，叼住小媳婦柔軟的紅唇，恨不能把人吞進肚裡。

夏婉被親得直往別處躲，好不容易被放開，她已經憋紅了眼，委屈地朝男人控訴。「要尿床了，都怨你，快把我放開！」

「……怎麼了？」

蕭正也被夏婉弄愣了，只見剛剛還活蹦亂跳的小媳婦，哭哭啼啼的伸手去掀被子，一不小心，把蕭正昂揚的兄弟露出來，「啊」的一聲又趕緊蓋上，反而是她自己啥都不顧地爬起來，對著鋪被就是一氣兒猛找。

白晃晃的身子這會兒倒是不嫌冷了，蕭正以為她還在發酒瘋，連忙拿被子裹住她。「不是覺得冷嗎？小心凍著。」

折騰了一會兒，夏婉已經被徹底冷醒了，想著自己剛剛那一番奔放的言行舉止，恨不能挖個洞把自己埋進去。她推著蕭正，半天才豔紅著臉，結結巴巴地解釋：「我、我好像來癸水了……」

夏婉既羞愧又懊惱，簡直沒臉看蕭正。或許是年紀小的緣故，她知道這副身子來過癸水，卻並不規律，加上之前身子耗損得厲害，這都過了幾個月，才第一回來，她真是萬萬沒想到偏偏是在這個時候。

蕭正也瞧見鋪被上的一小灘血跡，深吸一口氣，平復了許久，才重新撿回褲子套上，好脾氣地把夏婉重新塞回被窩裡。

「反正都弄髒了，就這麼躺著吧，別凍病了。」

夏婉眼見他把衣裳一件件套回去，開門走了出去，莫名地有點可憐他。過了一會兒，忍不住躺在炕上「噗哧」笑出來，想著蕭正那略黑的臉色，越想越覺得樂。

這時蕭正端了熱水，開門走了進來。

「擦洗一下再起來，先把被子換了。」他從箱子裡翻出一床鋪被，放在炕頭，走出去給夏婉騰出空間擦洗。「我去把炕燒熱，一會兒換了鋪被，在被窩裡焐熱了再出來，別凍著了。」

夏婉迅速地拿熱水擦身子，將髒的鋪被收起來放在旁邊，重新鋪好鋪被，炕已經熱起來。她拿著之前閒來無事做的月經帶，把自己收拾好，立刻躺進暖和的被窩裡，舒服得直哼。

過了一會兒，蕭正端來一碗紅糖水，喊夏婉起來趁熱喝。

至此，夏婉對蕭正的內疚達到頂點。這可不是女朋友的月經來，只會讓人多喝熱水的笨蛋，而是在她癸水來時給她燒熱炕，又煮好紅糖水的蕭正啊。

等夏婉把紅糖水全部喝完，男人收起空碗就要走，卻被小媳婦一把抓住。

蕭正挑眉，無聲地看了夏婉一眼。

明明兩刻鐘前才說過的話，這時在清醒的狀態下，夏婉還未張嘴，就開始臉紅，見蕭正還等著，一咬牙給出承諾。「你、你等我好了之後，我們再……」

我們再繼續。這話夏婉死活說不出口，張大了眼睛，可憐巴巴地瞅著蕭正。還真是風水輪流轉，前段時間是蕭正千方百計給她賠不是，這下輪到她來討好他。

蕭正打量夏婉，似在判斷她話裡的真實性。夏婉忍不住坐直身子，又被蕭正抬手重新塞回被子裡。

這事說起來也不是小媳婦的錯，畢竟癸水又不能控制。蕭正覺得自己只是鬱悶著，堅決不承認自己是慾求不滿。

「這幾天身子弱，躺著多休息，涼水不能沾了，家裡有什麼事，直接喊我來做。」

「嗯。」夏婉低頭應聲，手依舊沒放開，攥著蕭正的手指。反正臉面已經豁出去了，也不在乎這一時半會兒。

不管有再大的不痛快，也被夏婉這副小媳婦模樣給弄心軟了。蕭正空出一隻手，在夏婉髮間拂了拂，又低頭在她鬢角親了下。

這是一個不帶絲毫情慾的吻，教夏婉心裡一熱。她緩緩轉過頭，四片唇瓣便貼在一起。

蕭正的唇輕輕在夏婉唇上摩挲，像蜜蜂與花瓣的玩耍，輕輕貼合，又緩緩離開，夏婉癢得輕哼，伸手環住蕭正。

男人輕輕拍著她的後背，貼在她耳邊說的話盡是調笑。「這會兒可要尿床了？」

夏婉惱羞成怒，一巴掌拍到男人背上，反而震得自己手疼，蕭正終於忍不住大笑出聲。

大年三十吃餃子，晚上一家人圍坐在廚房裡，夏婉和蕭老娘負責包餃子，蕭正則擀餃子皮。

一頓熱氣騰騰的豬肉白菜餃子出鍋，蕭老娘頭一個咬到包著銅板的好運餃子，喜得她拿出兩個大紅包給兒子和媳婦。「都沾沾喜氣，來年給俺生個大胖小子！」

吃完飯，蕭老娘熬不得夜，早早就去睡了，蕭正領著夏婉在書房裡寫字，順帶迎接新年。

雖然夏婉的大字還有些見不得人，但已比早先時候要好上許多。兩人敘著話，講到初二夏婉回娘家的事，蕭正便跟夏婉提議。「開春後，可以讓春生早上來這邊跟東鄉村的娃娃一起學認字。」

東鄉村離溪山村來回只要一個時辰的路程，蕭正的意思是，他開春兩個月不會出遠門，在家裡也是每天都要教村裡的娃娃們識字，春生要是想學，早上就讓春樹送過來，在蕭家吃過午飯，不用再麻煩夏家人，蕭正可以把孩子送回去。

這個提議簡直正中夏婉下懷，溪山村本就沒有教書先生，她原想著春生若要識字，只能等夏家賺了錢，把他往鎮上送，如今蕭正提起，春生不僅能提前認字，還能知曉那孩子的天分如何？如果真是學習的料，自然砸鍋賣鐵也要栽培他；若不是那塊料，也能趁早歇了心思。

這會兒夏婉只覺得蕭正哪兒都好，忍不住就想跟他黏在一起。

蕭正瞧她神色，伸手揉她肚子。「不想血流成河就老實點。」

小倆口說說笑笑，過了子時才睡下。

大年初一懶家裡，蕭老娘盤坐在炕上嗑瓜子，瓜子殼掉滿地，還不讓夏婉掃，夏婉索性陪婆婆一起盤在床上消磨時間，後來不過癮，還把蕭正也喊了過來。

娘仨猜拳玩，拿瓜子當賭注，竟也玩得不亦樂乎。

難得老娘和媳婦一起要求，蕭正耐著性子作陪，明明輕輕鬆鬆就能把婆媳倆贏個底掉，還得千方百計想著法子輸給她倆。

夏婉來癸水，有蕭正照顧，除了腰疼了點，其他倒還好，等初二回娘家那天，已經不妨礙走路了。

蕭正怕她路上凍著，還牽了大灰跟她一起騎馬回夏家。

果子、點心、燒酒、活雞，走親戚的四樣禮備齊，溪山村的老夏家迎來他們家的新女婿。

大嫂白氏的肚子已經鼓起來，春生和春柳一段時間沒見，又長高了一大截。蕭正被岳父喊去堂屋說話，夏婉到廚房幫忙打下手，一見春柳燒鍋、大嫂白氏炒菜，她娘兩手掐腰，站在一旁比劃，不禁道：「大嫂還懷著孩子呢，娘也不體諒著點。」

平時一點反駁的話都不能聽的夏老娘卻一句話都沒有，光顧著臉紅。

夏婉好奇地問：「娘，您怎麼了？」

夏老娘一甩手，乾脆出了灶間。

夏婉接過鍋鏟，讓她嫂子去休息。白氏因年前跟著夏婉賣滷味，家裡掙了些錢，臉色也比從前紅潤許多，聞言只是笑，過了會兒，才生怕春柳聽見似的，在夏婉耳邊小聲道：「咱娘又有身子了，直說就比我肚裡這個小幾個月，抹不開面子，都不讓家裡人當著她的面提。」

夏婉目瞪口呆，敢情把春生攆去春柳屋裡睡，她爹跟她娘又迎來第二個春天？怪不得她娘羞得都不敢看她一眼。

說起來，她大哥夏春樹過了年都二十了，這孩子年齡確實差得多了點，她娘就是個高齡產婦啊。

問了大嫂，知道夏老娘這一胎滿穩的，沒孕吐也沒犯睏，夏婉才長吁了口氣。好歹是生過四個孩子的，只要養得好，別受累，應該能順利生產。

臨走前，夏婉還叮囑夏老娘多注意著點，有什麼情況就去東鄉村喊她。

回家的路上，夏婉索性跟蕭正說了。即便夏老娘的肚子現在看不出來，過幾個月也瞞不住了。

男人的表情更是震驚，過一會兒就盯著夏婉的肚子笑，笑得夏婉直惱火。

「看啥呢？」

「看我媳婦的肚皮啊，往後咱老蕭家的人丁興旺，可全都靠妳了。」

老話說得好，閨女隨娘，夏老娘能生，夏婉這個做女兒的一定也不會差，可她怕的就是這點，萬一沾著就懷孕，她總不能一直生生生吧？

「地肥也要看種子吧，沒聽說歹竹出不了好筍？」

男人的尊嚴，豈容他人挑釁？蕭正騎在馬上，隔著衣裳，也把夏婉好一陣揉弄，被她有恃無恐的小模樣恨得牙癢癢，直說：「妳給我等著，這帳等妳好了，咱們再好好算。」

夏婉早做好視死如歸的準備，奈何事到臨頭，蕭正反而踟躕起來。

倒是有兩回實在耐不住，拉了夏婉的手直接套弄出來，直把她的手累得抬不起來，這時才曉得他那句「胳膊練有勁了才好」是啥意思。她要是沒跟蕭老娘練過幾天拳，怕是胳膊都要被他弄廢了。

對自個兒的圓房之日，夏婉越來越憂心忡忡。

日子該怎麼過就怎麼過，好不容易有了歇息的機會，夏婉記得秋雙嬸要把婆婆拐走的打算，乾脆約了蕭正，準備一家人一塊兒去鎮上逛街。

夏婉的打算，蕭正都看在眼裡，知道她不喜秋雙嬸，也是為了護著老娘，便一直沒說什麼，端看她會怎麼做。

一家三口出去逛街，是能減少蕭老娘和秋雙嬸相處的機會，可從小看慣蕭老娘是怎麼被秋雙嬸糊弄，蕭正並不覺得這種溫和的手段會有什麼作用，乾脆直接提點夏婉。

「她家蕭強是個性子軟的，心腸倒不壞，就是被他媳婦和他娘兩個輪流吹風，容易犯糊塗。好在我的話他還是會聽，所以哪怕妳態度再強硬一點也沒關係，總不會讓他家鬧起來的。往年我是想著娘自己在家時間長，有秋雙嬸陪著說說話，倒不會孤單，如今有妳陪著她，也好叫秋雙嬸稍微收斂一些，有什麼事我幫妳兜著就是。」

有蕭正明著支持，夏婉還有什麼可擔心的？立刻決定元宵節那天還是她跟婆婆兩個人去鎮上，端看秋雙嬸又想出什麼么蛾子。

被小媳婦討了主意便過河拆橋，蕭正哭笑不得，只能在炕上把吃的虧找回來。

第二天，夏婉抖著手腕，跟蕭老娘一同往鎮上去，只覺白天和黑夜都過得不容易啊。

見蕭老娘根本沒朝秋雙嬸家的方向走，夏婉以為她改變主意，不打算跟秋雙嬸一起去鎮上，還沒來得及高興，往前又走一段路，遠遠就見秋雙嬸已經在她們常搭車的路口等著。

秋雙嬸個子不高，走路顛顛的，一見到她們，立刻喜笑顏開，三步併作兩步走過來，未語人先笑。「還以為妳們不來了呢，怎麼這麼慢啊？」

「還得把家裡的事收拾好哇，妳怎不說妳來早了呢？」蕭老娘的人生信條，哪怕是老姊妹，該對的就要對。

夏婉跟秋雙嬸打過招呼，問道：「堂嫂怎麼沒跟著一塊兒來？聽說今兒個鎮上可熱鬧呢。」

「家裡活計還沒做完，哪能想出去就出去？」自家兒媳婦成事不足，敗事有餘，秋雙嬸可不敢再叫她跟著，就是夏婉會一起來，也大大出乎她意料之外。她原想著只跟蕭老娘一起，誰知夏婉也來了，她瞧著怵得慌，又不得不打起精神應對。

夏婉知道蕭強家裡實際作主的還是秋雙嬸，聽了她的話，沒再說什麼，陪她們一起上了馬車。

可有些人，明明知道別人不好惹，有時還非要上前撩撥兩句，實在讓人討厭。馬車裡，比她們早上車的還有別村的媳婦，秋雙嬸眼珠骨碌碌轉一圈，便開始跟夏婉敘閒話。「小婉啊，聽說妳娘家大妗子去妳家鬧了？眼瞅著大過年的，怎不讓人安生哪？」

夏婉挑眉看她，顯然是上回買布的事最終沒得到教訓，讓秋雙嬸以為能把夏婉壓上一頭。

夏婉沒有接話，蕭老娘先不高興了。她對跟自個兒有關的事向來遲鈍，偏又護短得很，伸手拉了秋雙嬸一把，警告道：「說啥呢，就知道嚼舌根！」

「俺這也是替小婉不值不是？妳不知道她大妗子把她娘家罵得那個難聽啊，都傳到咱村來了。小婉哪，妳爹娘怎也不管管，太好叫人欺負了。」

「都是親戚，不好鬧得太難看。」要是不相干的人，夏婉也能順勢說兩句，偏偏事關她的長輩，就是再有錯，也不好當著外人的面講長輩的不是。

秋雙嬸這會兒挑事，又暗示夏婉爹娘懦弱，顯然是不懷好意，夏婉無所謂地笑道：「正所謂謠言止於智者，誰家姑嫂間相處時沒有口角？懂理的人家才不會把這些口角當真，到處亂傳，只有那些唯恐天下不亂的才愛亂嚼舌根。嬸子過年忙，還操心我娘家的事，也是辛苦嬸子了。」

夏婉連消帶打，把話頭又扔還給秋雙嬸，還暗諷她多管閒事，旁邊聽得明白的小媳婦已經忍不住笑出聲來，偏偏蕭老娘實誠，聞言還要勸秋雙嬸。「就是，妳不是見天叫累得慌，想出來鬆快鬆快嘛？管小婉的娘家事幹麼？她娘家還有爹娘看著，吃不了虧。」

秋雙嬸氣得七竅生煙，只是熟悉蕭老娘性格的，知道她也就是嘴上說說，心裡壓根兒就沒別的意思，反而這樣無心的話才最戳人心窩子。

秋雙嬸嘴上沒占到便宜，還被氣得胸口疼，後半段路程就跟鋸了嘴的葫蘆似的，啥話都沒了。

元宵節的鎮上，比過年那時還熱鬧，有些店家已經把燈籠掛在店門口了，到了晚上，家家戶戶亮起燈籠，那光景瞧著就熱鬧。

秋雙嬸這一趟是打定主意來同蕭老娘增進情感的，所以不管她們逛首飾鋪還是吃食鋪，一直表現得老實，再沒提沒帶夠銀錢這類的藉口，還一個勁兒地誇蕭老娘眼光好，直把蕭老娘誇得心花怒放，請秋雙孀一起上館子。

可巧，去的還是夏婉賣肉乾的那家酒樓，也沒太破費，三人又不喝酒，就點了三碗麵做主食，再點兩道菜。

那掌櫃的還記得夏婉，畢竟年前賣滷味那時，夏婉還領著她大哥來過一趟，因此對她們這桌的態度便殷勤許多。

秋雙孀既驚訝又羨慕，瞅著夏婉直冒酸話。「小婉跟鎮上的酒樓掌櫃都那麼熟稔呀？那咱們這頓飯能便宜點嗎？這年頭賺錢也不容易，能省一點是一點，老姊姊，妳說是不是？」

提到掌櫃的，夏婉就想起她前頭辛辛苦苦說了許多話，才把肉乾賣了兩百來文，後腳就見婆婆被秋雙孀哄著借出那麼多錢。敢情這秋雙孀是深怕她記不起來？當下也不再客氣。

「孀子這話說得極是，誰家的銀錢不是辛辛苦苦賺來的？孀子想知道為啥掌櫃的對咱這桌這麼熱情？當初我跟婆婆又是醃肉、又是燒鍋烘熟肉乾，就是賣給這家酒樓，咱家的小吃讓酒樓賺了錢，可不得對咱們熱情一點？」夏婉似笑非笑地望著秋雙孀，讓秋雙孀頭皮一麻，想起上回的事，眼神就要退縮，夏婉卻沒給她這個機會。

「說起這個，我倒是想起來，上回剛賣完肉乾，出門就碰見嬸子和堂嫂，就在斜對面的布莊裡，嬸子可想起來了？」

見秋雙嬸縮頭縮腦，試圖張嘴把這事含糊過去，夏婉一掌拍在桌子上，不僅是秋雙嬸，連隔壁桌的客人也被嚇了一跳，都朝這邊望過來。

「對了，我記起來了，嬸子上次是不是還跟娘借了錢啊？嬸子說過兩天還，可這都過了快兩個月，嬸子打算什麼時候還啊？剛剛瞧嬸子還買了不少點心，想來最近手頭也鬆了不少，鄉里鄉親的，掙點錢也不容易，嬸子您說是不？」

莊戶人家也不是沒有手頭緊，需要跟親戚、朋友借點銀錢緩衝的，稍微講點規矩的，借的錢沒兩天就會還上，最遲也是年前，沒聽說誰家的帳還欠過年的。若真有這樣的人，不是借錢的那家實在沒錢，連飯都吃不上，就是耍無賴死不還錢。

這秋雙嬸還有閒錢買點心，想來不可能是第一種，原來是個賴帳的。周圍的客人立刻露出恍然大悟的神情，直羞得秋雙嬸話都說不索利了。「小婉妳、妳這不是逼嬸子嗎？俺也沒說不還錢呀，妳這時說這些是幹啥？」

「娘，我可沒逼秋雙嬸還錢，」夏婉聞言，立刻跟婆婆抱屈。「是秋雙嬸自己先提酒樓掌櫃的，我這才想起上回賣肉乾和嬸子借錢的事。當初是嬸子自己說的，過兩天就還，我才隨口那麼一問，嬸子這是連別人說話的嘴都要堵上了？」

「就是說，」蕭老娘護住夏婉。「小婉哪裡逼妳了，欠債還錢，天經地義，有啥不能說的？妳都不止欠這一回了，俺們家哪回特地找妳要過？就妳自個兒聽風就是雨的瞎嚷嚷，別再把小婉弄哭了！」

婆婆這麼給力，夏婉哪捨得哭，簡直要樂得笑出來。

秋雙嬸脹紅了臉，吶吶不得言語，周圍已經有人開始勸道：「妳家有錢就趕緊還上唄，人家還請妳吃飯咧，白弄得鄉里鄉親的再不好意思。」

「就是、就是，有錢買點心，還能沒錢還，不會是想賴帳吧？」

「不是說借了不止一回？這是常借常不還，擺明了就是想賴唄……」

「你們瞎吵啥！俺們的事啥時輪到你們操心啦？一群吃飯還堵不上嘴的，且閉上嘴吧！」秋雙嬸哪吃過這憋屈虧，蕭老娘那邊不敢頂上，轉而怒懟圍觀群眾，終於惹來眾怒。

「俺們花自己的錢吃飯，沒作賊心虛，也不欠人錢財，有啥好閉嘴的？」

「就是，手裡拿著，嘴上還吃著，沒得把人家便宜都占盡了，還擱這兒唧唧歪歪，沒見過恁不要臉的！」

「你、你們……」秋雙嬸抖著手，指著那些人差點沒厥過去，想學村裡吵架那樣，一哭二鬧三上吊，又顧忌著在酒樓裡，萬一沒吵到上風，再被人看了笑話。

夏婉看夠了鬧劇，還真怕秋雙嬸就這麼氣暈過去，站出來調解道：「菜都涼了，嬸子少說兩句，回來吃飯吧，大過年的別再傷了和氣。我在這兒也給各位賠個不是，擾了大夥兒興致。沒事，都散了吧。」

夏婉可是苦主，態度又誠懇，原本看熱鬧的人也沒想跟她過不去，直說不關她的事，還有好心人提醒夏婉要謹慎一點，別再被人給哄了。

秋雙嬸更氣了，忍不住將矛頭又指向夏婉。「妳也別假惺惺了，不就是想讓俺們還錢？拐彎抹角合夥欺負俺一個老婆子，忒心毒！俺回了村就還妳，今兒個這錢不還上，叫俺出門被馬車撞死！」

沒見過欠錢還那麼囂張的，說是還錢都還成仇了。蕭老娘本來看秋雙嬸被人家說嘴，還想出言幫她，一見她又懟上自個兒媳婦，立刻惱了。「胡說啥呢！妳要是不還錢，再被車撞了，是不是還要賴在俺家頭上呀？我說秋雙，妳原先可不是這樣的，妳腦子進水了？」

夏婉才不怕被秋雙嬸罵，見她被激得當眾說出還錢的話，當下便順勢道：「嬸子這話說的，咱們要是不把錢要回來，再連累嬸子受傷，可就不好了，這樣吧，嬸子家裡不是有養小羊羔嗎？嬸子也不用還錢了，回頭咱們直接抱隻小羊羔，兩相抵消了吧。」

夏婉早就找春梅嫂打聽過，秋雙嬸家別的不成，就養羊這事弄得漂亮，羊羔子個頂個的好，她都妄想許久了。

聞言，秋雙孀差點沒原地跳起來。「不成，俺那羊羔子都養了好幾個月，一隻能賣半吊錢哪！憑啥要拿羊羔子抵給妳，想得美！」

「孀子說還錢，難道只還上一回借的？我以為要把之前借的一併還上呢。」夏婉只當沒聽明白。「我也是怕孀子錢沒還清，回頭再被車撞了。說實在的，孀子欠的錢，買隻大羊也夠了，我就想著一個村裡住著，也不能一分一毛都要計較透澈，正巧我也準備開春養隻羊，才想著從孀子家抱一隻來養。」

秋雙孀還想再說，一聲帶著惱怒的「娘」，把她生生釘在原地。

第九章

夏婉循聲望去，就見蕭正同一個皮膚黝黑的漢子在酒樓門口站著，那漢子滿臉羞惱地瞪著秋雙嬸，竟是秋雙嬸的兒子蕭強。

蕭老娘一看到兒子，眼睛都亮了，連忙把人招呼進來。「不是說今兒個不來鎮上，怎麼又過來了？」

蕭正不說話，瞥一眼夏婉，直把夏婉看得不好意思，才回答道：「原是不準備來的，但強子想買頭牛，讓我來幫他參詳，沒見到好的，準備吃個飯就回家。」

一旁嗑瓜子的群眾看得更鬧騰，連牛都買得起，還欠人錢不還，果然是個無賴。

他們的話，蕭正和蕭強在外面就聽到了。蕭強從來不知自家老娘竟然跟蕭正家借錢，還借了沒還，讓他在兄弟跟前的臉面都丟光了。剛才蕭正還說要請他吃飯呢，這下飯是沒臉再吃了。

「嬸子，這事都是俺娘不好，俺真是啥都不曉得，如果早知道，也不會讓她這樣……」蕭強說著，拿手抹了把臉，神色鬱鬱。「欠了多少錢，回頭俺給您送過去。」

「強子，你聽娘說……」秋雙嬸急得伸手去拉兒子，被蕭強不由分說甩開。

「都別鬧了，這事聽我的。」蕭老娘眼看弄得不成樣子，也不想教人看笑話。「有啥話等回了村再說。一筆寫不出兩個蕭字，啥還不還的。」

蕭強深深嘆了口氣。連蕭老娘都這樣說，代表他娘欠的果然不是一隻羊羔子的事。他扭頭喊了蕭正一聲。「俺先帶娘回家去了，回頭一定給嬸子一個交代。」

蕭正拍拍他的肩膀，道：「別想太多，又不是啥大事，回頭集市上再有來販牛的，你再喊我來。」

「欸。」蕭強艱難地點了點頭，拉起秋雙嬸，頭也不回地離開酒樓。

「這都是啥事啊？」知道兒子還沒吃飯，蕭老娘趕緊又給兒子點了一大碗麵條。

「你嬸子今天也不知吃錯啥藥，跟點著的炮仗似的。」

「可能是我說錯話了。」

不管之前欠的錢能不能要回來，今天讓秋雙嬸得了教訓，又讓蕭強知道這事，夏婉就覺得值了，最起碼秋雙嬸往後也能安分點。

「跟妳沒關係，妳哪句話說錯了？」蕭老娘很護著媳婦。「是她自個兒要還的，還說不還就要撞車。對了，小婉，妳真想養羊哪？還別說，咱家小婉眼光就是好，妳秋雙嬸家的羊羔子養得好著呢，妳若真想要，回頭教阿正給妳抱一隻。」

「也不是非要養羊。」

夏婉笑咪咪地說道：「我是聽人說羊奶對身子好，尤其年紀大一點的，經常喝羊奶，身子骨壯實。秋雙孀借的錢，咱真伸手接了也不好看，不如就拿羊羔子抵銷，回頭羊羔子養大，還能擠點羊奶喝。」

「好好好，都聽小婉的。」蕭老娘一聽說補身子，立刻想到兒媳婦還有半個多月就要及笄，連忙叮囑兒子。「聽到沒，回頭抱羊羔子要抱隻母的。」

既然蕭正也來了鎮上，夏婉婆媳兩個就不急著回家了，在鎮上逛了許久，一直等到華燈初上，鎮上成排的花燈點起，逛過一圈，才意猶未盡地摸黑往家裡趕。

蕭正十分有先見之明，不僅騎了大灰，連家裡的馬車都套上了。夏婉知道他是為了她和婆婆兩個特意準備的，又在心裡將男人一頓好誇。

眨眼間，便到了夏婉十五歲的生辰。

春生早在元宵節之後，就被夏春樹每天清早送過來跟著蕭正識字。莊戶人家遇到能上進的機會，不顧一切都要抓住，更何況老蕭家幫的忙更多，他們只是把孩子送來，根本花不到什麼力氣。

夏婉生辰這天，夏春樹送春生過來時，還給夏婉帶了一包糖油餅子。夏老娘這個當娘的，沒別的可給閨女，便特地做了閨女以前饞得不行的吃食，也算是有心了。

這天的午飯是蕭老娘親手做的，沒讓夏婉這位小壽星沾一點手。感受到古代的兩個娘對她的好，夏婉心裡突然就踏實起來。

春生在蕭家蹭了一頓豐盛的生辰宴，撐著個小肚皮被蕭正送回夏家。經歷過一場饑荒，再鬧騰的孩子也會懂事許多，尤其夏家如今有兩個孕婦，所有擔子都落在夏老爹和夏春樹肩上，春生身為小弟，顯然明白了「窮人的孩子早當家」這個道理，離開之前特地向夏婉保證，他一定會好好識字，長大後去考秀才。

春生既然願意努力，那就再好不過了，連蕭正都說春生比一般孩子用功，夏婉便暫時放下了心。

兩天後，蕭強抱來一隻小母羊，加上半吊子銅板。最後由蕭正作主，羊留下來，錢沒有收，這事就當過去了。

夏婉對此沒有意見，畢竟她的本意是為了教訓一下秋雙嬸，希望她以後行事不要那麼沒有分寸。倒是蕭老娘為此雀躍不已，直接跟夏婉要來帳冊，把自己在後面畫的圈圈全都劃掉，還大大鬆了一口氣，惹得夏婉直笑。

「是人家欠了咱家錢，娘怎麼跟反過來似的？」

「妳不知道，從前阿正他爹一直把『吃虧是福』掛在嘴上，我識的字不多，自然事事都聽他的，這些年也沒覺得有什麼不妥。可如今又不一樣了，阿正這小子從小懂事，一直用不著我管，可我總得管我以後的孫子吧？我仔細琢磨過了，再不能像以前那樣稀裡糊塗的，我得給我孫子多攢點錢哪。」

夏婉聽得眼睛直發澀。婆婆其實未必不清楚秋雙嬸的脾性，之所以縱容、默許，還是因為從前太孤單了吧？那些圓圈說是旁人的帳，未嘗不是壓在婆婆心裡的負擔，如今想著為兒孫計，原本沒覺得有什麼的心態也變得多起來，生怕給兒孫添麻煩一樣。

「娘，咱還像原來那樣，您也別想這麼多，就算以後有了孫子，您孫子還有阿正和我呢，哪裡還得勞您幫他攢錢，回頭合該讓他孝順您才對。您就負責把自個兒的身子養好，回頭教他練武，看他娶媳婦……」

「哎，我知道，你們都是孝順的。」蕭老娘拍拍兒媳婦，半晌沒說出話來。

夏婉懷著無比複雜的心情吃過晚飯，給自己洗了個澡。北方的二月，燒了炕，屋裡很快就暖和起來，即便洗了頭髮也不會受涼。

夏婉坐在炕上，拿布巾擦頭髮，蕭正走過去，接過布巾幫她擦。

有人願意幫忙，夏婉樂得仰躺在炕上由人服侍。長髮被蕭正捧在手裡，在熱炕和布巾的作用下，很快就半乾了，誰知蕭正擦頭髮的手卻開始不老實，捏捏她的耳朵、揉揉她的脖子。

夏婉正昏昏欲睡，就感覺一隻火熱大掌順著她衣領伸了進去。

偏偏正在占便宜的某人還不滿意地直嘀咕。「原先那件衣裳呢？怎麼不穿了？」

夏婉把他的手拽出來，捂著領子，一骨碌坐起來。「衣裳洗了還沒乾，不能穿。不是給我擦頭髮，手往哪兒摸呢？」

她就是為了防止蕭正獸性大發，才把兩件沒髒的杭綾小衣也一起洗了，果然被她給預料到，這人從上回看見就一直惦記著呢。

長髮披肩的小媳婦嬌俏地跪坐在炕上瞪他，抱怨的話聽起來都跟嬌嗔似的。蕭正喉頭一緊，脫鞋上了炕。

「衣裳不夠，下次去鎮上再買，布料軟和，穿著也舒服透氣。」蕭正意有所指地瞎大方，眼見小媳婦防狼似地防著他，長臂一伸。

「不要，我衣裳夠穿。」眼見蕭正伸手過來，夏婉趕緊往遠處爬，爬沒兩步，就被一雙大手攬住，一下子拖了回去。

「想往哪兒跑？」蕭正把人捉回來按住，大長腿一抬，壓在夏婉屁股上。

夏婉立刻動彈不得。

「重死了，你給我起來！」夏婉惱羞成怒，只覺得自己像個被壓住殼的烏龜，兩手撐在炕上，欲要抬起身子，又被蕭正乘機跨坐在她屁股上。

軟乎乎的屁股又翹又彈，蕭正生怕壓著她，故意卸了一半力道，偏偏夏婉還要扭來扭去，企圖逃離，蕭正不輕不重地頂了她兩下。「老實點，炕就那麼大，妳還想往哪兒跑？」

「那我不動了，你趕緊起來好不好？我的腰都要被你壓斷了！」滾燙的火熱抵著身子，夏婉早就見識過它的威力，哪裡還敢亂動，非常識時務地撒嬌討饒。

「我覺得我已經騎虎難下了……」蕭正俯下身，沙啞的嗓音在夏婉耳邊摩挲。「妳乖一點，等下我就輕輕的，妳老是這麼亂動，我才怕忍不住傷了妳。」

夏婉被蕭正直白的話羞得面紅耳赤，眼見今天晚上是躲不掉了，用額頭抵住手臂，放棄抵抗。「那、那你快一點。」

「好小婉，這個可不能快，快了就不好玩了。」

夏婉懶得聽他說葷話，堅決趴在那裡裝死。蕭正嘆息一聲，再度俯下身子，繼續親她。

從耳朵吻到耳垂，再親到脖子，到後頭直接用舌頭舔，直把夏婉舔得魂都要飄離，漸漸開始呻吟。

蕭正舔夠了，把她上半身微微抬起，去解夾襖的盤扣，解完了又壞心眼地讓她重新趴下，胸脯和鋪被之間卻多了一隻大掌。

在夏婉上半身的壓迫下，大掌又熱又重地緊貼著她，時不時地緩緩蠕動，帶來的摩擦讓紅梅迅速挺立，痠痠麻麻，還帶了點疼，夏婉立刻又要使勁爬起來。

這一回蕭正倒是挺配合，只是在她爬起來時，迅速脫了她的夾襖和棉褲，夏婉護都護不住，很快就被剝得精光。

最後一件底褲被蕭正成功剝掉時，那壞胚子拈著黏濕的布料，瞅著夏婉直笑，眼中的情慾強烈得彷彿能冒出火花。

夏婉忍不住拿被子裹住自己，只覺得全身都被蕭正的眼神燙著了。

輕飄飄的底褲被扔下炕，蕭正直起身，脫下衣裳，鑽進被窩找小媳婦玩去了。

前半段，夏婉還能得到點意趣，等到蕭正動真格的，她便疼得受不了，感覺自己快要被一把巨劍劈開，任蕭正如何安撫，都無法順利進入。

「乖婉婉，忍一忍，過了這一回就好了。」蕭正抱著小媳婦，捨不得放手。

「說話算話，不能騙我，一回就一回，你給我快點，嗚嗚……」

剛才還挺歡樂的被窩瞬間瀰漫著悲壯的氣氛，夏婉覺得疼的是她，悲壯的也是她，蕭正更覺得自己才真是他娘的壯士斷腕！

終於，雲收雨散，塵埃落定，到底還是夏婉受了大罪，蕭正緩了緩，連忙把小媳婦摟進懷裡安撫。

「妳說妳怎麼就這麼嬌氣呢？」蕭正伸手點夏婉鼻子。「我是大老虎嗎，真能吃了妳不成？」

夏婉忍不住愛嬌地哼道：「本來就疼，我長這麼大，從來沒那麼疼過，我都淌血了！」

「是，婉婉這回受苦了。」經歷過最親密的接觸後，一切都變得自然而然。蕭正親了親夏婉的額頭。「我給妳打水擦一擦。」

夏婉心安理得地接受蕭正的服侍，見他不僅把床鋪重新整理好，還把不知什麼時候拿出來墊上、染上血的元帕收起來，不由得又羞又臊。她那時都已經哭得人事不知了，他還遊刃有餘地想這些事。

夏婉也是真被折騰慘了，這一覺直睡到第二天早飯過後。等她迷迷糊糊地從炕上爬起來，院子裡已經傳來識完字的春生的聲音。

「大娘，俺大姊呢？」

「你大姊昨兒個累著了，還在睡覺。咱不管她，春生跟我去堂屋，大娘有好吃的拿給你。」

半大小子哪裡聽得出蕭老娘話裡的深意，只當他大姊是幹活累著了，一聽有好吃的，立刻屁顛屁顛地跟了上去。

夏婉鬆口氣，慢慢坐起來穿衣裳。蕭正也是準備齊全，昨兒個晚上擦洗過後，還給她塗了藥膏，這會兒倒是真不怎麼疼了。

中午，蕭老娘特地煮了一鍋老母雞湯。雞是提前買的，雞湯是今兒個一大早燉的，夏婉之前還想著婆婆沒事買隻老母雞幹麼，誰承想人家早就想好了用處。

喝著蕭老娘殷勤端過來的老母雞湯，夏婉差點把頭埋進碗裡。本來沒什麼大不了的事，這會兒倒成了大事。

夏婉不知道的是，春生下午回到溪山村，說起姊姊和姊夫，羨慕得不得了，直說姊姊家是不是天天過生辰，還有老母雞湯喝。

夏老娘身為過來人，加上昨兒個又是閨女及笄的日子，詳細問了夏婉起床的時辰，心裡便有了譜。閨女和姑爺瞧著算是圓房了，她這個當娘的總算能了卻一樁心事。於是，該知道的也算是都知道了。

蕭正下午送春生回去時，順道去了趟鎮上，晚飯沒在家裡吃。等他晚上回來，夏婉知道他已經吃過，還是給他做了碗手擀麵。男人幾大口吃完，拉著夏婉回屋，獻寶似地掏出兩塊布來。

「去鎮上辦事，順帶捎給妳的，妳瞧瞧顏色可喜歡？」男人狀似不經意地說著話，把兩塊布擱在炕上，想了想，又補充一句。「料子扯得有點多，一塊布能做一套衣裳。」

夏婉原本笑著的臉，在見到那兩塊杭綾布料時立刻變黑。一塊大紅色的，一塊透白色的，這根本是蕭正最喜歡的顏色才對吧……

她把布料抖開，說是扯多了，一塊布料做成一件小衣後，剩下的頂多夠做件底褲，這是要給她做兩套情趣內衣？

蕭正的司馬昭之心，夏婉已經心知肚明，看來開了葷的男人來勢洶洶啊。

夏婉拿蕭正沒辦法，最後還是依著他的心思，做了一紅一白兩套小衣出來，還給自個兒打氣，都老夫老妻了，沒啥可害臊的。

可這底氣一到晚上蕭正要給她重新上藥時，又消失得無影無蹤。

「我自己來就成。」夏婉拉著衣裳，死活不給蕭正掀開。

「聽話，妳自己上藥，是能看到還是能摸到啊？」蕭正拍開夏婉的手，對她的話置若罔聞，一手捏著藥膏，一手褪下她褲子，低頭仔細察看。

夏婉臊死了，乾脆躲在被窩裡，只把下半身晾在外頭，隨他怎麼看。

「已經不腫了，明天應該就能好。」蕭正直起身，悄悄呼出一口氣，不自在地挪動了下雙腿，這才發現夏婉掩耳盜鈴的舉動，忍不住笑道：「幹麼呢，小心悶著。」

夏婉呼啦一下揭開被子，小臉憋得通紅，雙手伸進被子裡拉褲子，拉著拉著，整個人就完全縮進被窩裡。

「我要睡了。」一副恨不能跟蕭正劃清界限的模樣，生怕他再撲過來。

蕭正搖頭失笑，十分君子地把夏婉攬進懷裡，拍拍她腦袋。「睡吧，我不碰妳。」

蕭正的肩膀寬闊，胸肌發達，泛著小麥色的光澤。夏婉一直對那手感記憶猶新，這會兒躺在他臂彎裡，忍不住用手指在敞開的衣領裡畫圈圈。

蕭正一把摁住夏婉作亂的小手，拿到嘴邊輕輕咬了一口，聽到夏婉小聲呼痛，又重重地在咬過的地方親了一口。「趕緊睡覺，還是妳不疼了？」

夏婉立刻不敢吭聲了。開了葷的男人，不管說什麼都能扯到床上這檔事上，這時候撩撥他，才是玩火自焚呢。

夏婉一乖，蕭正也老實了，只是這份老實頂多持續了一夜。他昨兒個晚上察看時就知道小媳婦已經好得差不多了，又給了夏婉一夜的時間休息，等到夏婉迷迷糊糊被弄醒的時候，蕭正已經神采奕奕地準備大快朵頤了。

「天亮了嗎？你幹麼呢？」夏婉勉強睜開眼睛，胸口被揉得脹脹的，下面也一陣滑膩。

突然被蕭正進去的時候，夏婉狠狠倒吸了一口冷氣，之後就是狂風驟雨……

大清早不幹正經事的結果，就是蕭正差點錯過給村裡娃娃教識字的時間。他起床隨便洗漱了下，飯都沒顧得上吃，便小跑著過去。

夏婉厚著臉皮，裝作什麼都沒發生過地出去洗漱、吃飯。

蕭老娘原還想著對兒媳婦殷勤一點，可想起兒子昨天晚上的提醒，說小婉面皮薄，表現得太明顯，會讓她不好意思，連忙裝起樣子。

憋到最後，實在沒忍住，還是提醒道：「早上阿正拿了塊餅子就走了，估計頂不了餓，妳等等去給他送點吃的。還有啊，往後不用起那麼早，你們年輕人覺多，起來晚點也沒啥，知道嗎？」

可算是把心裡話說出來了。蕭老娘笑咪咪地出了門，心裡想著她可沒說別的，只是讓小婉多睡睡懶覺而已，這可不是獻殷勤。

夏婉淡定地應了婆婆的話，只耳朵尖紅了些，覺得自己的臉皮是越練越厚了。

夏婉拎著籃子走到揚穀場時，蕭正已經教課結束。

男人把刻著新字的石碑立在揚穀場外的空地上，十來個小孩屁顛屁顛地跟在後頭，七嘴八舌地指著以前立的石碑，將上面的字唸給蕭正聽。

「如囊螢，如映雪。家雖貧，學不輟。」

「對，還記得是什麼意思嗎？意思是指有的人藉著螢火蟲的光讀書，有的人借冬夜的雪光學習，他們雖然家裡貧困，卻一直堅持下去。咱們現在的光景比那些只能用螢火光、雪光的孩子好了許多，當然更應該加倍努力。」

蕭正若有所覺地扭頭，就見小媳婦挎著籃子立在一旁等他，眼神變得更溫柔了。

「行了，去玩吧，有肚子餓的跟我過來，有好東西給你們吃。」

夏婉又發現一個蕭正和蕭老娘相似的一點——他們都喜歡給孩子投餵東西。只要手裡有吃的，旁邊又剛好有孩子，就會先把東西拿給孩子吃。

「我要是帶得不多，看你怎麼辦！」夏婉笑道。好在她來的時候把餅子全都切成幾塊裝好，每個孩子都能分到一小塊，也算是聊勝於無。

收下小媳婦的嬌嗔，蕭正幫夏婉接過籃子，嘴上像抹了蜜似的。「我媳婦心靈手巧，當然是跟我心有靈犀一點通，為夫十分欣慰。」

夏婉賞給他一個白眼。他心情這麼好，還不是因為大清早吃飽了的緣故。

她第一次來揚穀場，對旁邊那個和揚穀場差不多面積的碑林大開眼界。「這些都是你弄的？」

「石碑上的字是我刻的，石碑是村子裡的人自發找來的。」

說是石碑，也只是稍微平整一些的長形石塊罷了，只是用這樣的方式，能讓沒錢買書的孩子透過另一種方式接觸文字，在夏婉看來是很了不起的成就。

「蕭正，我有沒有說過，你真的挺厲害的，我突然覺得有點驕傲。」夏婉趁那些小孩子們沒注意，悄悄拉了下蕭正的衣袖。

「其實石碑刻字這主意，還是我爹先提出來的，只是他一介書生，又手無縛雞之力，根本不會刻字。我有功夫，手勁又大，學會刻字之後，便一直這樣教孩子們，也算是了卻我爹生前的一樁心願。」蕭正學夏婉的動作，也拉了拉她衣袖。「原本不覺得有什麼，可這會兒我也很驕傲，因為妳能為我感到驕傲。」

小夫妻倆相視一笑，許多話盡在不言中。

只是蕭正突然又多了句嘴。「還疼不疼？早晨走的時候著急忙慌的，沒來得及給妳抹藥。」

夏婉聽了扭頭就走。她算是看明白了，現在跟蕭正站一塊兒，沒三句話就變得不正經起來，成了親的男人果然會變得不一樣。

蕭正瞅一眼腿腳俐落、往前直衝的小媳婦，不禁失笑。看來應該是沒事了，果然身子骨練結實，還是有好處的。

他朝跟小孩們玩在一塊兒的春生喊道：「你姊走了，我們再不快點，就追不上她了。」

春生小跑著趕過來。「俺大姊不是才來嘛，怎麼那麼快就走了？」

「誰知道呢？可能怕後頭有大老虎追她吧。」蕭正微笑，對著妻弟調侃自己的小媳婦。

「姊夫，你跟大姊說我想跟你學武的事了嗎？」

「男子漢大丈夫，這樣的事得你自己跟她說，更何況光你姊同意了還不行，你還要跟岳父、岳母商量。」

春生握住小拳頭。「自己說就自己說，我長大了要成為姊夫這樣的人！」

可剛剛才發下豪言壯語的小傢伙，在夏婉知情後的嚴厲目光下，立刻怯場。

「……姊夫說他小時候也是一邊學識字，一邊學練武，姊夫能做到的事，我也能做到。」

夏婉無奈道：「這事我拿不準主意，還是回頭問過爹娘再說。」

待春生回去溪山村，夏婉拉著蕭正要句實話。「春生識字的天分到底怎麼樣？」

「春生平時十分努力，只是往後若想走科舉這條路，怕是困難重重。」

意思就是希望不大。夏婉跟著嘆息，看來娘家的出路，還要另外想法子才是。加上夏老娘和大嫂白氏如今的身子都不適合幹重活，她早把夏家的滷味活計攬了過去。

年初二時，白氏回了趟娘家，回來後便小心翼翼地問公婆，她娘家能不能也做這滷味生意？為了這個，夏老娘發了好大一頓火，差點動了胎氣，最後還是夏婉回娘家跟她大嫂商量。

「按理說我做了蕭家的媳婦，這滷味的做法是不好朝娘家傳的，也是婆婆體諒，覺得我娘家不容易，才睜隻眼、閉隻眼，好教我有機會貼補娘家……」

「小姑子都這麼說了，俺也不跟妳講虛的，畢竟咱們都是當人閨女的人。俺就是想著娘家不容易，俺娘家還有個大兄弟，到現在都沒娶媳婦呢，如果俺娘他們也能做這個營生，多少能有個進項，家裡也能鬆快一些。」白氏打斷夏婉的話，想方設法地讓夏婉幫她在婆婆面前說話。「小婉啊，妳幫我跟娘說說，俺娘他們做了滷味，也只在自己村裡賣，不會影響咱家的生意。」

夏婉從前只覺得白氏性子有些執拗，這會兒才發覺她不講道理起來，也是挺讓人大開眼界的。「大嫂知道這做滷味的方子，是我拿回夏家來的吧？大嫂想貼補娘家可以，自己想個方子出來，爹娘肯定什麼二話都沒有。大嫂拿著小姑子的方子去貼補娘家，是不是有些不厚道？」

「俺當然知道這是妳拿來的方子，」白氏見夏婉面帶不喜，忍不住瑟縮了一下，憋了半天還是沒忍住，開口道：「可蕭家日子過得富裕，小姑子自己都不做這個了。妳也知道溪山村和俺娘家離得遠，真礙不了咱家的生意。再說了，俺娘家要是真不厚道，偷摸做了賣，咱家也不會曉得不是？就是誠心實意想著兩家都是親戚，才特意跟爹娘說一聲的。」

這白氏平時不吭聲，對大哥也算不錯，怎麼一遇上娘家的事，不僅拎不清，還什麼歪理都能扯出來？

想著沒多大的虎子和白氏肚裡的孩子，夏婉輕輕吁了一口氣。「行吧，聽嫂子的口氣，這事我不答應還不成了。嫂子娘家想做滷味可以，就按嫂子說的，他們做的滷味只能在他們村子裡賣，另外，賣滷味得的利潤，我要拿兩成。」

夏婉抬手打斷瞪大眼睛、想要說話的白氏，把話挑明。「嫂子是個聰明人，自己做的事厚不厚道，相信嫂子心裡有數。方子是我提供的，當初咱家賣滷味時，娘就給了我兩成利潤，還是嫂子覺得，妳娘家要比老夏家跟我親？又或者嫂子認為娘家憑著虎子和嫂子肚裡的孩子，就能白占老夏家和我的便宜了？」

白氏終於羞得滿臉通紅。小姑子的意思是，夏家之所以答應這件事，全看在兩個孩子的分上，她白氏在這件事上是半分重量也沒有。

想到小姑子從前在她跟前，雖然不是事事聽話，卻也從沒說過這麼難聽的話，真真嫁了個能撐腰的婆家就不得了了，白氏被夏婉堵得氣不順，脖子一擰，還待說些什麼，又被夏婉開口打斷。

「至於兩成利潤，大嫂也別拿『離得遠，賣多少咱們也不曉得』那一套來糊弄我，咱家在村裡每天能賣多少滷味，娘那裡的帳都記著呢，兩成也不用給多了，跟咱家的兩成差不離就行。」

夏婉算是看明白了，有些人給她顧著顏面，把話說輕了都沒用，非要直來直往的才能長記性。

第十章

對於夏婉的決定，夏家人都沒再說什麼，就算夏老娘還想再吵兩句，也被夏老爹哄走了。大哥夏春樹紅著眼睛，沒說旁的，只說白氏娘家那兩成利潤包在他身上，以後要帳的事都歸他，保准不會讓妹妹吃虧。

夏婉知道這事一出，大哥和白氏之間或許還會起矛盾，就端看白氏娘家人的態度了。

而對於春生識字這事，夏婉一直抱著隨遇而安的態度。孩子知道努力是好事，努力之後希望不大，也沒什麼，最起碼識字後，不管是出門在外還是在家伺候莊稼，總有用得到的地方。

爹娘對春生識字的態度，如同落水之人抓住的最後一根浮木，如此交託性命般的厚望，顯然是看得太重了。尤其春生又想跟著蕭正學武，所以往後的路該怎麼走，夏婉勢必要跟爹娘說清楚。

這天，吃過中飯，夏婉也沒讓蕭正跟著，親自送春生回家。

小傢伙到底有些忐忑，一路上不停問夏婉。「咱娘會不會生我的氣啊？會不會覺得我不學好？」

「那你覺得你姊夫教你們識字時，你有沒有認真聽講呢？」

「我一直很認真地聽講，還聽大姊的話，每天回去都會把姊夫教我認的字告訴春柳，這樣我自己還能記得更清楚。」

「那這樣就沒什麼可擔心的了，不管是識字還是做人，都是一樣的道理，只要做到無愧於心，就是最好的。」

「可我還是比不過小白，小白不僅認字認得快，姊夫給我們講解字的意思，他聽一遍就記住了，」對於比自己強的小夥伴，春生的心情是既佩服又懊惱。「有時候他還能舉一反三，大家都說他是我們之中最聰明的。」

夏婉想起蕭正跟她提過，族長的孫子是個叫蕭白的男孩，應該就是春生口中的「小白」了。那才是個適合科舉的好苗子，按蕭正的意思，讓蕭白跟著他有一個月、沒一個月的讀書是耽誤孩子，正準備跟族長商量要不要把蕭白送到鎮上的學館裡去讀書。

夏婉摸摸小弟的腦袋，開導道：「我們每個人一生下來就是與眾不同的，也是獨一無二的，這個世界上再也找不到第二個春生，所以你就是最好的你。雖然你識字沒有小白快，可你能做到比他更加努力。」

「哪有，小白也很努力，聽說他每天看書都看到很晚，除了姊夫教他認的字，他爺爺還每天看著他背族譜。他們說，小白的爺爺要培養小白以後也當族長。」

夏婉被耿直的小弟噎了一把。「那你想要自己有副強壯的身板，以後跟著你姊夫學武，一定會越學越厲害。」

「那倒是，小白又瘦又白，每次跑步都跑不過我。」春生重新建立起自信心，可一想到等會兒要面對自家老娘，又頓時氣虛。「娘要是知道我想學武，會不會揍我啊？」

夏婉伸手點他鼻子，翻了個大大的白眼。「咱娘最疼的就是你，你會挨揍？她啥時候捨得打過你？」

「現在已經不一樣了，我不是最小的那個了。」

春生小聲嘀咕，聽得夏婉哈哈直笑，到底是長大了，也不知從哪裡聽說蕭老娘懷了娃娃的消息，說話這麼老氣橫秋的。

「知道要當哥哥了，以後就放穩重一點，咱家除了爹和大哥，剩下的就要靠你了。」

「欸，俺曉得啦！」

姊弟倆開開心心往家裡趕，進了村子，路上遇見大嫂白氏，跟他們匆匆打了個招呼，便自顧自地走開了。

夏婉皺眉。自從上次跟白氏說開已經有一段時間，怎麼白氏還像是沒想明白似的。

春生拉她的衣服，安慰道：「大嫂最近在家一直這樣，咱娘叫咱不要管，大哥也頂不愛跟大嫂說話了，虎子現在都是春柳看著的。」

「那好歹是咱們嫂子，肚子裡還懷著你姪子呢。」

「可是她一直拉著臉，誰也不想去受她冷臉啊，就春柳那個傻的，啥都不曉得，還天天嫂子長、嫂子短的。」

「不許說你姊壞話。」夏婉拍春生腦袋，春生吐了吐舌頭。

夏老娘見閨女回娘家，果然十分開心，老遠便扶著腰朝夏婉身邊扭，夏婉趕緊上前扶她。

「大嫂的肚子都多大了，也沒見她跟您一樣，走到哪兒都掐著腰。」

「別跟我提那個喪門星，一提起她我就來氣，好不容易回來一趟，還跟老娘過不去是不是？」夏老娘拿白眼瞪閨女。

「事情不都已經過去了，你們也別多想，大嫂如今懷著孩子也不容易，互相體諒一點，不就慢慢好起來了，日子總要過下去的。」

「妳不知道她最近陰陽怪氣的樣子。」蕭老娘一提白氏就來氣，索性不提了。「今兒個怎麼是妳送春生回來呀？喔，對了，白氏娘家這個月的兩成利潤已經拿過來了，回去時別忘記帶上。」

夏婉想著，白氏八成是因為這兩成利潤的事才一直拉著臉，笑了笑，沒再提這個，而是跟蕭老娘提起春生學武的事。

「這事昨兒個姑爺就跟我們說過了。姑爺押鏢一走就得一、兩個月，讓春生去那邊陪妳們婆媳倆住著也好，省得家裡男人走了，妳跟妳婆婆大眼瞪小眼的沒意思。我算瞧出來了，姑爺的本事大著呢，春生往後跟著他，不求學一半回來，能學個一、兩成就受益無窮了，說不定這兩天學一學，還能護著妳跟妳婆婆。總之我這邊啥意見都沒有，讓他去，我還能安生兩天呢。」

夏婉心裡甜滋滋的，把蕭正罵了一頓。說好了讓她回來跟爹娘說的，誰知他早就把事情安排好了，倒叫她心裡鬆了口氣，不用再想著怎麼跟爹娘解釋。這一刻，知道蕭正三月裡要出遠門的淡淡幽怨，也隨著男人的貼心舉動，消散許多。

夏婉見爹娘都沒意見，便讓夏老娘幫春生收拾衣裳，等明天一大早讓大哥夏春樹一起送過去。往後春生隔七、八天就回來住兩天，若是家裡臨時有事，直接讓大哥去接人就行。

「他一個小孩，家裡有啥事是需要他的？」夏老娘聽了直擺手。「想讓他住多久都成，我晚上逮著他再好好說他一頓，在外面住，再不能像從前那麼淘氣。」

「春生現在挺懂事的，您看他回家，都知道幫您的忙，您也別動不動就把孩子逮過來罵一頓。」夏婉對孩子從來都以鼓勵為主，雖能理解夏老娘管教孩子的方式，卻並不是很贊同。以前春柳膽小怕事，性子懦弱，就是被夏老娘罵多了給罵出來的。

「行行行，都聽妳的。」如今夏老娘可是對大閨女的話言聽計從。

眼見白氏不在家，夏老娘把夏婉拉進屋裡，從炕頭的櫃子裡摸出一個小布包。

「喏，妳嫂子娘家給的兩成利潤都在這兒呢。我都打聽過了，她娘家那邊的村人手頭鬆，比咱家在咱村裡賣得多多了。滿一個月的時候，妳大嫂愣是不提這回事，還是我讓妳哥押著她一起回她娘家，才給了這麼點。」

夏老娘撇撇嘴，抖了抖布包，一臉嫌棄。「這才多少，咱家賣最少那段時間也比這多，可又不能硬要他們把帳本拿出來給咱們瞧，我快要被她給氣死。」

「白家有沒有帳本還兩說呢。不論多少，能拿回來就行，本來就沒想真跟嫂子娘家鬧起來，只是想讓嫂子知道，隨便拿別人的東西用，總要付出代價的，希望她往後做事能有點顧慮。」

「妳指望白氏能想明白？我看還是下輩子吧！我算是把她看透了，只要一回去她娘家，回來就跟變了個人似的，恨不能把咱老夏家嚼巴嚼巴都裹回她白家去。」夏老娘想起來就要搥床。「我當初也是瞎了眼，怎麼就把這麼個禍害配給妳哥，虎子她也不管不顧，自己大著個肚子還到處遛達，她這是要上天哪！」

「您別老著急上火的，回頭再動了胎氣。」夏婉把老娘往炕上一拉，讓她坐下。

「娘也知道嫂子一回娘家就有事，以後就讓她少回娘家唄。要帳直接讓大哥去就行，若再不管用，就直接跟白家人說，他們要是再鼓動閨女不好好在婆家過日子，回頭就找他們族長去說道。」

「妳的意思是，這事還有白氏娘家在裡頭搗鼓？我就說嘛，怎麼一回去就想一堆點子來，上回也是，哄著咱家賣田地，還說她哥能找到買主，白家這是在打咱家主意啊！」夏老娘一想到這個，立時坐不住了。

「我也就是這麼一說，您別聽風就是雨的。」夏婉扶著夏老娘，好半天才讓她重新坐下。「您回頭注意著點就行，嫂子本性不壞，能想通了還是好的，就算不看在她的分上，也得看在兩個孩子的分上，總得讓我哥好過呀。嫂子娘家這兩成的錢，還是放在娘這裡，攢著留給虎子還有他弟弟、妹妹吧。」

說到底，還是白氏跟她娘家做人太不地道了，若是一開始就能好聲好氣地商量，夏婉未必會跟她要這兩成利潤。就是老夏家賣滷味的那兩成利潤，夏婉也只拿了過年她幫著賣東西那一段時間的，之後的都讓夏老娘收起來，準備留給春柳和春生。

「咱家的妳都沒有要了，憑啥白家的也不要呀？妳離開那時就沒帶點傍身的銀錢，如今還得事事替咱家操心，我怎麼就養了妳這麼個傻閨女。」夏老娘嘴上罵著，心裡不知道有多心疼，抓著夏婉的手拍了拍，再說不出別的話來。

「就憑那是我大哥和我姪子，我給姪子攢點錢，回頭好供他上學呀。」夏婉笑著又道：「回頭跟大哥說說，也別一直跟大嫂擺冷臉，咱家人都跟她冷，大嫂的心不是更向著外人？想過到一塊兒去，還是得熱熱鬧鬧的才好。」

「只怕在她心裡頭，咱家人才是外人。」夏老娘嘴上忿忿不平，到底還是聽了閨女的話。「行了，妳也別操心家裡了，把姑爺照顧好，妳那個婆婆也是個心善的，妳娘我唯一沒後悔的，就是把妳嫁進蕭家，妳可得給我把日子過好嘍。」

「知道，我現在好著，娘別擔心我，我過幾天再來看你們。」

出了門，夏婉又被一直等著的春柳拉過去說話。小姑娘一邊黏著夏婉，一邊還要分心看著炕上的虎子。

「有啥話就說。」夏婉笑著摸了摸春柳的頭髮。

「大姊要把春生接去家裡住嗎？」

「是啊，妳原先不是覺得春生占了妳的炕？春生這一走，炕就全歸妳了，回頭等他回家，妳就把他堵在門口，說『想進去睡覺可以，兜裡好吃的都得上繳給妳』。」夏婉逗小姑娘開心。「春生隔七、八天回來一趟，我給他兜裡多裝點好吃的，看妳能得多少。」

春柳噗哧一下笑出聲來，知道大姊在逗她，也不上當。「春生現在有好吃的都會分給俺和虎子，用不著俺堵他。」

「那是因為春生在外頭學知識，懂道理，知道妳和虎子是他的姊姊和小姪子，他當然會對你們好了。我讓他每天回來把認的字教妳，他做到了嗎？」

「嗯，俺每天都跟春生學認字，春生還把他的沙盤借給俺用。」說起識字，小丫頭的眼睛立刻亮晶晶的，很是興奮。

夏婉立刻打鐵趁熱。「春生出門七、八天，只在家裡待兩天，妳要在兩天內把他七、八天認的字都記住，這可是要花很大的功夫，春柳能做得到嗎？」

小丫頭皺著眉毛，想了一會兒，才跟夏婉保證。「俺只要多下點功夫，肯定能記住。」

「行，那下次我回家，春柳要把認識的字都寫給我看，好不好？」

得到小丫頭的保證，夏婉這才長吁了口氣，放心回東鄉。

春柳平時最黏她，見春生有機會住到她身邊，難免心裡會不舒坦。

也只有在這種時候，才能看出一個家裡，男娃和女娃的區別。春柳在家能幫忙燒菜、掃地、帶孩子，尤其夏老娘還懷著孩子，很多事都離不開春柳。

至於春生，大家平日只求他能乖乖別惹禍就行，他能好好識字，大人們不知道有多高興？相比之下，春柳能有識字的機會，還多虧春生記性好，又願意教姊姊。

夏婉一路上邊想邊走，半道正好碰見來接她的蕭正。

「家裡有事嗎？」小媳婦還是笑咪咪的時候最可愛，剛回了趟娘家就噘起嘴，可見是遇著煩心事。

「在想春柳呢，小丫頭膽子比以前大多了。」夏婉不想讓蕭正操心這些小事。「不是說好我自己回家的，你怎麼又過來了？」

「待在家裡閒得慌，出來走走。」小媳婦不說實話，蕭正也不勉強，接了夏婉一起往回走。

他一路說著自己後面一、二十天的準備，快到家時，又加了一句。

「往後想家的時候，就多回去看看，兩個村子離得近，咱娘不會說什麼，妳也不用有顧慮，就是最好不要走夜路。」

夏婉這才察覺，有些事她原本不想教蕭正操心，所以才不告訴他，結果反而更讓他擔心。說到底，她娘家有什麼事，其實跟蕭正沒多大的關係，他之所以會擔心，還不是因為她。

想到這裡，夏婉就笑了，扯著蕭正的袖口。「我真沒事，是我嫂子娘家跟我家之間有點事，差不多處理好了。我答應你，以後有啥處理不好的事，一定會讓你知道，好不好？」

「嗯。」蕭正抿嘴，專注地看了夏婉一眼，撫了下她的頭，兩人這才走進家門。

剛進院子，便聽到堂屋裡秋雙嬸的大嗓門。

「妳是不知道哇，那排場，不知道的還以為娶的是哪家的千金小姐呢！那范婆子如今可得意了，眼睛長到頭頂上去嘍，看人都用鼻孔看……」

夏婉唯一認識的范婆子，就是到祠堂上族譜那天，跟婆婆在祠堂外頭鬧騰的那個范婆子。聽說是跟她家有關的事，夏婉邁步就想到堂屋裡去聽八卦。

只是還沒走兩步，就被蕭正兩隻大手摟住腰，硬生生換了條路，直接朝書房的方向去了。

夏婉嚇得叫了一聲，堂屋裡的聲音瞬間小了。她轉頭瞅了罪魁禍首一眼，驚魂未定地拍他。「你幹麼呢？嚇了我一大跳。」

「今天的大字還沒寫吧，跟我去書房把今天的補上。」蕭正面不改色地推著夏婉朝前走。

「你還沒說為啥不讓我去聽，是不是那天那個范家的小姑娘呀？那小姑娘嫁人了是吧？嘖嘖，挺柔弱的小姑娘，怎麼說嫁人就嫁人了呢？」

夏婉被男人推著往書房走，一邊走，一邊不忘意有所指地調侃蕭正。

誰知剛進屋，就被男人摁在門後面。
「怎麼，想殺人滅口呀？還不讓人說了，唔……」
蕭正逮著夏婉的小嘴就是一頓猛啃，直把人啃得臉紅彤彤，再也說不出話來。他大拇指揉上泛著水光的紅唇，低下頭，盯著小媳婦眼睛，問：「還想去聽？」
夏婉靠在門上，腿都軟了，哪還敢跟他胡鬧。「不聽了、不聽了……」
「乖。」
蕭正拉著她走到桌邊的椅子上坐定，沒等她反應過來，直接把她拉到自己腿上坐下，雙手環著嬌嬌軟軟的小媳婦，這回不僅用嘴啃，連大掌也覆了過去。
「唔，不是要……練大字嗎？」
「等會兒再練，先親親。」
「……」
一會兒還要出門送客，蕭正過了癮，才把小媳婦鬆開，一本正經地端坐好，伸手給夏婉輕輕擦嘴。
夏婉拍掉蕭正的手，拿眼睛瞪他，嘴唇紅潤潤的，不用瞧就知道已經腫了。如果不是下頭還有根火熱的東西頂著，任誰都只能看到蕭正面上的正經模樣。
她當初怎麼就看走眼了，以為這頭怎麼餵都餵不飽的餓狼純良又敦厚？

「秋雙嬸等等該走了，還不趕緊把我放下來？」

蕭正「嗯」了一聲，又抱著夏婉緩了一會兒，發現越抱反而越意動，才略窘地把人鬆開。

夏婉腳一沾地，飛快地挪得遠遠的，見蕭正雙手擱在膝蓋上，雙腿大開，端坐著緩解慾火，忍不住就想嘲笑他，可又怕男人惱羞成怒，再把自己捉回去，只能甩了個白眼給他，打開門走了出去。

夏婉出來時，蕭老娘和秋雙嬸已經說得差不多了。兩人從堂屋裡走出來，就聽秋雙嬸十分殷勤地道：「老姊姊，我可是一得了消息就趕緊來告訴妳，這范婆子做事也太沒個章法，好在她閨女嫁得遠，往後也不用有事沒事的再碰上。」

「知道啦，范家跟俺們家沒啥關係，妳也別老一驚一乍的，回頭不知道的還真以為裡頭有啥呢。」蕭老娘嫌棄地直擺手。

秋雙嬸眼珠子滴溜溜地在蕭老娘和剛從屋裡出來的夏婉身上直轉悠，自以為洞悉了蕭老娘的心思，了然地點頭。「是是是，瞧我這張嘴，她范家可不跟咱們沒關係？就連老柳家那也是陳芝麻爛穀子的事了。行了，妳別送俺了，俺自個兒走。」

自從上次抱羊羔子的事之後，這是秋雙嬸頭一回來蕭家。夏婉聽婆婆說，秋雙嬸事後還偷偷找過婆婆，直說自己豬油蒙了心，才做下犯糊塗的事，往後定不會那樣了。

而從那之後，也確實沒再發生過不著調的事。這會兒怕是覺得夏婉和蕭正差不多已經淡忘了之前的事，才又好意思上門。

夏婉覺得有這樣的效果已經不錯了，見秋雙嬸要走，淡笑著同她打招呼。「嬸子這就走了，不再多坐會兒？」

「不了、不了，」夏婉沒拿那邪性的眼神看她，秋雙嬸簡直受寵若驚。「強子媳婦帶孩子回娘家去了，家裡還等俺回去做晚飯呢，妳也別送了。」

蕭正從書房裡出來，只看到秋雙嬸走出大門的背影，而他老娘和媳婦已經頭挨頭地開始嘀咕起來。

為了彰顯自己的清白，蕭正很坦然地開口問：「蕭家和柳家怎麼了？」

「范老婆子把閨女嫁到柳家去了。」提起這個范老婆子，蕭老娘也是覺得晦氣得慌。

「哪個柳家啊？」夏婉覺得好像在哪裡聽說過。

蕭老娘看了兒子一眼，見蕭正沒啥反應，才給夏婉解惑。「是阿正前頭訂親的那個柳家。小婉啊，娘把話說在前頭，那柳家早就同咱家沒有關係了，妳可別多想啊。阿正那天確實準備去迎親了，只是還沒到柳家，就聽說那柳家丫頭跟人跑了，新娘子不在，那回的成親可就不算。」

原來是逃婚的那個柳家。夏婉想到祠堂前只見過一面的范姑娘，也不知道這姑娘是不是鐵了心，非要跟蕭正扯上點關係才安心。「范姑娘做了柳家的兒媳婦？」

「啥兒媳婦！」蕭老娘見夏婉並不介意兒子之前差點成親這件事，瞬間恢復八卦的能力。「柳老頭總共就生了兩個閨女，哪來的兒子？范婆子把閨女給柳老頭做了妾！范婆子之前不是到處誇自家閨女有宜男的面相嗎？這柳老頭就納了范家閨女好生兒子呢，四、五十歲的老頭子還想生兒子，老不羞的……」

夏婉也是十分驚嘆竟然能碰到這種狗血劇情。

「這個柳家離咱們村很遠嗎？」

「柳家原先在鎮上住，前兩年搬去了隔壁鎮。聽說家裡光景好了，人人都要稱呼一聲柳員外，要不然范老婆子哪會看得上柳家？嘖嘖。」

「所以阿正差點成了員外家的女婿？」能住到鎮子上的人家，條件確實相當不錯，雖說也是陰差陽錯的事，可那柳家姑娘到底同蕭正有過三媒六聘的。夏婉想想，心裡還是有點泛酸，嘴巴上便不痛快地刺了句難聽的。

不過隨意的一句酸話，夏婉卻付出了極大的代價。

夜晚，化身為狼又十分小氣的蕭正，差點把夏婉拆成碎片。

「我就是開個玩笑而已……以後再也不說了，好不好？啊……」

被蕭正猛地用力衝撞幾下，夏婉顫巍巍地喊了一聲，便再也說不出一句完整的話來。

已經把小媳婦從炕尾拱到炕頭的男人猶覺不夠，捏著夏婉纖細的腳腕子，纏在自己腰上，就著緊緊相連的姿勢，直接摟著夏婉從炕上下來，站在地上持續不斷地挺腰擺弄，一下一下的又快又深，恨不能長在小媳婦身子裡。

沒有可以支撐的地方，夏婉不得不緊緊抱住蕭正，籠罩在男人雄渾陽剛的氣勢下，感覺自己如同一艘無助顛簸的小船，隨時都可能被狂風暴雨淹沒。

「阿正，嗚……嗚，我就是不痛快你跟別的女人訂過親，你饒了我吧，我……嗯……以後再也不逗你了。」

眼神迷離、眼角帶淚的小媳婦支支吾吾地說著討饒的話，惹來蕭正更粗重的喘息。男人轉身把人壓回炕上，低頭含住雪團中的嫣紅，舌尖攪動，如願聽到帶著抽泣的呻吟，終於滿意地含糊道：「乖，以後只是妳一個人的。」

「嗄？」夏婉隱約聽到男人承諾了什麼，只來得及發出一聲疑問，便被男人熱情如火地送上雲巔，剎那間如登仙界，戛然失聲。

結束後，蕭正幫夏婉清理身子，重新抱回被窩。夏婉哈欠連連，睏得睜不開眼，被蕭正暖暖的大掌攬住小腹，不由得抱住自家男人的胳膊，愛嬌地要求。「阿正以後要一直對我好……」

吃飽喝足的蕭正十分好說話的就要答應，一低頭，發現小媳婦已經沈沈睡著了。他拂開夏婉濡濕的髮，鄭重其事地在她額頭上親了一口，這才摟著人一同睡去。

第二天，夏婉起床時，春生已經跟蕭正練完功夫去了揚穀場，蕭老娘正在幫春生收拾屋子。

「這屋子還是阿正他姊出門前住的，跟你們屋子正對著面，春生住著剛好，夜裡有啥事也好有個照應。」

夏婉心裡感激，攬著蕭老娘的肩膀撒嬌。「謝謝娘，春生過來還麻煩娘操心了。」

「傻丫頭，跟娘有啥客氣的。」蕭老娘拍拍媳婦的小手。「想謝我也成，中飯妳來做，多做點好吃的，我今兒個啥都不弄，就回屋裡躺著等開飯。」

其實婆婆是想讓她多做點好吃的給春生吧，畢竟從今天起，春生就算在蕭家常住了。

「您回去躺著吧，中飯我來做。」夏婉殷勤地把蕭老娘推回屋裡，揉了揉昨夜被蕭正折騰的細腰，幹活去了。

春生在蕭家住下的好處是早晨不用再花時間趕路了，自然能騰出更多時間跟著蕭正一起練武。曾經調皮搗蛋的小子，突然間懂事了許多，下午空閒時還能幫著大姊給羊餵草，之後還能跟著東鄉村的小孩們一起去拾柴火。

夏婉原以為他要過一段時間才能適應離開家的日子，誰知他壓根兒沒有想家的困擾，心大得不得了，除了練武、識字外，滿腦子想的都是跟小夥伴們一起玩耍，簡直是如魚得水、樂不思蜀。

春生來的那天，夏婉特地把他拉到一邊問過，知道夏老娘到底聽進了她的話，雖然拘著白氏不給她回娘家，倒是沒再給白氏臉色看。春生還說，那天夏婉走了之後，大嫂不知道怎麼，就自己想通了，回家就把虎子帶在身邊照顧，雖然還是不怎麼愛說話，卻也沒再拉長著臉了。

夏婉聽了，暫時放下擔心，因為她也沒時間注意旁的，她得專心給蕭正準備出遠門的東西。

蕭老娘十分不樂意兒子出遠門。「媳婦兒都娶了，你還想上哪兒去浪？」她的孫子還沒抱到手呢。

夏婉覺得依她對蕭正的瞭解，這男人不是會一直困居在小山村裡的性子，哪怕他為這片土地上的人們付出了許多，卻阻礙不了他探索未知的熱情。

所以對蕭正的遠行，夏婉雖然捨不得，內心卻是支持的。

蕭老娘恨鐵不成鋼地拿兒媳婦沒辦法。「咱倆不是一夥的？妳不跟我一塊兒留他，還給他收拾東西？妳就慣著他吧，回頭幾個月不回家，有妳哭鼻子的時候。」

夏婉拿眼神詢問丈夫：你會一走幾個月都不回來嗎？

蕭正連忙堅定地保證。「最多兩個月就回來。」

除了炕上那點事，其他時候蕭正向來說到做到，因此夏婉選擇相信他。

蕭老娘見不得小夫妻兩個眉來眼去的，看得她眼睛疼，她擺擺手，把兒子往一邊攆。「滾滾滾，娶了媳婦就忘了娘，我怎麼生出你這麼個費嘴的，這回你出去，再回來，不把孫子給我生出來，你就哪兒都別想再去。」

蕭正這一回去的是江南富庶之地，不像之前幾趟，路上荒無人煙，許久碰不到一個村鎮，不僅得自己帶乾糧，還有可能露宿荒野。如果不出意外，這一趟他們應該會輕鬆許多。

夏婉幫蕭正收拾了一些換洗的衣服，覺得天氣不是太熱，食物存放的時間尚且可以，便又給他做了一些肉乾帶上。

自從學會做衣裳，蕭正身上穿的外套和裡衣，幾乎全換成夏婉的手藝。因為出遠門這件事很早就定下，夏婉緊趕慢趕，總算又給他做了兩身新衣裳帶著。

蕭老娘看了，心裡酸溜溜地直嘀咕。「小婉做衣裳的手藝還是我教的哪，自從學會了，就光給你做，外頭摸爬滾打的，穿舊的不就成了，再把新衣裳穿壞了浪費心血。」

婆婆明顯還有點氣不順呢，夏婉放下手裡的活計，安慰道：「男人出門在外，不就講究個門面嗎？阿正穿上新衣服多精神，往外一站，大家都得說這兒子生得好，可不都是娘的功勞？」

眼見蕭老娘的嘴角開始止不住地往上翹，夏婉連忙一鼓作氣道：「阿正不是要去江南嗎？我聽人說那裡的布料和首飾可漂亮了，有不少咱們這兒沒見過的花色和圖案，回頭讓阿正帶兩塊回來，也好教娘穿穿南邊的時興衣裳。」

「不成，他一個漢子哪裡懂花色，別把錢給浪費嘍。」蕭老娘雖然意動，奈何十分懷疑兒子的審美觀。

「沒關係，店裡的夥計總知道哪些花色時興、哪些布料賣得好吧？找夥計推薦，保證錯不了。」夏婉十分篤定地總結，末了還把蕭正拉過來一起做說客。「阿正，我說的對吧？」

彼時，剛試過小媳婦做的新衣裳、心情非常美麗的蕭正淡定地點頭。「娘放心，不會買岔的。」

在夏婉威脅的目光中，蕭正緊接著又補充了句。「娘精神頭好，穿什麼花色都好看。」

噯，這樣才對嘛。瞧著婆婆心花怒放的模樣，夏婉賞給蕭正一個「孺子可教」的眼神。

被誇獎的男人順竿子往上爬，同夏婉咬耳朵。「想要什麼，我也買給妳。」

夏婉覺得自己正是花兒一樣的年紀，少被蕭正摧殘幾次就能無比嬌豔了，根本不需要旁的東西來點綴，倒是蕭正的話提醒了她。

「你們幫忙押鏢，是跟哪個鏢局有長期的合作關係嗎？那你們應該挺熟了對吧？」

第十一章

夏婉平時很少過問外面的事，蕭正愣怔了下，半晌才道：「是合作了不少次的鏢局。在莊稼地裡刨食一年，也就那些收成，正好村子裡武藝不錯的漢子多，押一趟鏢掙的錢要比種地來得多，當然，最主要的還是能到處多走走。」

「我只是問你跟鏢局的人熟不熟，你跟我說這些幹麼？」夏婉奇怪地看了蕭正一眼，沒把他的怪異舉動放在心上。「我是想，如果你們跟鏢局裡的人熟悉，可以順帶捎些咱北邊的特產到南方去賣，等到了江南，也能把那邊的東西運回來賣，這其中的差價應該能賺上不少錢吧？」

「妳說的這些，鏢隊裡的鏢頭早就這麼做了。」蕭正驚訝小媳婦敏銳的生意頭腦，笑著解釋道：「出鏢時帶的額外東西不多，大部分都是自己隨身能帶的玩意兒，把鏢平安送到後，空車回來不划算，通常鏢局就會在當地買些特產帶回來賣，默許的是每趟負責押車的鏢頭占大頭。去年去西北，回程時鏢隊就捎了幾車皮貨，我們跟著去幫忙的也和他們一起用便宜價錢帶了一些回來，還是跟著鏢局的管道賣出去的。」

夏婉瞬間覺得不好意思了，原來人家都有固定的銷售管道了，她還以為自己出的主意挺妙呢。

「我在妳這個年紀，可想不到這些。」蕭正見小媳婦神情沮喪，連忙笑著安慰。夏婉娘家的情況，蕭正心裡一清二楚，小媳婦自從嫁過來後想了不少點子，不管是肉乾還是滷味，歸根究柢也是為了改善家人的生活。退一步說，人家的媳婦還在指望丈夫養，他家的小媳婦已經有給自己掙錢花的意識了。

想到這裡，蕭正突然福至心靈。「小婉，妳看這樣如何，我給妳留一筆錢當本金，妳在家若是覺得無聊，就去看看有沒有什麼小生意可以做，也不是一定要掙大錢，最重要的是妳能覺得高興，也省得我不在家這段時間，妳會過得無聊。」

夏婉沒想到蕭正會那麼信任她，她確實有心想找點小生意做，不過也只把本金侷限在她的私房錢上而已。

蕭正彷彿一眼就能看穿她的內心。「妳那一點點私房錢，還是自己留著吧，再不濟……」他故意把半截話含在嘴裡，見夏婉表情要惱，才幽幽地開口。「就攢到日後留給咱們閨女吧，我有錢養妳。」

這是民間的說法，家裡若是有受寵的姑娘，娘家會從她小時候開始給她攢嫁妝，而這嫁妝裡很大一部分就來自親娘的私房錢。

蕭正這廝又開始調戲她。夏婉眼睛一瞪，嬌哼道：「我自個兒還沒幾個嫁妝呢，誰要給你閨女攢！」

蕭正哈哈大笑，拉著小媳婦怎麼都瞧不夠。「是，那咱們先給小婉把私房錢攢足了，好不好？」

當天晚上，蕭正把一個小箱子放到夏婉面前，不管夏婉願不願意，只說這就是給小媳婦的第一筆私房錢了。

不想收？可以，那就把夫君在炕上伺候舒坦了，什麼時候蕭正心滿意足，願意把箱子拿回去，什麼時候才算完。

開玩笑，夏婉昨兒個夜裡才被他拱得腰痠腿軟，怎麼可能再來一晚上？

反正東西都送上門來了，不要白不要。夏婉決定識時務者為俊傑，將小箱子往身邊一拉，裹緊了被子，睡大覺去了。

見小媳婦不上鈎，蕭正可惜地搖搖頭，鑽進夏婉給他鋪的另外一個被窩裡。

自從圓房之後，只要他頭天晚上把人折騰得狠了，第二天留給他的就是一條冰冷的被窩。明知道一床被子於他來說起不了絲毫作用，夏婉還是樂此不疲地上演螳臂當車的戲碼。

蕭正由著她白費心思，各睡各的，到了夜裡，聽見小媳婦輕輕的呼嚕聲，蕭正長臂一伸，把人從被窩裡挖出來，再往自己被窩裡一塞。

熟睡的夏婉下意識就愛往蕭正身邊湊，摸到丈夫的身體，下一刻便會手腳並用地纏上去。其實蕭正更喜歡她這種無意識狀態下的親暱、依賴，簡直比她還要樂此不疲啊。

很快地，跟蕭正一起去幫忙押鏢的人也定了下來。夏婉沒想到，蕭正這一次把蕭強也帶了出去。

跟蕭老娘不願意讓蕭正出遠門形成鮮明的對比，秋雙嬸對於兒子能跟蕭正一起出去，簡直是喜上眉梢。

「強子跟著蕭正，俺比誰都放心！」為了表達自己的喜悅和感激，秋雙嬸特地來蕭家教蕭老娘養羊羔要注意哪些細節，提起蕭強出遠門，依舊激動得不得了。「聽說江南那邊比咱們這邊熱哪，哎喲，那邊人可富裕了，路上都能撿著金子呢！哎喲喲！」

那架勢，彷彿她兒子這回去了能撿一兜子金子似的，夏婉好笑地留下兩個老太太在院子裡侃大山，她則去了春生屋裡。

前兩天春生剛回了一趟家裡，今兒個才回來，夏婉聽蕭正說小傢伙似乎有心事，便想著過來問問是不是家裡出了什麼事。

「我以後長大了，一定不會娶媳婦！」春生皺著小眉頭，神情懨懨的。「碰到攪家的媳婦，一輩子都高興不起來。」

「大嫂又跟爹娘鬧起來了？」

「不是，是大嫂跟大哥吵架，他們晚上關著門在屋裡吵，我和春柳都聽見了。」小孩子已經有了明辨是非的能力，對自己看到的情形十分憤然。「大哥又不能揍大嫂，又怕鬧起來，咱爹娘心裡不痛快，我看見他一個人躲起來哭了。」

能把秉性那麼憨厚的夏春樹給氣哭，白氏也不知道又鬧了啥么蛾子？奈何蕭正過兩天就要離開，夏婉此時分身乏術，只能等送走蕭正後再回娘家。

「毛都沒長齊，就想著娶不娶媳婦？」夏婉揪著春生的耳朵，把他拎去寫大字。「去，把這兩天欠下的大字補回來，忙起來就沒時間想娶媳婦的事了。」

「是想著不娶媳婦，我才不要娶媳婦。」

「管你娶不娶，趕緊寫字去。」

蕭正離開的前一晚，拉著小媳婦在炕上要了一遍又一遍。夏婉覺得自己快變成水做的了，手腳一點力氣也沒有。

「說不定今天晚上就把種子種下了，省得娘一個勁兒地問我要孫子。」熱呼呼的大掌覆在夏婉黏糊糊的小腹上揉來揉去。

他們之間終於到了要討論孩子的時候。「十月懷胎，我要是現在懷上孩子，你得有十個月都不能碰我，哦，對了，生完孩子還要坐月子，怎麼也要兩個月恢復期，那就正好是一年。嗯，想想也不錯，最起碼這一年不會被你累死累活的天天往炕上壓了。」

原本還在溫情摩挲的大掌頓時停住，過了一會兒，才聽男人略微懊惱的開口：「真麻煩，要是兩個月就能把娃娃生下來就好了，也省得妳懷胎辛苦。」

想得真好，兩個月生下來，再養一養，剛好他押鏢回來，不用等多久就又有肉吃，可不就是正好？

夏婉抬頭，惡狠狠地提醒道：「不可能的事就別作夢了，誰家生孩子不是十月懷胎呀，沒夠十個月的那叫不足月。」

「我就是隨口一說。」蕭正連忙去捂小媳婦的耳朵。「咱們的孩子肯定是足月生的。」

什麼呀，說得像她現在真懷上孩子似的。「你不在家，我才不要懷娃娃，我嫂子她們挺著大肚子還要做事，多辛苦啊，我還沒準備好呢。好阿正，等你什麼時候在家待久一點，我們再想生孩子的事好不好？我一個人想想就害怕。」

夏婉跟蕭正撒嬌，也只有在這個時候，她才好意思說出這些話來。

蕭正被她纏得心都軟了，一想到自己不在家，小媳婦孤零零地挺著個大肚子，確實柔弱又可憐，似乎老娘等著抱孫子也不是什麼大事了。「好、好，我們現在不生，等以後我在家陪妳的時候我們再生。可是，小婉，妳要知道，什麼時候生孩子，也不是我們能決定的啊。」

「我不管，反正你答應我，我們現在先別生就行了。以後啥時候生，都聽我的。」

蕭正只覺得小媳婦說話懸乎，生怕她話裡有啥陷阱等著他。「妳的意思是，以後想什麼時候播種，都得聽妳的？」萬一小媳婦一直不讓他播種，他不是一點肉都撈不著了？

夏婉發現跟他說不清楚，惱羞成怒道：「少不了你播種的時候，你只管答應我同意以後再生娃娃就行，什麼時候播種也要先跟我商量！」

眼看夏婉要生氣，蕭正連忙順毛捋。「好好好，都聽妳的，都跟妳商量，那咱們今兒個晚上還能再來一次嗎？我明兒個就要走了……」

「……可我腿還痠著呢。」一想到蕭正一走就是兩個月，夏婉心裡立時變得酸酸的。

「不抬妳腿了，我就從後面抱著妳，妳一點力氣都不用出，妳不是也很喜歡嗎？」

男人說著誘哄的話，終於又如願以償地再次入了巷。

這回沒有狂風暴雨，只有默默地輾轉磨合，親暱討好。

夏婉反手抱住男人的勁腰，舒服地抽泣呻吟，終於忍不住說出心裡話。「我捨不得你走……壞蛋……欺負了我還要走，你要趕緊給我……回來！」

「都是我不好，我快點回來好不好，回來再這樣抱妳，小婉別惱我……小婉別哭……」

第二天，夏婉醒來的時候，蕭正一行人已經頂著晨曦離開。

蕭正一離開，家裡像是突然間空曠了許多，每天從清冷的被窩裡起床，夏婉就覺得生活的熱情彷彿消失殆盡，做什麼都提不起精神。

然而家裡既有老人，又有小孩，並沒工夫讓她傷春悲秋，尤其蕭老娘這兩天吃不下飯又睡不好覺，夏婉更是不敢掉以輕心，想方設法地跟春生一起哄婆婆開心。

「娘啊，咱都已經有兩天沒練拳了，春生現在沒人教，只能每天早晨自己蹲馬步，要不您勞勞神，把俺們一起教了唄？」

「是啊，大娘您教我練拳吧，等姊夫回來我打給他看，一定嚇他一大跳。」

「臭小子，你當大娘這拳法像吃稀飯那麼簡單，說學就能學會的？」早就已經醒來，偏偏躺在炕上不想動彈的蕭老娘立時來了精神。「你要是能在兩個月內把我這套拳法打得有模有樣，倒真能讓你姊夫大吃一驚。那小子小時候不愛跟我學這個，磨磨嘰嘰花了兩、三個月的時間才學會。走，你跟我好好學會了，等他回來，咱們一起笑話他。」

娘仨擺起架勢，在院子裡活動，一遍拳法下來，通體舒暢，連最後一絲鬱氣也消耗乾淨。夏婉決定哪怕蕭正不在家，她也要打起精神好好過日子。

「娘和春生可餓了？」夏婉一邊擦汗一邊問。

一老一小齊齊點頭。

「早飯隨便吃一點，中午給你們做大餐好不好？」想到蕭正留給她的那一小箱私房錢，夏婉躊躇滿志，想過好日子，先把她的小生意弄起來。

中午，夏婉做了一大鍋的酸菜魚，直接拿湯盆裝了端上桌。在北方，家家都有醃酸菜的習慣，只是大多都是洗過切成小丁做小菜，當作下飯用的。夏婉記得家鄉曾有一段時間，一下子冒出許多家酸菜魚店，其火爆和受歡迎的程度可想而知。

成片的酸菜葉子鋪在盆底，切成薄片的魚肉又嫩又滑，配上蒜和辣椒，滾過的熱油一澆，滿滿一盆酸辣鮮香的酸菜魚，剛出鍋便引得夏婉口水直流。

為了照顧蕭老娘和春生的口味，夏婉只做了微辣，吃完魚肉還能喝魚湯。夏婉保證，有她這道菜，他們今天一人都能多吃兩碗飯。

最後，娘仨全都撐著肚子在炕上歇息，蕭老娘更是連想兒子的工夫都沒了。

「小婉的廚藝就是好，阿正那臭小子讓他跑，跑了連好吃的都吃不上。小婉啊，等他回來也別做給他吃。」蕭老娘依舊對兒子的遠行留有怨念。

「大姊，這魚怎一點都不腥呢？魚肉嫩得跟豆腐似的，俺沒吃過比這還好吃的菜了，恨不能把那酸菜全都扒拉吃光，實在太下飯了，要不是撐得實在受不住，俺還能再吃一碗飯。」

這段時間在蕭家，春生不僅長了個子，還添了膘，挺著小肚子的模樣，就是個結結實實的半大小子，連飯量都大了不少。夏婉本想著一盆子的酸菜魚，他們三個吃不完，晚上還能吃一頓，誰知一頓飯的工夫就給吃光了。

「既然那麼好吃，你們說如果把這道菜拿到鎮上去賣，能賣到錢嗎？」

「小婉，妳想去鎮上賣這個酸菜魚啊？不行、不行，那得走多遠的路啊，大灰又被阿正騎走了，咱家也沒馬車拉東西，況且沒有店面，就只能像餛飩攤子那樣弄個小攤在路邊，弄個小攤子，要用的雜七雜八東西可一點都不少。」

夏婉沒想到自己一句話，能讓婆婆想這麼許多，連忙開口解釋：「我是想著既然那麼好吃，就把方子賣給鎮上的酒樓，肯定能賣上不少錢吧。您看，你們都覺得這菜好吃又下飯，那酒樓如果賣了這道菜，生意也一定會紅紅火火。」

蕭老娘不懂兒媳婦的生意經，只要沒牽扯到安危上，總是先聲援。「點子不錯，就是得仔細想清楚。」

「我打算跟酒樓掌櫃的商量好，把方子賣給他們，甚至可以直接教他們的大廚做這道菜，還是一錘子的買賣，也省得我再一趟一趟地往鎮上跑。」

「這個可以。」知道兒媳婦不打算去鎮上賣吃食，蕭老娘立刻放下心來。

到底家裡沒個男人在，夏婉若是一心想去鎮上做生意，蕭老娘還真不知該怎麼辦才好，為著兒媳婦的安全著想，她也是不能答應的。但若只是去教做菜，那就連一天的時間都用不上，大不了她陪著一起去，天沒黑就能回家。「妳想啥時候去啊？」

「過些日子再說吧，八字還沒一撇呢，我還有些事沒弄明白，還要去族長那裡問清楚。」

夏婉的最終目的，當然不只是為了賣酸菜魚的方子。其實她一直在考慮做魚類供應的生意，賣酸菜魚的方子也只是為了拋磚引玉而已。

她早就注意到，不管是溪山村還是東鄉村，都有不少的野塘，有野塘自然就有野魚。或許是烹飪方法的問題，這裡的老百姓做出來的魚腥味極重，炒菜用的油又是個稀罕物，更是很少有人拿油煎魚，做法的單一使得魚類並不符合這一片地區的飲食習慣。

想來，也只有酒樓裡的大師傅才能把魚的美味發揮到極致。夏婉給自己攢私房錢的第一步，就是想承包一個魚塘。

野塘本就無主，夏婉找族長說明來意，還沒提自己可以花錢承包，就被族長抬手打斷。「去年饑荒那時，野塘裡的魚都被撈得差不多了，妳想要哪個塘直接跟我說，回頭妳找人給圈起來，再在村子裡頭吆喝吆喝，讓他們都知道就行了。」

沒有提錢的事，那就是免費的了？夏婉簡直不敢相信自己那麼好運。「那回頭清魚塘的時候，撈出來的魚要再送回族裡？」

「阿正平時幫族裡做的事還少了？他想要兩個野塘，不用我說，這話就撂在這兒，咱們村裡壓根兒就不會有一個人多說什麼。去吧，看選哪兩個野塘，過來備個案就成。」

敢情老族長以為這事是蕭正授意的！無意中沾了一把丈夫的光，夏婉決定以後再有什麼需要，就把蕭正拿出來做擋箭牌，背靠大樹好乘涼。

夏婉選了兩個相鄰的野塘，離家的距離不算近，環境倒是不錯。她特意問了陪她一起去看塘的族人，也說夏婉選的這兩個塘不錯。

「塘泥肥著呢，原先有魚的時候，長的都是肥碩的魚，最先被村裡人撈光的就是這兩個塘裡的魚。」被族長派過來的年輕人叫孫錢，農閒時跟在族長後頭幫忙做事，是個腦筋十分靈活的年輕人。

孫錢以為蕭家是要用野塘種蓮藕，給夏婉說得尤其仔細。「這邊有一片水淺的地方，種蓮藕剛剛好，稍微請人清理一下就能用了。」

到底是頭一回做這個，夏婉努力從各方面吸取經驗，遇上懂的人，不管說了什麼，她都聽得非常認真，只是越聽越覺得，自己當初還是把事情想得太簡單了。

為了把魚塘弄起來，還要能養好魚，她需要準備得更加周全才行。

在孫錢的極力推薦下，兩個魚塘定了下來，而令夏婉意外的是，婆婆知道她要養魚之後，竟然給她找來一個十分懂魚的老孫頭，巧合的是，這個老孫頭還是孫錢的祖父。

「老孫頭懂得可多了，聽說年輕那時也是湖邊捕魚的老漁民了，後來到咱們這裡，可沒那麼大的湖給他捕魚，只能用幾個野塘釣魚過過乾癮。妳不是要養魚嗎？他如今也幹不了啥重活，又不想在家閒得慌，就叫他來給咱家掌掌眼，也好知道該怎麼弄。」

簡直就是瞌睡來了送枕頭，夏婉哪有不願意的，為此，還特地請老孫頭來家裡吃了頓飯。

為了招待客人，夏婉花了心思做了全魚宴——濃白的鯽魚湯、酸辣鮮香的酸菜魚，還有一整條的糖醋魚，弄得蕭老娘都吃味了，等客人走了之後，直說夏婉藏私，還有好吃的東西沒拿出來。

「等咱家的魚塘真弄起來，娘想吃什麼魚都管夠！」

在夏婉的想像中，等野塘修整好後，將會迎來「蓮葉何田田，魚戲蓮葉間」的美好景色，哪知道在第一步就被絆住。

在他們這個依山而立的小村子，夏婉找不到專門販售魚苗的地方。想想也是，平日連吃魚都少，誰會有那個閒工夫養魚？

對此，老孫頭倒是一點都不擔心。「到鄰村去收，小魚秧子不值錢，就是想要活蹦亂跳的比較費事，先派人去收吧，收回來還要先選種，也就頭一年要操心的事多，等把魚養活了，後頭自然不愁沒魚秧子。」

如今夏婉可是十分仰仗老孫頭，給老人家的工錢是一般壯年勞工的兩倍，且她在剛盤下野塘之後，就找人在塘邊搭了兩間茅草屋供老孫頭歇腳，老人家沒事便叼著根長煙桿子，坐在塘邊上「指點江山」。

老孫頭的打算正好與夏婉的不謀而合。夏婉這兩回做菜用的魚，便是從蕭老娘帶夏婉去過的那個集市上買回來的，隔一段時間會碰上一、兩個賣魚的攤子，賣的魚全是從野塘裡撈上來的，個頭不是很大，但勝在新鮮，被夏婉精心烹調之後，就連前半輩子在湖邊打魚維生的老孫頭都說，從沒吃過這樣的美味。

由此可見，附近的村子裡還是能弄到小魚的。

夏婉圈的這兩個野塘，去年便被兜底撈過一遍，用老孫頭的話說，這算是清過塘底的淤泥了，這會兒只要收到好魚秧子往裡面丟就成。

本著一事不煩二主的想法，夏婉乾脆把收魚秧子的事交託給孫錢。既然老孫頭懂這些，作為老孫頭的孫子，耳濡目染總能懂一些，夏婉便是看中了這一點。原想著老跟族長借人，總有些不好意思，誰知族長聽了，二話不說，直接讓孫錢過來幫忙，若不是夏婉再三堅持，怕是連工錢都不準備讓孫錢跟夏婉要。

「俺在族裡幫忙，工錢是族裡結的，老族長說俺來這邊，也算是給族裡做事，不好拿工錢的。」夏婉第一回見到孫錢，還覺得這漢子看著挺精明，沒想到論仗義這點，卻是跟老孫頭一模一樣，這就是莊稼人的淳樸熱情。

老孫頭是南方人，年輕那時跟著家裡靠打魚維生，後來為生計所迫，舉家往北遷移，幾經輾轉才定居在東鄉村。孫錢的奶奶是當地人，孫錢爹便隨了親娘，長得又高又大，瞧著就是個北方人，輪到孫錢卻循了隔代遺傳的理，不僅長相、身材和脾性肖似老孫頭，連游泳的能力也是整個東鄉村裡頂尖的。

黝黑的年輕漢子神色靦覥地推辭夏婉要給他工錢這事，夏婉面上不顯，只教他先把魚秧子收上來再說。

之前為了選魚秧子，老孫頭特地帶人在野塘旁挖了一處淺坑，引了塘裡的水過去，作為挑選魚秧子的地方，只是這會兒的魚秧子卻不好收。

小魚沒肉，賣不上價錢，平日裡鮮少有人抓，又因為抓魚的人都是衝著大魚去的，撈魚時手腳難免不知輕重。有一回孫錢跑去一個村子，人家撈上來的小魚全都被折騰得半死不活，還沒等裝上車，便翻了肚皮。

吸取了經驗，後來再收魚秧子時，他便跟人講好，只能收新鮮活潑的，那種撈上來要不了半天就死掉的絕對不要。這樣一來，倒是比先前好上許多，雖然有些小魚的鱗片也被刮掉不少，不過好好養著總能養好，夏婉也沒要求太多。

然而這運魚回來的過程，也耽誤不少工夫。

用來裝魚秧子的工具是半人高的木桶，魚秧子在狹窄的木桶裡晃悠半天，往往一天要走幾個村子，一圈轉下來，等運回東鄉，魚秧子也都夭折得差不多了。來來回回辛苦幾天，竟是沒見到什麼成效。

孫錢沮喪得不得了，認為夏婉拜託自己的事情沒做好，最後還是夏婉跟老孫頭商量出一個辦法，讓孫錢挨個兒村莊走，只宣傳東鄉村收魚秧子這事，而不是自己馱著木桶去收。點名了要新鮮好活的小魚，價格是平時大魚價格的一半，有多少要多少，至於如何活蹦亂跳的運過來，就是村民自己的事了。

事實證明，廣大村民的智慧是無窮的，在成功收了附近一個村民送過來的幾十尾小魚後，陸陸續續就有村民拿著各種各樣的工具，把小魚秧子送了過來。

有用牛皮水袋裝過來的，也有直接倒在陶罐裡捧過來的，還有用木桶裝來的，只是人家桶底裝了塘泥，兩個人直接用扁擔抬著走過來，少了板車在路上的顛簸，小魚兒安生地在水裡游著。

這年頭賺錢不容易，平常扔掉的東西，有人上趕著要，村民們寧願多費點力氣，也要掙這兩、三文的錢。

老孫頭把這些送魚秧子過來的人家記個清楚，哪家的小魚新鮮活潑，瞧著種好，回頭便特別收這幾家的，當然，給的錢自然也會比一般的厚上幾分。

幾回下來，那選魚苗的小水坑很快就被裝滿了，夏婉的魚塘終於迎來第一批小魚秧子。

光是這部分，就花費夏婉將近一個月的時間，等到事情終於上了正軌，該怎樣養育魚苗，就是老孫頭要做的事了。

忙碌的日子總是過得飛快，夏婉自己不覺得有什麼，可把蕭老娘心疼壞了，兒媳婦在外頭風吹日曬，好不容易養起來又瘦了下去，每天忙得連吃飯的工夫都很少，吃不好、睡不好，只惱得蕭老娘後悔把老孫頭給請過來了。

「等過了這陣子就好了呀。」夏婉手頭上寬裕，有許多事都是找村裡人幫忙弄的，比如圍魚塘的竹籬笆，人家要的工錢也不多，還順便把塘沿的雜草、碎石清理了一番，否則單憑夏婉一個人，得收拾到猴年馬月去。「就是我這一忙，娘和春生就顧不上了，還得讓娘多費點功夫。」

第一批魚秧子放到魚塘裡，這心就定了下來，不過夏婉後面要忙的還多著呢。老孫頭說了，想種蓮藕，這會兒正好是培育種芽的時候，前期要先把蓮子破殼，培育出種苗，等種苗長到一定長度，長出小荷葉，就能在池塘裡插栽了。因為養魚的池塘太深，夏婉直接選了旁邊稍小一點的那個塘。

蓮藕好種，夏婉便全權交給孫錢請人負責，她則盯緊各個重要環節，別出岔子就行。

一通忙活下來，她扳手指頭一算，連自己都嚇了一大跳，她竟然忙了一個多月，家裡的羊羔子都要配種了。

不過這事夏婉插不上手，蕭老娘特地選了春生回夏家這天，讓秋雙嬸牽了她家的公羊過來給自家的小母羊配種，一點都沒讓夏婉操心。

第十二章

託這段時間夏婉收魚的福，蕭家最近吃的魚比過去一年還多，有那些來送魚秧子的村民順便帶了大魚過來碰碰運氣，夏婉瞧著新鮮，就留了下來，給大家改善一下伙食。

有一回，秋雙孀找蕭老娘說完話正要離開，經過廚房聞到酸菜魚的香味，就邁不動步子了，腆著臉的也要留下來嚐嚐。

從那頓飯之後，夏婉覺得秋雙孀看自己的眼神比看婆婆的還要熱切，若說之前秋雙孀面對她時還有些顧忌和警惕，夏婉覺得她已經用一鍋酸菜魚征服了這位大孀。

如今秋雙孀已經把她歸類為自己人了，沒辦法，為了好吃的，哪怕是麻痺自己，也要跟夏婉多親近親近。

最近夏婉忙得焦頭爛額，等徹底閒下來，才想起蕭正剛走那時，春生跟她提起大哥、大嫂之間的爭吵。還有兩個月就是白氏的預產期，挺著那麼大的肚子，她怎麼想怎麼覺得白氏也不該再鬧騰了。可大哥昨天晚上來接春生時，面色陰鬱，欲言又止，讓夏婉心裡一個咯噔，過了一天想起來，還是讓她心神不寧。

魚塘那邊的事可以暫時交給老孫頭和孫錢，家裡也沒什麼事，夏婉思來想去，覺得自己應該回娘家一趟，別回頭再鬧出什麼事，她也鞭長莫及。

第二天一大早，夏婉跟婆婆說了一聲，從院子的大水缸裡舀了兩條魚，拿草繩拴上，又囑咐婆婆中午喊秋雙嬸來家裡陪她一起吃，便啟程回娘家去了。

正好春生今兒個也要回蕭家，夏婉打算中午給夏老娘煮一頓鮮魚湯，在夏家吃過午飯，正好把春生一道帶回來。

夏婉回到夏家，夏老娘還在房裡睡覺。

要說夏老娘懷的這一胎也是神奇，前幾個月該吃、該喝，一點事都沒有，這會兒都四個多月了，突然開始起反應，不僅嗜睡得很，連吃東西都開始挑剔起來，聞到一點怪味就要吐得昏天暗地，胃裡翻江倒海，但卻喜歡吃紅薯，不管是烤的還是蒸的，只要是紅薯，那就是救了老命了。

大門是春柳開的，小丫頭告訴夏婉，大哥、小弟和夏老爹一起下地去了，大嫂帶著虎子在她屋裡待著。

夏婉透過窗戶，望了眼大哥那邊緊閉的屋門，皺了下眉頭。剛剛她敲大門，大嫂那屋連聲反應都沒有，就好像屋裡沒人似的。

「大嫂還跟原先一樣不愛說話嗎？」夏婉麻利地把春柳屋子裡收拾好了，領著小姑娘去灶間殺魚。

「嗯，最近一直都不愛說話，有天晚上，我跟春生正好聽見大嫂和大哥吵架，大哥還摔了東西，第二天怕爹娘發現，偷偷扔掉了。」春柳幫夏婉舀水，想了想，悄聲問道：「大嫂是不是不想跟咱哥過了？」

「妳怎麼有這想法？」

「我跟蘭子她們玩，聽她們私底下說的，她們說大嫂嫌咱家日子不好過，生了外心，不想跟咱哥過了。」

「小孩子家家的，別想這些亂七八糟的事。」夏婉拍拍她小腦袋瓜，只覺得村裡的流言蜚語也傳得太快了，小孩子啥也不知道就亂傳。「大嫂要真看不起咱家，去年饑荒那時早走了。別忘了，她肚裡還懷著妳的小姪子，別跟外頭那些傻丫頭似的胡亂傳。」

夏婉還以為白氏之所以鬧彆扭，是因為白家做滷味被她收利潤的事，心裡想著要不等大哥他們都在時，商量著還是把那錢留在大哥和大嫂手裡。反正都是留給小姪子的，白氏得了錢，為了肚裡的孩子著想，也該打起精神好好過日子了。

夏婉把清理乾淨的鯽魚斜劃幾刀，舀了一些油到鍋裡，等油熱起來，放進蔥、薑爆香，再把整條鯽魚放進鍋裡，不一會兒便散發出誘人的香氣。

「小婉回家了？妳這是幹麼呢？」夏老娘睡眼惺忪地走過來，顯然是被煎魚的香味吸引的。一看到閨女舀鍋裡的油，立刻尖聲抱怨。「我說怎麼那麼香呢，妳個死妮子，又來妳娘家敗壞我辛辛苦苦攢的油！」

「油放太少，魚會煎糊。」夏婉不搭理夏老娘，自顧自地把鯽魚兩面換著翻，不一會兒就煎出焦黃的色澤，便倒上半鍋水開始煮魚湯。「煮出來的湯都能喝一點，養身子。」

眼見自家的油覆水難收，夏老娘翻眼瞪閨女。「魚湯就魚湯，我閨女孝敬的，我當然得好好接受，只是下回還想再這麼糟踐油，從妳自己家拎去。」

「知道啦，囉哩叭嗦的，灶間油煙大，出去曬一下太陽吧，別再燻著您。」

「妳娘身子骨結實著哪。」夏老娘被夏婉推著肩走到院子裡，外頭夏老爹和春生他們已經從地裡回來了。

「大姊！妳怎麼來了，是過來接我的？」春生見到夏婉，像頭敦實的小牛一樣衝過來。

夏婉怕他沒輕沒重，會碰著夏老娘，連忙把他叫住，讓他先去洗手。

「爹，我做了午飯，洗洗手就能吃了。」

沈默寡言的夏老爹一如既往地揹著煙桿子點點頭，進了裡屋。有這樣的老爹，夏婉覺得夏家不管怎樣都不會亂起來，夏老爹就是穩定軍心的。

回頭再瞧，竟然沒見到大哥夏春樹，夏婉笑容淡了一些，問春生：「咱大哥呢？」

春生也跟著疑惑，摸著頭毛想不明白。「剛才還在俺們後面走著呢，怎麼一轉眼就不見了？」

夏春樹也沒說去了哪裡，這做好的午飯一出鍋就容易冷，也不能大家一起等他一個人，況且夏老娘懷孩子容易餓，直說分點菜放鍋裡替夏春樹留著，一家人就先開飯了。

春柳喊大嫂和虎子過來吃飯，夏婉才再次見到白氏。

白氏明顯瘦了，顴骨突出，下巴尖尖的，蒼白的臉上掛著兩個明顯的黑眼圈，身上的褂子是用大哥穿舊的衣裳改的。因為肚子已經很大，只有大哥的衣裳腰身夠寬，便改著暫時穿，這裡生孩子的女人大部分都是這麼過來的。

只是明顯已經挺得老高的肚子配上空蕩蕩的衣裳，更顯得白氏四肢纖細。

舀魚湯時，夏婉特地給白氏盛了一大碗。「為了肚裡的孩子，嫂子也要好好補補……」

夏婉話說一半，白氏淡淡地看了她一眼，她就什麼話都說不出來了。這明顯不是鬧脾氣的樣子，這眼神更像是平靜無波、生無可戀的模樣。

「虎子來奶奶這兒，你娘不給你吃，奶奶餵你吃。你說你娘是塊寶啊，你上哪兒都跟著，你個小白眼狼，奶奶平時對你那麼好，你就一點都沒記住？」

都說大人的情緒往往會影響到身邊的孩子，虎子平日跟白氏在一起的時間最長，顯然也被白氏消極的情緒影響，整個人蔫頭耷腦的，喊了夏老娘一聲「奶」，便蜷在夏老娘懷裡，乖乖地吃飯，像隻萎靡不振的小貓，再也沒有往常的機靈勁。

夏婉心疼孩子，開口勸白氏。「大嫂如今月分大了，身子也不方便，要不還是讓虎子跟著娘吧，白天就讓春柳幫忙看著，晚上有爹幫著照看，也省得妳太累。」

「不用了，我是虎子的親娘，他原先是我一手帶大的，這會兒我也能帶他。」

這還是白氏上桌吃飯後說的最長一段話，反而更教夏婉生氣。

「妳現在能帶他，過兩個月生孩子的時候怎麼辦？一個小的都忙不過來了，哪裡還有時間看著虎子？這屋裡有一個算一個，全是虎子的親人，我們跟妳一樣疼他，不管在誰身邊，總能細心照顧好他，妳有什麼可顧慮的？妳以為把他拘在身邊就是對他好了？」

白氏油鹽不進，夏婉氣得肝疼，扭頭一看，見虎子連飯也不吃了，睜著大大的眼睛看著她。

夏婉這才意識到是在孩子面前責備他的親娘，立刻閉嘴，忍不住重重嘆了口氣。

夏婉這頭偃旗息鼓，白氏卻來勁了，站起來就要伸手拉虎子回屋。「走，別吃了，跟娘回屋去。」

夏老娘聞言，立刻把孩子攬進懷裡，眉毛倒豎。「他還沒吃飽呢，妳又要作啥妖？

小婉是他姑姑，只有為孩子著想的，再說了，她說錯了嗎？妳一天到晚陰陽怪氣的，老娘忍妳那麼久，妳不想安生，還想怎樣？想在俺老夏家翻天不成？」

虎子被夏老娘抱在懷裡，要哭又不敢哭的樣子，小臉憋得通紅，嘴角還有一顆飯粒。夏婉瞧著不對勁，趕緊走過去把虎子從老娘懷裡拉出來。「娘，您別跟嫂子吵了，小心再嚇著孩子。」

「虎子，快點張嘴把飯吐出來！」夏婉怕他要哭，再把米飯吸進氣嗓裡，連忙擠他的腮幫子，讓他張嘴把一口飯吐了出來。

虎子一吸到空氣，立刻大哭。夏老爹眼看這頓飯是吃不下去了，拿起煙桿子敲了敲桌子，起身回了屋。

「哎喲，我的命怎這麼苦啊，大著肚子還不能安生，鬧騰來、鬧騰去的，這是恨不能讓我一屍兩命啊……」

咣噹！

院門被大力推開，夏老娘嚇了一跳，到嘴的聲音在見到兒子時立刻消了音。

夏春樹面無表情地走進來，看到夏婉也在，明明想要咧嘴對妹子笑，卻只能露出個比哭還難看的表情。再一轉身，卻是拿著吃人的眼光去瞅白氏。

夏婉暗道不好，連忙把臉上還掛著淚珠的虎子推給春柳和春生。「飯不吃了，你倆帶虎子去屋裡玩，沒大人喊就別開門。」

春生到底跟夏婉住的時間久些，知道大姊嚴肅的時候就是有大事要發生，連忙牽著虎子，哄他去了春柳的屋子。

幾乎是孩子們的屋門一關上，夏春樹便一把抓起從他進院子就沒拿正眼看他的白氏的手腕，也不管她大著肚子，連走帶拽地把人拉進夫妻倆的屋裡。

夏老娘被暴躁的兒子嚇懵了，等反應過來，連忙扶著肚子站起來。「他是在外頭受啥氣了？白氏還大著肚子呢，哎喲喂，一個、兩個的都不省心啊，這日子沒法過了……」

夏婉扶著夏老娘，不讓她往大哥、大嫂屋外湊。自己都挺著腰呢，還管別人？夏婉深深覺得這時比鬧饑荒那時還累，那時日子雖然過得緊，好歹大家齊心協力，一心想往好日子上過，怎麼這日子還沒舒坦一點，就要鬧東鬧西的呢？

「春樹好歹是當過一回爹的人了，他不會跟白氏打起來吧？這孩子，原先也沒見他生過這麼大的氣呀……」夏老娘在堂屋裡急得團團轉。

夏婉想說，就是老實人被逼急了，那脾氣大起來才是壓都壓不住。

耐不住她娘著急，夏婉只好走到屋簷下的窗邊聽。大哥的聲音壓得很低，還傳來一、兩聲摔東西的聲音，以及白氏極細微的兩聲抽泣，看樣子夏春樹還是有分寸的，並沒有對一個孕婦下手。

夏婉剛想轉身跟夏老娘彙報，好讓她不要擔心，屋裡突然傳出一聲怒喝。「妳給我滾，我們老夏家沒妳這樣的兒媳婦，我再不會信妳！」

伴隨著白氏一聲痛呼，夏春樹拉開屋門，欲言又止地看了夏婉一眼，轉身朝大門外走去。

「還愣著幹麼，趕緊把妳哥追回來呀！」夏老娘不知啥時走了過來，推著夏婉。「自己生的兒子自己知道，夏春樹這回是氣狠了，否則也不會這樣。白氏這裡有我看著，妳趕緊去把他拉回來，可千萬別在外頭出了事。」

夏婉反應過來，連忙循著夏春樹離開的方向追過去。

她追沒幾步就看見了，沈鬱而痛苦的男人一拳一拳捶在樹幹上，掌指關節很快就滲出血絲。

夏婉跑上前把他拉住。「有啥話就好好說，你這樣跑出來，咱娘不知道有多擔心。再大的事，咱一家人都在，鬧饑荒那時都沒把咱們餓死，難道不知道啥狗屁倒灶的事就能把人難為死？」

夏婉恨不能打夏春樹兩巴掌，讓他清醒一點。「你要是不想讓咱娘擔心，就坐下來把話好好說清楚。今兒個到底是怎麼回事？」

「小婉，哥的事妳別操心了，都是哥無能，之前為了糧種就把妳嫁了，如今還要妳一個出嫁的閨女天天往娘家跑。妳聽話，帶春生回蕭家吧，咱家沒啥事，就算有事也會變沒事的。」

他這麼一說，夏婉就更擔心了。「大哥不用感到愧疚，我回家來，婆婆也是同意的，蕭家的人大哥也熟悉，都是好說話的人，不會因為我回娘家就難為我。大哥，你現在可是咱老夏家的頂梁柱，頂梁柱塌了，沒有哪間屋子還能立得穩的，為了這個，你也得把話跟我說清楚，說不定還能幫你想想辦法。

「是不是……大嫂娘家那邊又鬧起來了？若實在不行，那兩成利潤咱就不要了，就當是拿錢買個安生。」

「不是的，小婉，」夏春樹痛苦地捂著臉蹲到地上，滿含屈辱的聲音從指間流洩。「白氏她不貞，她在娘家那時就跟她表哥不清不楚的，她這是借題發揮，想趁著這會兒離開咱家呢。這話我怎麼說得出口？我就是怕才不敢說啊，咱娘還懷著孩子，萬一氣出個好歹來，我殺了自己都沒用啊……」

「這話你聽誰說的呀？」夏婉脊背直冒寒氣。在這個禮法森嚴的地方，傳出這樣的流言蜚語，不是要人的命嗎？「事關一個女人的名節，大嫂肚裡還懷著你的孩子呢，你可不要道聽塗說，你知道這話意味著什麼，哪怕是為了虎子和白氏肚裡的孩子，你啥都不能說，知道嗎？」

「我知道，我都知道。」夏春樹狠狠在臉上抹了一把，站起身子，除了兩眼通紅之外，脾氣好歹控制住了。「我就是知道，才一直憋著沒吭聲，直到今兒個才從別人口裡確認的。」

夏婉只想把那個嘴碎的人給揍一頓，這事是能隨便亂說的嗎？

「事關重大，你從誰嘴裡得到的確切消息？他是親眼看見了還是親耳聽到了？他敢保證他說的話句句都是真的？」

「是村西頭的張嫂子講的，她沒嫁來咱們村之前，跟白氏是一個村的，所以知道白氏跟她表哥的事。」

「白氏沒嫁人之前，跟她表哥是親戚，也許是走得比較近一點而已，這個張嫂子怎就知道得那麼詳細了？」夏婉簡直一個頭兩個大，碰上這樣的事，白氏又是她嫂子，似乎怎麼問都不對勁，且夏春樹似乎篤定白氏已經背叛他一樣，這要怎麼說清楚啊？

「白氏的表哥是她舅家的表哥，說是娶的娘子病死了，這才又回來找白氏，張嫂子說她都瞧見他們倆私底下見面了。」

「等等，你憑啥那麼相信這個張嫂子的話？她跟白氏是同鄉，她還能說出這樣毀人名節的話來，她不知道這樣會害死人的嗎？大哥，你清醒一點，這人的話只是一面之辭，不能完全相信啊……」夏婉為了穩住她大哥的心神，一邊說著自己都猶豫的話，一邊想著白氏那空洞執拗的神色。

難道真的是姦情被撞破的生無可戀？

「我、我……」

夏春樹還沒我出個所以然來，那廂春生一路氣喘吁吁地小跑著過來喊人。「大哥、大姊趕緊回家去，咱娘說大嫂好像要生了！」

夏老娘有足夠的生孩子經驗，既然她說白氏要生，怕是真的就要生了。想到白氏瘦弱的身子骨和才七個多月的胎兒，夏婉眼前一黑。

「你剛才在屋裡打她了？」萬一白氏真有個什麼三長兩短，白家的人打上門來，大哥有嘴都說不清楚。

夏春樹臉色也白了，畢竟那是他同床共枕的妻子，還是孩子的娘，再怎麼吵嘴痛苦，他也沒希望她不好。「我要出門，白氏拽著我不讓我走，我氣不過，就把她手給甩開，是不是把她磕碰到哪兒了？」

「現在沒工夫說這個了，我回家看看，你趕緊去請吳大娘過來，快點！」

吳大娘是十里八鄉有名的接生婆，也懂一些婦人生產上的事。

夏春樹趕緊往吳家跑，也不知道能不能找得到人。

其實為了保險起見，應該去鎮上請大夫，只是一想到來回幾個時辰的路程，夏婉心裡就發怵。她不知道白氏到底是什麼情況，就怕大哥去請大夫的路上，白氏有個好歹，連最後一面都來不及見到。

進了家門，夏婉遠遠就能聽見白氏悶聲呼痛的呻吟聲，她腳步一頓，把春生叫住。「你去瞧瞧隔壁王二嫂可在家？就說大嫂提前生了，讓她過來搭把手。」

春生聽完，立刻去找王二嫂。

夏婉邁腳走進大哥屋裡，果不其然，就見夏老娘正扶著白氏斜躺著，給她順後背。

「娘，有啥事讓我來，妳別再弄著腰了。」夏婉走過去，接過夏老娘的手，先給白氏後背墊上被褥和枕頭，讓她斜靠著，接著才給她順背，舒緩痛苦。

夏老娘喘了口氣，已經滿頭大汗，乾脆坐在炕邊歇著，還不忘提醒白氏。「妳先休息，等會兒才有力氣生孩子。」

要說夏老娘，其實就是個刀子嘴、豆腐心，雖然平時罵人很厲害，可自己家人遇到緊要關頭，還是放不下心。夏婉想到這裡，摸著白氏由於瘦削而突起的脊梁骨，真不知道要說她什麼才好。

白氏挺過一波陣痛，抬頭朝房門口望了一眼，半天才開口問夏婉。「妳哥呢？」

「知道妳要生了，我讓他去喊吳大娘了。」

夏婉輕聲告訴她，以為白氏還要問點什麼，誰知白氏後面便一直忍著疼，啥話都不說了。

接到春生消息趕過來的王二嫂，被白氏這陣仗嚇了一大跳，知道早產那麼多天，必定事有蹊蹺，也不好問旁的，趕緊先把夏老娘扶出去。「大娘欸，讓俺在裡頭陪著她們姑嫂兩個，您就先出來等著吧，別再衝撞到您。」

畢竟有過生孩子的經驗，王二嫂顯然比夏婉鎮定多了，摸了摸白氏的肚皮，又知道已經有人去請接生婆，這才放心讓春柳趕緊去燒開水。

她回頭跟夏婉換手扶白氏，還不忘提醒道：「小婉沒生過孩子，一會兒吳大娘過來了，妳也別在屋裡待著了，在外頭幫忙端熱水就行。」

白氏的羊水已經破了，大大的肚皮過一會兒就是一陣抽緊，夏婉哪裡見過這個，只能在白氏喊疼時讓她拽著手，手都被白氏攥青了。

還好有王二嫂這個鎮定的，拉了被褥給白氏抓著，又把布巾裹成條狀，讓白氏疼的時候咬在嘴裡。見夏婉六神無主地站在那兒，把她攆去灶間。「還沒到要生的時候呢，給妳大嫂下碗麵去，吃點東西才有力氣繼續忍。」

夏婉過去時，春柳正在燒熱水，見到她大姊，才略微安心了一點，直問白氏怎麼樣。

「妳弄好自己的就行。虎子呢？」夏婉也說不清楚白氏是好是壞，一邊說話一邊把晌午的魚湯弄熱，用魚湯煮了碗麵。

「虎子哭累睡著了。那妳和春生晚上還回蕭家嗎？」

夏婉這才想起來，她急得把婆婆都給忘了，看樣子今天晚上是不能回去了，但不跟蕭老娘說一聲，依蕭老娘那性子，等不到人說不定還會出來找她。

把麵條端去給白氏吃了，知道王二哥正好在家，夏婉又趕緊拜託王二哥去東鄉村幫她給蕭老娘傳話。

從隔壁回來時，剛巧碰到夏春樹領著吳大娘進家門，夏婉默唸了一聲「阿彌陀佛」，跟在後面走進院子。

白氏是情緒激動才引起早產，當然跟這段時間一直沒養好精神也有關係。吳大娘給白氏檢查了一遍，又把夏春樹劈頭蓋臉臭罵一頓，就把人攆了出去。

熱水和布巾都已經準備好，屋裡有王二嫂幫吳大娘的忙，夏婉總算鬆了口氣，跟大哥坐在院子裡等著。

她心想，剛才白氏還沒忘記問丈夫在哪兒，代表還是惦記她大哥的。

夏老娘過一段時間就會問一下白氏的情況，院子裡不是說話的好地方，夏婉只能暫時把先前的事放下，同時也警告夏春樹。「甭管外頭有啥流言蜚語，咱家不能先亂了套，你有心結還不想著怎麼解開，那你就自個兒憋著，別影響到爹娘和孩子。」

原本低著頭不吭聲的夏春樹更沈默了。

白氏這一胎從大晌午一直生到太陽下山，等王二嫂從屋裡端著淡紅色的血水出來時，夏婉才又開始害怕。

「不是說能生嗎？現在情況怎麼樣了？」

王二嫂也累得滿頭大汗，腰都有些直不起來。「還差點勁，老是看不到孩子的頭啊，要不，妳讓妳大哥進屋裡安慰兩句，給妳嫂子打打氣？」

夏婉想到她那站成木頭樁子似的大哥就想搖頭，沒等她開口，先被走出來的吳大娘嗆。「讓她男人進去也沒用，當娘的不想活了，還生個屁啊！老婆子我接生這麼多年，就沒見過這麼死心眼的！」

「大娘別生氣，我去勸勸我嫂子。」夏婉走進屋裡，先被一股淡淡的血腥味熏了一把，就見白氏屈膝斜躺在炕上。

夏婉看不清她的神色，因為蓋著被子，肚子沒那麼明顯。

「我是什麼情況下嫁的，大嫂也都知道，先不說我現在過得怎麼樣，就是一開始，因為咱家沒糧種，哪怕聽說男方還剋妻，我不也一樣嫁了？那會兒怎沒想著去死呢？我就想著我命由我不由天，好日子、孬日子不都是人過出來的嗎？」

白氏默默躺著，夏婉知道她聽得到，便繼續道：「我哥覺得妳對不起他，妳有什麼話想說嗎？妳不顧自己的身子，也得想著肚裡的孩子，妳不管肚裡的孩子，也得想想虎子。妳要是就這麼去了，我們家現在的日子比從前好，我哥一定會再娶的，妳不怕虎子有個厲害的後娘，就繼續這麼憋著吧。還有，我哥篤定了妳對不起他這事是聽咱們村的張嫂子說的，妳就沒想過人家是為了什麼？」

夏婉原本打算她話都說到這分兒上，若白氏要是還一副要死不活的樣子，她就徹底撒手，什麼都不管。誰知手剛放到門上，就聽白氏啞著嗓子，在炕上喊她。

「小婉妹子，勞妳把吳大娘喊進來吧。」

夏婉鬆了一口氣，把吳大娘和王二嫂喊了進去。

這天夜裡，夏婉的小姪女在她娘聲嘶力竭的呼喊中順利降生。

吳大娘給孩子擦乾淨，裹進小被子裡，那小小的一團，夏婉壓根兒沒敢伸手去抱。

白氏一直堅持到又吃了碗麵，才帶著孩子一起睡了。夏婉把她哥攆去看老婆和孩子，自己則送吳大娘出門。

吳大娘臨時被喊過來，又累得不行，夏婉特地給吳大娘包了個大紅包，回頭卻被吳大娘警告了一番。「雖說七活八不活的，可妳家這丫頭瞧著娘胎裡就是不足的，你們好生養著吧，好歹是條小命。」

夏婉滿頭黑線，只覺得這個吳大娘說話比她娘還毒，不過最後還是好聲好氣地把人送出了門。

輪到王二嫂，夏婉特地把她拉住，問道：「妳知道村西頭有個張嫂子跟我大嫂原來是一個村，後來嫁到咱們村來的，她家是幹啥的？」

「妳說的是白娟吧？啥張嫂子，不都喊她張寡婦嗎？她男人死了有兩年了吧！」王二嫂不愧是個村通，村裡啥人、啥事都瞞不住她。「她家就剩一個小丫頭和一個老婆子，她那婆婆是個狠的，動不動就把兒媳婦拉過來一頓揍，又不准她再嫁，也是個苦命的女人。妳問她幹啥？」

「沒事，就是聽人家說了一嘴，有點好奇。」夏婉了然，不想多說這事，只一迭連聲地跟王二嫂道謝。「今天多虧了你們兩口子幫忙，回頭請你們吃飯。」

「這沒啥，鄉里鄉親的，都是應當的。」王二嫂是個爽快人。「妳大嫂這回吃了大虧，可得給她好好補補。」

「我曉得，明兒個就去給她買兩隻老母雞。」夏婉笑著把人送回家。

第十三章

白氏生了個閨女，雖說又瘦又小，到底是母女平安，讓人鬆了口氣。

夏老娘擔驚受怕一個晚上，如今可算是鬆懈下來，只是孩子身體弱，怕養不活，就不取大名。

「取個小名吧，就叫小九。小九、小九，越來越有，只盼著她平平安安，長命百歲。」

夏婉瞧過那孩子一眼，閉著眼睛，眉眼也沒長開，看不出像誰。只是那麼看著她，就覺得心都靜了。能有個跟自己血脈相連的孩子，似乎挺不錯的。

「都隨妳吧。」夏老爹也知道兒媳婦早產跟兒子吵架脫不了關係，扶著老妻回屋前，只說讓夏春樹明天去報喜時，別忘了給白家賠個不是，孩子的洗三也不大辦了，只喊白氏娘家人來吃個飯。

白氏中間醒過來一回，知道公公的打算，卻不同意，只說孩子情況還不好說，暫時不用告訴娘家，她娘家人若有心，總能知道的。

夏家如今只要她們娘兒倆好好的，其他都好說。

夏婉原以為她大哥還在執拗，誰知道等孩子生下來，她大哥就自發地接過照顧白氏和孩子的事來。

由於之前白氏生虎子已經有了經驗，夏婉見她大哥比她動作還熟練，也就放下心，跟春柳他們擠一間屋裡湊合著，睡了兩個時辰。

白氏突然生產，讓家裡原本該做的事被打亂，第二天夏婉準備帶春生回蕭家，春生沒有答應。

「大姊回去跟大娘說，我在家裡也能好好練拳，也會好好識字，等我大姊夫回家我再過去，我先在家裡幫咱爹娘幹點活。」

這才是真的長大了。夏婉欣慰地拍了拍他的腦袋，一個人回了蕭家。

蕭老娘才剛見到夏婉，便問她白氏的情況，知道母女均安，也十分欣慰，催促夏婉道：「趕緊喝點粥，再睡一會兒。」

「我等等還要在村裡買幾隻老母雞給家裡送過去，我大嫂還沒開奶，我怕小九沒奶吃。」早產兒正需要母乳增強抵抗力，或許是親眼看著她出生，總有一種莫名親近的感覺。

「妳睡妳的，我去幫妳把母雞買回來。」

夏婉說不過婆婆，便好好睡了個飽覺。一覺醒來，午飯時間都過了，她隨便扒了幾口飯，把婆婆買回來的老母雞給娘家送回去，才趕在天黑前回到蕭家。

不過她下午去送雞時，白氏特地支開旁人，把她叫到屋裡說了會兒話。

為了防止頭受風，剛生產過的婦人都要裹上包頭。白氏換了一身乾淨的衣裳，裹著包頭哄小九睡覺，接著跟她道了謝，才講到重點。

「不管是成親前還是成親後，我都沒有做過對不起妳大哥的事。我想好了，既然我能活著把小九生下來，往後的日子也照樣能過好。小婉，嫂子先在這兒謝謝妳了。」

付出那麼多辛苦，能得到一句感謝，夏婉便覺得這兩天的奔波也算是值了。她坐在炕邊，好好瞧了瞧小九，才跟白氏告別。

晚上，蕭老娘端上一大碗雞湯，把夏婉嚇了一跳，以為自己還在夏家。

「俺們小婉替別人忙乎來、忙乎去，就不興自己吃點好的補一補啊？這是我特地留的一隻，油汪汪的，可肥了。春生不在家，都歸妳，趕緊給我吃光了。」

得到婆婆的細心照顧，夏婉心裡美滋滋的。她對她娘家人好，她婆婆對她好，她還是有人疼的。

到了晚上睡覺時，夏婉終於以怕黑為由，擠上了她婆婆的炕。

想到她跟蕭正剛成親那時候，怕得不得了，一心想跟婆婆一起睡，好躲開人高馬大的丈夫，誰知道該躲的沒躲掉，相公不在，她反而睡了婆婆的炕。

她突然覺得，時間過得還挺快的。

「我今兒個去看小九了，她眼睛睜開了，黑亮黑亮的，乖巧得很。」月光透過窗戶照在炕上，夏婉睡不著覺，躺在被窩裡跟婆婆聊天。「阿正也不知道走到哪兒了？還有半個月就是回家的日子，他們該啟程回家了吧？」

蕭老娘聽了，開始笑話兒媳婦。「想男人了吧？我當初就說不讓他走，妳還跟他合夥欺負我一個老婆子，如今想想，還是阿正他爹最好，文弱書生一個，爬個山都要出一身汗，那腳力想跑遠都不成。誰讓妳嫁了個屬猴的呢，滿地亂竄，等他這次回來，妳可得把人給我看緊了，別再讓他跑出去。眼饞人家的娃娃幹麼，你倆趕緊生個自己的，不就不眼饞了……」

夏婉打了個呵欠，已經在她婆婆的嘮叨聲中睡著了。

遠在江南的一間客棧裡，蕭正打了個大噴嚏，跟他同屋的老李立刻賊笑出聲。「喲呵，這是弟妹想你了吧？」

蕭正不理會他的調侃，因為他也在想他的小媳婦呢，也不知道小媳婦會不會被他想得打噴嚏？

過一會兒，他才開口跟老李說起正事。「這個鏢局已經合作過幾次了，下回還是換一家吧，老跟著同一家，容易讓人尋到蛛絲馬跡。」

老李嘀咕他疑神疑鬼，最後還是同意了蕭正說的話。快睡著時，不忘嘮叨。「俺看你給弟妹買了不少好東西，還是不是兄弟了，有好的也不介紹給俺看看，我要是再不帶個像樣的東西回去，你嫂子該削我了……」

「自己想去！」他怎麼可能讓別人跟小媳婦買的東西一樣呢，那多沒誠意啊！

這一覺，夏婉睡得神清氣爽，起床後陪婆婆打了套拳，接著去她的魚塘巡視。有第一批魚秧子下水，老孫頭也不著急了，每天閒閒地等著收魚苗，順帶看著已經破殼長出小苗的蓮子。

夏婉想，等蕭正回來，應該能趕上蓮藕插栽的時候。她現在一心盼著丈夫早點回來，幫她分擔活兒呢。

老孫頭抽著煙桿子，問夏婉往後的打算。「這魚養出來，只怕得往鎮上送，在咱鄉下是賣不了錢的。」

老孫頭原先住在湖邊，見過的場面比這兩個魚塘大十倍、百倍不止，夏婉當然明白他的意思，也不跟他見外。「老爺子覺得小婉上回做的那幾道魚料理不錯吧？若放在鎮上的酒樓，賣得出去嗎？」

叼著煙桿子的老孫頭聞弦音而知雅意，立刻明白夏婉的意思，點了點夏婉，直嘆「蕭正娶了個好媳婦」，最後給了個十分大膽的提議。

「咱鎮上的酒樓格局還是小了點，妳把寶押在那裡，頂多砸個小水花出來，要是我就直接往縣城裡去，就是這菜一出來，魚的生意就要起來了，到時候可就沒法一家獨大了。」

「小婉從來沒想過要一家獨大。」有人能跟她的想法相同，夏婉更加覺得無論如何也要留下老孫頭幫忙。「老爺子就當小婉這兩個魚塘是個嘗試吧，以後魚長大了，荷葉滿河塘，還能養一群鴨子和鵝。只要小婉的魚塘成功了，往後鄉親們想學著一起弄也可以，還不都是為了生計？」

「好好好，」老孫頭聽了，一臉笑咪咪。「那我豁出這把老骨頭，也得把這兩個魚塘給養活了，沒準兒以後還是惠及鄉鄰的大好事哪！」

夏婉趕在小九出生的第九天回了趟夏家，為的就是過洗九禮，沒想到還遇見了白氏的娘家人。

白氏的娘和夏老娘在堂屋裡敘話，白氏的兩個嫂子在看孩子，夏婉喊過人，也跟著去大哥的屋裡看小九。

白氏已經開了奶，別看她瞧著瘦，奶水倒是意外充足。這幾天小九喝飽了親娘的奶水，總算不像前幾日皮包骨的模樣。

白氏的大嫂見白氏奶水多，還一個勁兒地直羨慕，她年前剛生了個男娃，奶水一直不夠，這個月已經徹底乾了，每天只能給孩子喝米湯，見小九喝得咕嚕咕嚕，嘴上稱讚這孩子是個有福氣的，手指已經點到小九臉上去了。

夏婉眼明手快，一屁股坐在炕沿上，順勢把白氏大嫂擠到一邊去。剛生下來的孩子被擠了腮幫子，很容易流口水，夏婉不知道她是故意的還是沒想那麼多，可她家裡不是還有個小孩子嗎？夏婉莫名地不喜歡這個女人。

白氏的大嫂被夏婉一擠，愣了下，皮笑肉不笑地站到一旁，話卻是對著白氏說的。

「妳就當可憐可憐妳那個小姪子加小外甥，丫頭還小呢，妳的奶水又吃不完。」

「大嫂，我現在在坐月子，又出不了門。」白氏頭也沒抬地回答。

「俺也沒說讓妳坐月子的時候就出門啊，等出了月子，不就能隨便走動了嗎？」白氏的大嫂沒想到小姑子張口就拒絕她，面上一陣難看。

「小九生得早，沒在娘胎裡養好，只能慢慢將養，這一年沒啥事，俺就不回娘家了，就算當著娘的面，俺也會這麼說。大嫂想給小姪子找奶喝，要不抱著孩子過來，要不俺現在就給妳擠了端回去，妳自己選吧。」

這是說什麼都不會回娘家了。夏婉意外地挑了挑眉頭。

白氏的大嫂卻差點被小姑子噎死，眉毛一豎，就要嚷嚷起來，被白氏二嫂一把攔住。

夏婉算是明白過來了，敢情是為了給她自己孩子找奶喝的！可那也得看別人願不願意，看這樣子，似乎還想讓白氏經常回娘家幫她餵孩子，這怎麼可能？

既然白氏都一口回絕了，夏婉也沒說話，雖然她挺想請這個大嫂出去的。

白氏把小九餵飽了，抱起來貼在胸前拍出飽嗝，才把孩子重新放進被子裡。

面對兩位娘家嫂子，白氏自始至終都十分淡漠，而對於白氏的這個本領，夏婉是深有體會，畢竟前不久她還被白氏這麼冷淡地對待過，如今換了人，夏婉便莫名地痛快起來。

等到大嫂的娘家人都走了，白氏才又跟夏婉說一些她不知道的事情。

「我大嫂也是我表姊，她是我大姨的女兒，妳大哥知道的那個表哥，就是我大嫂的親弟弟，我們小時候的確經常在一起玩，如果不是我大嫂當初非要嫁給我大哥，我可能就不會嫁給妳哥了。所以，要說有關係，我跟表哥也就是這樣一層關係，而妳說的那個白娟，沒嫁來咱們村之前，跟我大嫂十分要好。」

夏婉扶額，差點沒被這裡面的關係繞暈。「妳大嫂這是因為賣滷味的那兩成利潤？」兜兜轉轉還是利益的糾結。

「這只能怨我自己太偏聽偏信了。」一連幾天喝雞湯，總算讓白氏蒼白的面龐多了一絲血色。「話是我說的，彆扭也是我鬧的，人家不過是打鐵趁熱，順水推舟，我哪怨得了旁人？不礙事，日子總能越過越好，我還沒跟妳大哥講這些，就是先跟妳說一聲，省得妳老是操心家裡。」

夏婉覺得自己又看到了剛睜開眼時認識的那個白氏，哪怕家裡已經揭不開鍋，還能穩得住。

人無完人，白氏能想通，知道跟大哥一起好好過日子，她就能少操心娘家的許多事。至於大嫂和大哥間的誤會與矛盾，不是她能管得了的，她也沒那個精力管。

畢竟她的那些荷苗已經開始長出一片片的小荷葉，很快就能插栽了。

這種時候，有兩個魚塘的好處就顯現了出來，荷苗插栽，必須保證上頭的小荷葉要露在水面上。為了確保插栽成功，夏婉還得先請人把小一點的那個池塘裡的水放掉一些，直到滿足插栽的要求，才能繼續進行。

待插栽好的荷苗長大些，還得慢慢往裡加水，而且，第一年的荷苗是沒有產出的，想吃上甘甜爽口的蓮藕，還得拿第一年長出來的小蓮藕做種藕，才能養出成片的深水蓮藕來。

好在夏婉有足夠的耐心，她可以從頭開始做起。

由於用來插栽的荷苗十分幼嫩，夏婉這一回請的全是東鄉村的婦人，一個人一天五文錢，外加一頓飯。

蕭家的飯食經由吃過的村人幾波宣傳，早就已經在東鄉村散播開來，到了後頭，夏婉總覺得人家來幫忙，全是衝著她家飯食來的。

老孫頭估計快則兩天、慢則三天就能把荷苗全部插栽好，夏婉便需要做兩到三天的大鍋飯。這一回，蕭老娘愣是把一心想要掙那一天五文錢的秋雙嬸給按住了。

「妳粗手粗腳的，別把小婉的荷苗給掐壞了，妳不是喜歡吃嗎？妳就留著幫小婉做飯，盡夠妳吃的。」

可她想吃小婉做的飯，還想拿那五文錢哪！面對老姊妹橫眉豎目的威脅，秋雙嬸只能安慰自己至少不用下泥塘，然後委委屈屈地跟著夏婉去了廚房。

吃飯的人一多，精細的菜便不好做了，夏婉想著既要下飯，又要有葷腥，便做了魚香肉絲，外加兩道青菜和豆腐，只把分量加得足足的，到後來還是春梅嫂一起來幫忙，才把這幾天的大鍋飯給做出來。

夏婉忙得腳不沾地，三天下來，家裡弄得亂七八糟，簡直沒眼看了。

於是，緊趕慢趕、一心想要給小媳婦一個驚喜的蕭某人剛回到家，便得到老娘和小媳婦的熱烈歡迎。歡迎過了之後，留給他的只有滿屋子狼藉。

蕭正無奈地瞧著婆媳兩個背靠背坐著，互相訴苦，不是這個胳膊快斷了，就是那個腰累得直不起來了，二話不說便捲起袖子，花了半天的工夫才把裡裡外外收拾乾淨，順便連晚飯也一併做好。

吃過晚飯的夏婉，乖乖送婆婆回屋，末了十分狗腿地請示婆婆。「娘覺得這回給阿正的教訓夠了吧？」

「我兒子體力那麼好，就這點教訓還算是少的，妳也別光哄我開心，自個兒的男人一定要管住了，這回不讓他知道厲害，過沒兩天又要給我往外跑。」蕭老娘看兒子回來，跟兒媳婦獨處的日子算是沒了，便想努力拉攏夏婉。「咱們才是一夥的。妳看，妳池塘裡的荷苗都插上了，他才回來，男人在關鍵的時候靠不住，要他幹麼？」

那可是您兒子，難道還能真不要啊？夏婉把婆婆哄去睡，吁出一口氣，總算回到房間。

只是她兩隻腳剛邁進屋子，便被一道堅硬臂彎帶進懷裡，下一個轉身，人已經被蕭正按到了炕上。

「兩個月沒見，翅膀長硬了是吧？都知道跟娘合夥起來作弄我了，說說，要我怎麼罰妳？」屬於男人特有的陽剛之氣噴灑在臉上，激得夏婉起了一身雞皮疙瘩。沒見到人的時候還無所謂，真的跟蕭正面對面，她才發現自己已經那麼那麼想他了。

夏婉水光瀲灩地瞥了壓在自己身上的男人一眼，伸手環住他的脖頸，乘機抱怨。「你也知道我們兩個月沒見了，到底應該是誰懲罰誰啊？我魚塘的魚都裝滿了，荷苗都種好了，就連我娘家大嫂的孩子都生下來了，你說說，你這一走錯過了多少事，你還好意思要罰我？」

兩個月在外奔波，男人曬黑了一些，肌肉卻更加結實了，哪怕他什麼都沒做，就這麼任她環住脖子，直勾勾地盯著她看，夏婉都有些受不了。

很快地，她從男人像要吃了她似的眼神中敗下陣來，胳膊鬆開，便想往一邊逃。

蕭正當然不會給她這個機會，低頭含住了幻想無數遍的紅唇，含糊道：「咱倆錯過的事多著呢，反正今天有一晚上的時間能補回來，先給我親親。」

夏婉被他親得氣喘吁吁，差點緩不過勁來，加上大腿上一根火熱的東西，頂得她忍不住直打顫。

她原先想男人奔波了這麼多天才回家，又被她和婆婆鬧著做了許多家務，再強壯的身子也該疲憊了，誰知還能這麼有精神。

好不容易從蕭正嘴下逃開，夏婉雙手抵著他的胸膛，好聲好氣地商量道：「不是累了一天了，還是早點休息吧，我這兩天也累得不行……」

「我不累，妳躺著休息，我自個兒來就行。」蕭正才不聽夏婉那一套，低下頭就開始扯小媳婦的領子。

「你洗過澡了嗎？我這才想起來，我還沒洗呢！」夏婉悲催地發現，她跟蕭正兩個月沒見，似乎有些生疏了，原先連裸裎相見都已經適應了，這會兒竟然連面對面都變得萬分緊張。

蕭正顯然也發現了小媳婦的不對勁，手上不由自主地鬆開。「那妳先去洗吧。」

夏婉鬆了口氣，連滾帶爬地從炕上下來，衝進洗澡的屋子裡。

她在裡頭磨蹭許久，最後實在不能再耽擱下去，這才披著衣裳，回了房間。

屋裡的燈已經熄滅，蕭正躺在被窩裡一動不動，旁邊還有另外一套被褥。

她記得她去洗澡時還沒看到，想來應該是蕭正自己鋪的。這一刻，說不出是失落還是釋然，夏婉脫掉衣裳，鑽進那個平時應該是蕭正的被窩，還沒等她閉上眼，隔壁被窩裡的男人低低罵了一聲，下一瞬，被子掀開，夏婉還沒反應過來，就落進一個赤裸的懷抱裡。

「還敢跟我生疏？我是妳男人，離開再久也是妳男人，多熟悉熟悉就能記住了。」男人不滿地嘀咕，接著結結實實地撞入小媳婦的身體裡，讓兩人齊齊長嘆了口氣。

夜，還很長。

第二天，夏婉根本沒能從炕上爬起來，感覺裡裡外外都被蕭正愛撫得徹底，連根手指都不想抬。

起來吃飯時，腳一踩地，就像踩進棉花堆裡似的，軟綿綿的。到了下午，還突然來了癸水。

這下可好，蕭正私底下再怎麼給小媳婦揉腰都沒用了，蕭老娘知道兒子幹的好事，把蕭正逮過來臭罵一頓。

夏婉猜測應是這段時間太忙，身體和精神透支太過，才顯得越發嬌弱。

蕭正見她臉色蒼白，連唇上的血色都淡了，生怕自己昨天夜裡的孟浪傷了她，騎著大灰去鎮上請了大夫回來。

「腎為先天之本，脾為後天之本……」長著山羊鬍子的老大夫一手捋著鬍鬚，唸唸有詞。

不管前世今生，夏婉都是第一回被把脈問診，覺得十分有趣。直到老大夫當著小夫妻倆的面，讓他們謹遵醫囑，夏婉才恨不能以頭搶地。

「房勞過度，易傷根本，還需張弛有度，培本固元。」總而言之，夏婉其他方面沒有毛病，就是累得太狠。

大夫開了專門用於婦科調經的方子，尤其注重調理脾腎，還囑咐夏婉最好多以食補為主。

蕭正隨老大夫一起去拿藥，順帶問這「張弛有度」應該多久一次最合適？夏婉則覺得婆婆之前說得對，她以後再不能慣著蕭正胡天胡地的了，哪怕他空窗了兩個月，看上去十分可憐，她也不能心軟。

夏婉這一倒下，兩、三天不能理事，自知理虧的蕭正便把她在魚塘那邊的事擔了起來。

蕭老娘得了老大夫的話，一心想著給兒媳婦食補，那陣仗都快趕上白氏坐月子了，幸好也就是三、四天的時間。等到夏婉一身輕鬆，終於能又跑又跳，就覺得腰上似乎又多了一圈肉，而蕭正則十分有眼色地把她的魚塘換了一副模樣。

原先給老孫頭歇腳的茅草屋，變成了堆雜物的地方，蕭正從旁邊另尋了一塊寬敞的空地，打了泥胚，準備蓋三間泥巴房。因為多了一群小鴨，魚塘這邊也需要有人長期看顧，三間泥巴房不僅能住人，還能暫時作為小鴨夜裡睡覺的地方，

原先夏婉手忙腳亂，如今有蕭正在，萬事都能幫她打點好。

毛茸茸、黃嫩嫩的一群小鴨子，抖著小身子在剛圈起來的籬笆裡扭來扭去，夏婉眼

饞，忍不住要伸手去摸，卻被蕭正攔住。「剛出殼的小鴨，別老用手摸牠，不容易長大。」

夏婉哪管蕭正什麼態度，圍著籬笆轉，心裡美滋滋的。「你從哪兒弄來的小鴨啊？最近家裡的事太多了，我怕忙不過來，本來準備等下半年再養鴨子的。」

「鄰村有專門孵小鴨出來賣的，原本我們自己也能孵，想著太麻煩，就直接買了。」自從把小媳婦累倒後，蕭正心裡一直不好受，雖然幫忙做了許多事，見到夏婉，不免還是心疼。「聽有經驗的村人說，小鴨有老鴨帶著，會好養一點，所以我又買了兩隻老鴨領著，已經專門請人看著了，說好了按月給他工錢，省得妳再操心。」

老孫頭原本打算毛遂自薦，一邊管魚塘，一邊管小鴨，但蕭正擔心他年紀大，精力有限，便沒同意。

其實新請來的王大爺，說起來跟祠堂那邊也脫不了關係，王大爺年輕時，有一次打獵不小心傷到腿，沒養好，落下了殘疾，從那之後便瘸了。後來一直沒成親，也沒有子女，年紀漸大，家裡親人越來越少，老族長可憐他，就讓他在祠堂做個看門的。

可這年頭，連看門的也要找年輕、身子骨結實一點的，王大爺看了幾年大門，身子骨到底不如從前，老族長一直沒找到適當的機會安置王大爺，正好蕭正這裡多了個空缺，活計又輕鬆，加上有老孫頭陪著，老哥兒倆也能作個伴，老族長便跟蕭正說好，把人送到魚塘這邊來了。

還別說，老孫頭和王大爺也真能說到一塊兒去，有時候孫錢為了孝敬爺爺，帶了酒菜過來，爺孫仨人就著小酒吃吃、聊聊，也是頗有趣味，當然這些都是以後的事了。

經過一段時間的生長，插栽到小魚塘裡的荷苗已經抽高了一截，這期間往魚塘裡放過一回水，不過聽老孫頭的意思，等到夏天吃水吃得凶時，還要再往裡放一回水，等平安過了夏天，這一池塘的荷苗才算是穩住了。

至於大魚塘裡的魚苗，老孫頭接受夏婉的提議，每隔四、五天都在夜裡點了火把，照亮水面，給小魚苗投一回食，這樣魚兒就能長得快一些。

為了能讓火把照亮魚塘中央，夏婉想了一個點子——在魚塘中間豎上幾根竿子，上面綁上火把，每天晚上將火把點著一段時間，能夠吸引喜歡聚光的小蟲子在火把周圍轉，這些貼近水面飛行的小蟲子便成了魚兒們的消夜。

這個方法得到大家的一致好評，老孫頭甚至把它當成經驗記下來，留待以後養魚的人家可以一直沿用。

自從上次把夏婉累著，蕭正忍了整整半個月沒敢再碰小媳婦，為了修身養性，還十分自覺地分成兩個被窩睡覺。

夏婉覺得他有點自欺欺人，因為每天早晨醒來，她都不在自己的被窩裡，而是在蕭正懷裡熱醒的。

蕭正正是精力旺盛的年紀，不需要刻意營造氣氛，幾乎兩個人挨到一起，他就會不自覺地起反應。夏婉也不能真讓他就那麼憋著，偶爾也用手幫他，還有親親、摸摸也是少不了的。

有一次，兩人都已經進行到最後一步，夏婉覺得近來身子養得還行，索性就依了他一回，最後蕭正還是生生踩了煞車，只滿頭是汗地埋首在夏婉懷裡，悶哼出聲。

「大夫說了，年輕的時候不管不顧，勞累狠了容易影響壽元，我想和妳長長久久一輩子，咱們一定要細水長流才好。」

為著蕭正這句「細水長流」，夏婉跟他漸漸恢復了以往的親近，有時候蕭正會手把手地在書房教小媳婦寫大字，有時候兩人蓋著被子，什麼都不做，只這麼說說話，感覺也很溫馨。到後來，夏婉甚至覺得待明年癸水變規律後，或許就可以考慮要孩子的問題了。

說到孩子，五月末的時候，小九不小心生了場病，當時夏家上下一陣慌亂，好在碰上蕭正剛好送春生回夏家。蕭正二話不說，幫他們從鎮上請來大夫，可孩子太小，不能吃藥，便由大夫開了那些藥給白氏喝，藥水滲透進乳汁裡，再餵給小九。

一直折騰了幾天，孩子才慢慢好起來。打那天起，白氏便更難得出門了，一門心思都撲在小九身上。

蕭正回家還心有餘悸，不錯眼地盯著夏婉看了好久。自那時候起，練武也不單獨練自己的，總要看著夏婉每天打過一套拳，出過一身汗，換完衣裳，清清爽爽的才算放心。

「我娘生我的時候，聽說沒有怎麼吃苦，就是因為她身子骨結實，力氣也足，小婉以後要多向娘學習。」

蕭正這種緊張感，一直到夏忙前才徹底停歇。因為這段時間是鄉人們最忙碌的時節，也是關係到後半年乃至過新年時，糧食是否富足的時刻，家家戶戶只要能上陣的，沒有一個閒人。

蕭家大部分的田地雖然已經租給鄉民去種，但還有兩畝田地卻是故意留下來給兒孫耕種的。

「我爹說過日子不能忘本，哪怕現在的日子比從前好了許多，該學會的農活也要知道怎麼做。」蕭正難得把從前穿舊的、短了半截的衣裳拿出來穿，扛著鐮刀，挽起褲管，大清早的正準備下田收麥子。「爹雖然是個文弱書生，每年夏收時也要下地幹活。我記得我八、九歲的時候，收麥子的速度就能趕上他了，偏偏他自己還一副雲淡風輕的模樣，並不在乎那些，我娘每回都要笑他。」

每回蕭正提起親爹，都有一股溫情迴盪其中。夏婉覺得蕭正以後也一定會是個好父親。

第十四章

北方的夏收，一般會在每年的農曆六月初五。麥田裡，金黃的麥穗隨風搖擺，農人們要趁著天氣晴朗把麥子收割下來，在揚穀場上脫出麥粒，頂著陽光曬乾水氣，再把麥子拉回家中儲存，才算是整個夏收的圓滿結束。

蕭老娘有些年紀了，蕭正從去年開始就沒再讓她下地，輪到夏婉更是不可能。盛夏的天氣，在夏收的這十來天，日頭毒得不行，蕭正怕她細皮嫩肉被曬傷，堅決不讓她跟他一起。

「那我給你送午飯總行了吧？」夏婉生怕蕭正不同意，拿了防雨的斗笠往頭上一罩。「我戴著斗笠過去，你看，老大的一頂，啥日頭都能擋到外頭去，曬不到我的。」

這一回蕭正倒沒再說旁的。

夏婉想著他們勞動量大，怕蕭正胃口不好，便特意做了酸菜魚，配上一大碗米飯，開胃又營養。

夏婉一路走，一路問，只覺得走了老遠的路才看到老蕭家的麥田。蕭正個子高大，哪怕在人群中彎著腰，也被她一眼認了出來，還看到老李他們也在蕭家的田地裡幫忙收麥子。

「阿正，弟妹來給你送飯啦！」唯恐天下不亂的老李一看到她就嚷起來，唬得旁邊田裡幹活的莊稼漢一起抬頭笑，雖然都是善意的微笑，夏婉還是覺得有些臉紅。

蕭正一手抓住一把麥稈，揮動鐮刀，兩下割斷，直起身朝夏婉咧嘴笑，一排整齊的大白牙在陽光照射下閃閃發亮。

蕭正放下麥稈，拎著鐮刀走過來，帶夏婉在田間地頭的平地上坐好。夏婉帶的食盒一打開，旁邊就傳來一陣哀號。

「阿正你不地道啊，你怎沒說弟妹今兒個要送飯來呢？」

「你不是已經吃過了？」面上淡定、內心已是無比暢快的蕭某人故意道。

「我就說剛才讓你吃一點，你怎麼不吃呢，敢情是等著好吃的哪！」老李忿忿不平地咂嘴，不理他兄弟那個坑貨，扭頭跟夏婉告狀。「弟妹啊，妳是不知道，上回妳嫂子不是幫妳給插荷苗的那幫人做菜嗎？好傢伙，可算是學會一樣下飯的菜了，就那個魚香肉絲，一連炒了半個月，天天魚香肉絲，給俺們爺兒倆吃得牙都軟倒了，要不，回頭讓妳嫂子再跟妳學別道菜？」

「好呀，嫂子啥時有空，讓她只管來我家，李哥想想自己喜歡吃的，回頭我教給嫂子。」

「聽聽，阿正哪，你媳婦可比你厚道多了。」

「哪裡，李哥幫咱們家收麥子，我教嫂子做菜也是應當的。」知道老李來幫蕭家收麥子，夏婉只有感激，畢竟夏收就是爭分奪秒的跟老天爺搶糧食呢。

「別聽他的，」蕭正吃著開胃的酸菜魚，把小媳婦拉到身邊，離互坑的兄弟遠一點。「他也就晌午幫幫忙，他還等著咱家的麥子收完了，我好去他們家田裡幫忙呢，李家的麥田有十多畝吧。」

「那麼多啊？」咳，這樣算下來，蕭正要幹的活才更多吧。夏婉知道男人們之間只是玩笑話，也不會計較得失，然而還是順著自家男人，十分誇張地道：「那李哥趕緊忙你們家的地吧，十多畝可不是小數目，咱們家先不用你幫忙了。」

老李鼻子差點氣歪，直說蕭正是個滑不溜手的泥鰍，還小氣吧啦地把媳婦也帶歪了。

被說小氣吧啦的蕭正迅速吃過飯，將碗筷收進食盒，催促小媳婦趕緊回家。

夏婉知道他們是真忙，就連老孫頭都跟夏婉請了幾天假，回家幫忙收麥子。

第一天，蕭正幾乎是天擦黑才回家，到家也只是匆匆忙忙吃了幾口飯，然後直接往揚穀場去了。

第二天，夏婉和蕭老娘也開始不得閒了，要在揚穀場看著自家麥子，麥子得等充分曬乾了才能脫穀，畢竟這曬麥子可不管你家麥子收的是多是少，曬的時間都是一樣的。

夏婉那段時間忙得連日子都忘了，一直到蕭家的兩畝麥子收進穀倉裡，才想起她還沒回夏家看過，也不知道娘家的四畝多麥子收得怎麼樣了？

「我明天一大早到溪山村去瞧瞧。」蕭正道。這些日子風吹日曬，他黑了不少，直到自家糧食平安收進穀倉，才能安心睡個好覺。

他打了熱水幫夏婉泡過腳，也不提兩個被窩了，摟著小媳婦鑽進被窩裡就睡。

夏婉上一次的痛經讓蕭正十分在意，從那之後，他每天都要看著她用熱水泡過腳才能睡覺。

夏婉燙得熱呼呼的小腳踩到蕭正結實的小腿上，腳趾摩挲了一會兒，沿著肌理分明的腿肚往上挪。她跟蕭正已經快一個月沒同房了，繃緊的神經猛地鬆懈下來，總覺得心潮湧動。

「想要了？」低沈的嗓音在黑暗中飄進夏婉耳朵裡。

夏婉摸索著，伸手捧住男人的臉，手指不自覺捏到耳垂上，像蕭正每回都要先去舔她耳朵那樣，輕輕揉弄蕭正厚軟的耳垂，小聲問：「你累嗎？」

醇厚的笑聲一點一點靠近，夏婉感覺到自己作亂的小腳被蕭正捉住，架到他腰上，帶著繭的手掌順著膝彎一路摸索下去，帶起一路的顫慄。「讓我瞧瞧小婉有多想……」

「嗯……」第一回被蕭正這樣對待，夏婉忍不住咬唇，差點驚喘出聲。

「乖，這樣也很舒服，嗯……有什麼感覺妳就告訴我。」蕭正略有遲疑，最後還是把夏婉抬起的那條腿挾在臂彎裡，手下的動作不停，另外一隻手掌已經托起夏婉的脖頸，尋著香甜的唇瓣覆了上去。

剛開始是一根手指，輕輕地提插撥弄，感覺到小媳婦突然驚喘，瑟縮了一下，無師自通的男人便像尋到寶似的，又加了一根手指，反覆撥弄。

夏婉覺得自己一定是瘋了，否則怎麼只憑這樣的動作，就能讓她快樂得想要尖叫？唇舌被蕭正吮吸住，那處卻在吸吮蕭正的手指。

直到夏婉衝上雲霄，蕭正才抽出手指。

「舒服嗎？」緩緩放鬆著繃緊的身體，蕭正愛憐地摸了摸夏婉的頭髮，沒有得到小媳婦的回答，突然壞壞地把兩根濕漉漉的手指伸到嘴邊舔了下。「小婉可真甜，這段時間妳也一直累著，等夏收徹底結束，我再好好滿足妳，好不好？」

夏婉能說不好嗎？蕭正為了讓她更輕鬆地得到抒解，自己一直忍著呢。

一整晚，夏婉睡得十分香甜，醒來時通體暢快，蕭正卻趁著天色微亮，趕去了岳父、岳母家中。

夏家的四畝多麥田，有夏老爹和夏春樹一起收割，雙胞胎做不了重活，只能跟在後面幫忙撿麥穗。

蕭正趕過去的時候，夏家只剩半畝田地還沒弄完，剩下的已經送到揚穀場裡脫粒了。有了蕭正的加入，沒花半天時間，最後的半畝地也都收完了。

想著小媳婦的提醒，回家前，蕭正特地去看望小姪女。

兩個月大的孩子終於跟足月生的娃娃看起來差不多大了，黑亮的眼睛尋著光線的變化四處轉，蕭正覺得這孩子不怎麼像大嫂白氏，倒有一點像大姑姑。想到他跟小婉將來有了孩子，說不定也會像娘親多一點，男人心頭火熱，沒有留在夏家吃飯，趁著天還亮，趕緊回了蕭家。

蕭家自己種的兩畝麥子收進穀倉，蕭正卻還不能閒著，蕭家租給鄉人種的地，每畝都要以糧食充租子，一般年景好的時候是兩成，年景不好時一成半就夠了。為了順利把租子收回來，蕭正幫兄弟們收完莊稼，還要去租戶那裡查看收成情況，碰上家裡困難、勞力不夠、糧食沒收完的，還得親自下地幫著一起收割。

整個東鄉村的糧食全部收進各家穀倉時，已經過了六月中旬，遲來的夏雨踩著夏收的尾巴，潑了一場雨便悄然離去。

新麥子收回了家，磨麵坊終於迎來一年中的高峰時刻，成群結隊的村民想要嚐嚐豐收的滋味，吃上一口新麵，一年的辛苦才算沒有白費。

蕭家有自己的石磨，需要時自有蕭正這個比驢還壯實的勞力幫忙推磨，不過東鄉村裡的磨坊是水流推動的，經過長年比較，大家都覺得水磨坊裡磨出來的麵更有味道，也更加細膩，因此夏婉便跟隨村民，也磨了一袋新麵粉。

這袋新麵粉頭一回上鍋，做的就是給蕭正的長壽麵。這裡的人對過生日並不是很重視，上一回夏婉是正好趕上及笄才顯得隆重一點，若不是蕭老娘提起蕭正的生辰，夏婉壓根兒就不知道。

蕭正估計也不記得自己的生辰了，回家時連晚飯都沒趕上。夏婉給他做的長壽麵，被他端起來就立刻吃光，惹得夏婉哭笑不得，想好的生辰祝福都沒能開得了口。

晚上，夏婉幫蕭正把洗澡水放好，猶豫了半天，還是悄悄回房間換上新做的裡衣，外頭披上大褂子，準備給男人一個大大的生日驚喜。

說起來，做衣裳的布料還是夏婉收拾衣櫃時在箱子最底下找到的，明明是新的，卻被藏在最下面。

夏婉想了一下，才記起蕭正說好從江南回來給她帶點東西，後來拿出來的都是些小玩意兒，明明給婆婆買了做衣裳的時興料子，輪到她就只有普通的棉布，不過夏婉只奇怪了一下，就忘了這事，直到把料子翻出來，才想到因為蕭正的魯莽，害她在床上躺了幾天那回事。

蕭正當然不敢在那時候把東西給她，比起之前若隱若現的杭綾，這簡直就是透明的薄紗了。夏婉用腳趾頭想都知道蕭正給她買這樣的布料回來是為了啥，只不過被突如其來的意外給耽擱了，這才一直藏到現在。

好歹是蕭正的生日，夏婉也是惡趣突生，想知道男人看見她穿上這樣一套衣裳，會是什麼表情，於是夏婉偷偷背著他，如他所願地做了一套裡衣出來。

其實蕭正在夏婉好心給他放好洗澡水時，便察覺出不對。他這個小媳婦平時嬌氣，一點勞累的活兒都要哼唧半天，這會兒卻對他這麼殷勤？

等到夏婉披著衣裳，直接摸進洗澡間要給他擦背的時候，蕭正的預感更加強烈了。

忍了又忍，到底沒有乘機讓小媳婦繼續討好下去，而是撈過她的手，鄭重地問：「是不是妳跟娘又惹什麼事了？我們之間不用這樣，有什麼事，妳只管說就是。」

夏婉總算是懂了，男人要是榆木疙瘩起來，腦子裡的那根弦就是啞的。她無語了半天，才翻眼瞅了不開竅的男人一眼。「今兒個是你的生辰，我好心好意來伺候你擦背，要就要，不要就算了！」

「要，怎麼會不要？」回過神來的男人眉開眼笑，趕緊去扯小媳婦的衣裳。「最近確實累得慌，娘子若是不嫌累，小生的後背任由娘子處置……」

話還沒說完，便被扯掉外衣的小媳婦的胴體給驚呆了。他揉了揉眼睛，忍不住摸了一下，才確定夏婉是穿著衣裳的。

夏婉被蕭正不同以往的愣怔模樣給逗笑了，原本還羞得臉熱，這會兒只一心想著逗弄他。

她故意站得離木桶遠一些，好讓男人能看清楚她周身的風光。「不記得你自己買的布料了？」

嫣紅的兩點如含苞待放的梅花挺立枝頭，鬱鬱蔥蔥的草地透過不起一絲遮擋作用的衣物，擺出任君採擷的姿勢向他招手。蕭正覺得自己二十餘年的自制力立刻毀於一旦，緩緩從木桶裡起身時，鼻子一酸，兩滴鮮紅的鼻血滴到水中。

「過來。」蕭正站在木桶裡朝夏婉伸手，不用看也知道他的昂揚已經蓄勢待發，只等著勾人的小妖精上前，便能把人按住，吞吃下肚。

夏婉沒想笑場的，可男人掛著兩管鼻血，還試圖用威嚴的語氣要求她，是人都忍不下去。

小媳婦隔著一臂的距離立在那裡，捂嘴笑得花枝亂顫，蕭正覺得自己再不行動，連他的「小兄弟」都會嘲笑他。下一刻，男人邁開長腿，跨出木桶，一把將磨人的小媳婦摟進懷裡。

他一手撫上渾圓飽滿，忍不住喟嘆。「妳就折磨我吧，不是要給我慶生？一碗長壽麵可不夠。」

「我不是把自己給了你？還請夫君隨意——」夏婉仰頭，眸光瀲灩地看著蕭正。

「妳今天精神好不好？」蕭正的手掌緩緩向下，跟夏婉做最後的確認。

「阿正，我現在身體很好，也沒有你想的那麼嬌弱，就像你想給我快樂一樣，我也想讓你舒服。我們試試，好不好？若我不舒服，一定會告訴你。」

帶著對男人無比喜愛的憐惜，夏婉抓起男人的手掌，覆上那塊青青草地。下一瞬，雙手被蕭正引導著按在桶沿上，接著聽到布帛撕裂的聲音，後背撞進寬厚滾燙的胸膛裡，長劍亂入花叢中，攪亂一池春水……

蕭正清早睜開眼，就先把夏婉從上到下摸了一把，最後被擾了睡眠的夏婉拍了一巴掌，才訕笑著把人摟進懷裡。

懷抱太緊，夏婉想不清醒都難，瞇著眼在男人臉上親了一口，實在不想起來。

「乖，再睡一會兒好不好？租子不是收得差不多了，今兒個就別出門了，在家裡陪著我和娘。」

「好。」蕭正神采奕奕，自然是夏婉說什麼就是什麼。「最近哪裡都不去了，就在家好好陪著妳。」

夏婉滿意了，轉身靠在蕭正懷裡，繼續睡回籠覺。

夏收之後，老百姓的日子總算能輕鬆一些。蕭家的兩畝麥子收上來之後，在秋天來臨前還能種一些短期的農作物，這也是農民養地的一種方式，於是蕭正便作主，把一畝半的田地種了豆子，另外半畝種了包穀。

「豆子收上來能榨素油，剩下的豆渣能做豆餅。」

收租子的事情差不多已經接近尾聲，蕭正在家的時間也比往常多了許多。閒暇之餘，不是陪夏婉練字，就是跟她說起他在江南遇到的趣事。

「包穀在南邊種得特別多，北方也有，只是種子不好買，一般在縣城周圍的鄉村裡種得比較多。剛長出穀粒的包穀，又嫩又甜，特別好吃，想著給妳嚐嚐，就買了一些種子回來，但只夠種半畝地。若是長得好，妳也喜歡吃，明年再多種一點。」

夏婉喜歡蕭正跟她憧憬未來時的語氣，明明只是很普通的話，因為帶了本該如此的態度，給夏婉的就不只是對安穩生活的承諾，也是他們能夠永遠在一起的好兆頭。

「秋收時你在家嗎？」夏婉記得去年蕭、夏兩家訂親時，蕭正是不在家的，就是因為他不在，蕭老娘才能速戰速決地把他倆的親事定下來。

夏婉問這話時沒有別的想法，蕭正聽了，卻不由得愣了一下。「秋收肯定是在家的，要走也是種過麥子之後的事了。」畢竟往年的安排便是這樣，只如今他不再是一個人，還多了個一直在家等他的小媳婦。

「知道了。」夏婉低頭，重新把注意力放在手中的毛筆上。雖然會有一點淡淡的失落，只是嫁雞隨雞，嫁狗隨狗，告訴自己應該習慣也就好了。

蕭正居高臨下地望著小媳婦纖細潔白的脖頸，想了想，把她的手按住，拿走那張描了一半大字的紙，重新換了張新的，握著她的手，畫出路線圖給她看。

「下半年往北邊去的這一趟路程不長，我們抓緊時間趕路，要不了兩個月就能回來。小婉不是怕冷嗎？今年我多帶些皮毛回來，給小婉做件羊絨小襖，怎麼樣？」

「我要大大的羊絨毯，可以鋪在炕上的那種！」知道蕭正想哄她開心，夏婉也不是矯情的人，順著他的話頭跟他開玩笑。「到了冬天，我就鋪在炕上，不燒炕也暖和，到時候我就不稀罕你了，也用不著你幫我焐腳！」

「小婉不稀罕我，我稀罕小婉啊。」蕭正見小媳婦總算露出笑容，暗暗鬆了口氣。他一把將夏婉攔腰環住，不管她怎麼掙扎，也要摟得緊緊的。「我就是小婉的羊絨毯子，想怎麼睡就怎麼睡。」

「想得美。」夏婉故意左右閃躲，發現掙脫不開，乾脆一扭身，手裡的毛筆給男人抹了兩撇小鬍子。瞧著他那滑稽的樣子，夏婉再也忍不住，哈哈大笑起來。

下午，家裡只有小夫妻兩個，夏婉就是知道，才會放任自己誇張一點。

頂著兩撇逗趣的八字鬍，蕭正一手攬著小媳婦的腰，一手悄悄把夏婉的裙襬提了起來。

作為新的閨房姿勢，夏婉已經不能再熟悉了，每每被蕭正用上，她都要丟盔棄甲，潰不成軍，偏偏又很享受。如今只預料到男人想要做什麼，便開始忍不住腿軟。

「一會兒娘和春生該回來了……」夏婉忍不住雙手扶在桌邊，猶豫不決地小聲嘀咕。

「沒事，他們回來了也不會到書房裡來。小婉乖乖站好擋著，從前面什麼也看不出來。」

帶著隱秘的刺激，如同偷吃禁果，好好的練字變成抵死的纏綿。

也是這天的談話提醒了蕭正，他覺得自己陪夏婉的時間太少，或許趁著農閒時候，更應該多花點時間跟家人在一起。

「你要跟我們一起抓兔子？」

蕭老娘差點認不出自己十月懷胎生下來的兒子，每回她去林子裡設陷阱，都會被兒子說一頓，這會兒卻那麼好心？

蕭老娘瞅一眼身旁躍躍欲試的兒媳婦，瞬間明白過來，甩了一個白眼給兒子。「娶了媳婦、忘了娘的臭小子，想哄你媳婦高興，還把老娘帶著幹麼？」

「娘，您陪著我們一起呀。」夏婉一看婆婆有意見，連忙把人往甜了哄。「我還沒看過娘設的陷阱呢。」

「有那小子在，哪裡還需要我設的陷阱，他厲害著呢，妳且等著瞧吧！」蕭正十五、六歲時，就能在樹林子裡拿弓箭射兔子了，陪她們一起去抓兔子，那才是大材小用。也不知道兒子又想作什麼妖，如果是為了哄小婉高興，倒還像點樣子。

蕭正不知道自己老娘已經把他在心裡腹誹個夠，十分好脾氣地解釋。「都去，娘跟小婉一起，春生也跟著，我們不朝裡走，就在外面轉轉。這時節山裡植物茂盛，還能找到好吃的野果子。」

沒辦法，誰教小媳婦對去鎮上逛街沒什麼興趣呢。前兩天，老族長把蕭白送去鎮上學堂讀書，學堂的夫子跟蕭正的爹曾是同窗，作為蕭家的族人，蕭正當仁不讓地陪著老族長一起去了，權當是替父親探望一下長輩。他本打算順便帶夏婉去鎮上玩，誰知夏婉聽說他要去鎮上，只寫了一些草藥、調味料之類的，讓他順帶買回來，顯然比起逛街，他的小媳婦更樂意看管那兩個魚塘。

無奈之下，蕭正只好選了家裡大部分人更喜歡的活動，顯然地，夏婉對跟他一起進山林非常興奮。打從他提起，便開始積極準備各種上山要帶的東西。

夏天的山林比夏婉想像中的清涼許多，越往裡走，樹林就越茂盛，甚至到了遮天蔽日的程度。蕭正帶著兩大一小，走的是獵人們平時走的小道，雖然草木繁茂，隱約之間還是能看得出人為踩出來的小道。

兔子喜歡朝陽的乾燥泥土，隨著蕭正不緊不慢的步伐，夏婉覺得他像是帶著孩子郊遊的老師，閒適得不得了。

一路上，蕭正跟春生講了許多知識，例如看低矮樹枝的折痕、動物的糞便，夏婉其實也聽不大懂，但她喜歡看他在講到自己熟知的領域時的那種神采飛揚，總覺得這樣她就能跟蕭正的心更貼近一些，也更能體會到他強大外表下的溫柔。

第十五章

蕭正帶著春生去找狡兔三窟的其餘幾個洞口，蕭老娘則攤開一塊帕子，示意兒媳婦坐到她身邊。

「小時候就是這樣，一進山裡就跟野猴子似的，誰都管不住。」

「阿正很有耐心，我看他教春生怎樣追蹤獵物的痕跡，一個教，一個學，特別認真。」

「羨慕吧？羨慕妳就跟阿正趕緊努力給我生個孫子，過兩年，阿正也能帶著兒子這麼教他。」蕭老娘無時無刻不在給夏婉灌輸生孩子的念想。

若在從前，夏婉總要想辦法轉移婆婆的注意力，可這會兒，她對生孩子已經沒什麼抵觸，如今唯一需要考慮的，就是身體方面的原因。

只是這話卻不能直接跟婆婆講，夏婉只好跟蕭老娘表示決心。「我跟阿正都想早點要個孩子，我就想著有了孩子，阿正說不定就不會經常往外面跑，也能安心在家守著我們。上回不是看了大夫嗎？大夫說等癸水正常之後，自然能心想事成。」

「還是年歲太小了。」說起這個，蕭老娘也是心裡清楚。「當初我爹捨不得我早嫁，一直留我到十八，才把我嫁給阿正他爹的。剛嫁過去兩個月，就懷了阿正他姊，等把他姊生下來，隔一年就懷了他。你們還年輕，也不用著急，總要等身子骨結結實實的才好生養。」

對於蕭正這個姊姊，蕭家人平時很少提及，夏婉也只知道她嫁了個外地人，之後就跟著丈夫一起離開了。

她怕這裡面有什麼不好教外人知道的，便一直很有眼色地沒提，如今蕭老娘提了個話茬，夏婉猶豫了一瞬，還是小心翼翼地問出口。

「大姊她現在怎麼樣了？」

「那個臭丫頭，提起來我就心口疼。」蕭老娘從坐著的地方朝遠處張望，似是回想地道：「小婉啊，娘告訴妳，一個姑娘家不管嫁到哪裡，都不能忘了自己的根，不然日子過得再順暢，也是空虛的。」

夏婉似懂非懂地點頭，決定以後還是少問關於蕭正大姊的事了。

春生拎著根小棍子，興高采烈地跑過來，難掩激動，小聲嚷嚷。「走走走，姊夫要用煙燻兔子了，我們找到一窩兔子，真有三個洞呢，姊夫讓我看著兔子出來的那個洞口，大姊妳快跟我一起！」

蕭正原本一心想陪小媳婦，進到山裡就變成他帶著春生玩了，笑得爽朗舒暢的男人把事先準備好的袋子拿出來，帶著夏婉和春生在一處隱匿於草叢中的洞口邊停住，囑咐他們等等看到有煙往外冒，就趕緊把袋口堵在洞上。

本來只是陪著來看熱鬧的蕭老娘，也被兒子指揮著去堵另外一個洞口，蕭正自己則興沖沖地跑去最後一個洞口點煙了。

最後，被蕭正盯上的那窩兔子，一家老小一隻都沒落下，四隻大兔子並三隻小兔，蕭正還讓春生帶了兩隻回夏家，最後只留下三隻剛出生一個月左右的小兔子給夏婉養著玩。

「大兔子野性大，養不了還會挖洞，小兔子還沒學會這些，慢慢養著，就不會想著跑了。」

於是，繼一隻小羊羔之後，蕭家又多了三隻小兔子。

過沒幾天，蕭正又不知道從哪處給夏婉抱了一條小奶狗回來。全身灰色的毛，只脊背上有一片黑色，濕漉漉的黑色眼睛張大著，可愛得不得了，夏婉一下子就喜歡上了。

「還嫌你媳婦不夠累是不是？外頭還有兩個魚塘呢，現在又弄來一隻小狗，你小子是不是又想往外頭跑了？」

「這是我從一個老獵人那裡抱來的小獵犬，身上有狼的血統，機靈著呢，以後養大了可以保護主人，我也沒說要出門啊。」蕭正對著蕭老娘道，語氣無奈。「這也不會把妳兒媳婦累著的，小狗我來養，總會把牠教懂事了再給小婉帶。」

「沒關係，我跟阿正一起養。」夏婉上輩子就喜歡狗，這會兒抱著小狗，已經捨不得撒手了。「我會給小灰餵食、洗澡，養小狗必須經常親近，才能養得熟呢。」

蕭正聽夏婉已經給小狗取了名字，不由得小聲提醒。「大灰生的兒子才能叫小灰，威風有自己的名字。」

「你看牠全身灰溜溜的，叫小灰不是很正常嗎？」蕭正一廂情願給小狗取的名字，夏婉選擇了無視。

蕭老娘簡直沒眼見他們兩個為了一隻小奶狗那麼幼稚，有本事生個孩子出來玩啊，玩小狗幹啥，還能當孩子養不成？

可現在一肚子腹誹的蕭老娘沒有預料到，她家兒媳婦還真就把小狗當孩子養。當夏婉在天氣轉冷，給小灰專門做了一件小衣服穿上時，蕭老娘差點笑癱在炕上。

夏婉種在小魚塘裡的荷苗，終於迎來第一個花期。

綠葉叢中，一枝枝荷花亭亭玉立，偶爾有兩、三隻蜻蜓停留其上，隨著水波蕩漾招展。花落之後的蓮蓬被夏婉收下來，除了送一些給相熟的人家嚐鮮，剩下的全都由夏婉曬乾之後妥善保管。

到了夏末，夏婉又開始忙碌起來。某天她正在魚塘邊看著幫工收蓮蓬，就見蕭正悄悄走來，神神秘秘地拉著她往蕭家的田地裡走。

這時候的包穀，頂上的鬚還沒有變深、萎縮，蕭正領著夏婉在玉米地鑽了一圈，專揀棒子飽滿的摘下，很快裝了小半袋，也不讓夏婉去魚塘了，直接把人往家裡領。

回到家，棒子殼去掉，剛剛接近成熟的包穀黃得透亮，放進鍋裡加上水，水剛煮開就能出鍋了。

蕭正揀了一根包穀，吹涼了些，獻寶似地遞給夏婉。「嚐嚐，很甜。」

夏婉頭一回吃到這種啃不下皮的玉米粒，一口咬下去，全是甜甜的汁液和嫩嫩的玉米芯，一根包穀啃完，玉米粒的那層皮還留在棒子上呢。

「好甜！」夏婉一臉笑咪咪，跟蕭正兩個像是偷吃零食的孩子，圍著鍋臺啃了大半鍋的嫩包穀。

蕭正見夏婉那麼喜歡，且收下包穀的包穀稈子還能做大灰的口糧，便決定明年要把地多收回兩畝，除了多種一些包穀，還能種點別的。

而在包穀和蓮蓬收回來之後，蕭家的那隻小母羊開始下崽了。

小羊羔是蕭老娘接生的，原本不想讓夏婉看到，夏婉卻不同意，她覺得自己多看一點，說不定等她生孩子的時候就知道該怎麼生了。

剛生下來的小羊羔十分健康，當夏婉拿剪刀幫牠剪斷臍帶時，手都是抖的，就好像是她親手把一個小生命帶到這個世界上來一樣。

於是，蕭家開始有羊奶喝了。只是剛喝沒幾天，夏婉就受不住了，往後便只把羊媽媽餵過小羊以後的羊奶留給蕭老娘和春生喝，她自己是一點都不願意嚐了。

蕭正對此十分可惜，明明喝羊奶對小媳婦胸前那一對雪白的兔兒特別有好處，他現在一隻手都快要掌握不住了，誰知他那天不過是隨口玩笑了一句，小媳婦便堅決不再喝羊奶。

「其實還能再長大一點，以後我們的孩子才有足夠的奶水喝……」蕭正迷戀地揉弄著夏婉胸前的一對小兔子，一邊緩緩抽送身體，一邊貼著小媳婦的耳朵跟她商量。

「養大了好便宜你？」夏婉被他撞得悶哼出聲，忍不住咬住嘴唇。再說了，誰說胸部大，奶水就會多？

「嗯……除了以後給孩子喝，剩下的時間全都是我的。」高聳彈膩的小兔子被男人揉出不同的形狀，隨著男人動作加快，彷彿真的像小兔子在跳動一樣。

夏婉被他撞得心都要跳出來，忍不住伸手覆上胸口，抓緊男人的大掌，尖叫著攀上巔峰……

秋天，樹葉泛黃，夏婉跟蕭正打算駕馬車去一趟縣城，因為魚塘裡的魚兒不到兩個月就要出塘，也是時候該把她知道的魚料理往外推銷了。

出發前，夏婉還在思考要帶幾件換洗衣服，蕭老娘已經把家裡的鋪被和蓋被都往馬車上搬，若不是夏婉極力阻止，蕭老娘恨不能把鍋碗瓢盆都給他們帶上。

這把夏婉嚇了一大跳，忍不住悄悄問蕭正，不是說好連夜趕路，等到第二天城門宵禁前，一定能進得了縣城，怎麼弄得好像他們要在荒郊野外過夜似的？

「娘是怕外頭客棧裡的被褥和枕頭沒有家裡的乾淨吧！」經常在外奔波的蕭正原本也不在意這些，他們兄弟出門在外，碰上進不了城，在郊外和衣而眠的時候都是有的，可這一回不同，帶著小媳婦，當然不能再隨便將就。

蕭正安慰道：「路上有我控制著時辰，妳不用擔心，帶上這些，半夜趕路的時候妳也能多裹點被子，省得凍著。」

論出行，夏婉不如蕭正懂得多，便把一切事務都交給丈夫打點，她只負責讓自己健健康康地出門，毫髮無傷地回來就好。

出發那天是個月明星稀的晚上，蕭家小倆口這一回出門，沒特別張揚，除了家裡人，就只有老孫頭知道這件事，畢竟當初的主意還是老孫頭幫夏婉出的。

蕭老娘不擔心皮實的兒子，只怕夏婉沒出過遠門，會有各種不適應，千叮嚀、萬囑咐，直到馬車上的一盞小燈看不清楚了，才裹了裹衣裳，回到院子裡，想了想，嘆了兩口氣。

原想著兒子娶了媳婦定了心，總該安安穩穩在家待著，誰知道兒媳婦那麼快就被兒子給帶歪了。

她有眼睛看著呢，小婉雖然對出遠門懵懵懂懂的，啥都不知道，可那眼睛裡的興奮勁可騙不了人，沒準兒這會兒正跟臭小子兩人在路上樂呵呢！看來以後她還是把目標放在孫子身上好了，只盼著兩個人能給她生個乖乖孫子，才省得她老婆子總有操不完的心。

另一頭，夏婉確實如同蕭老娘預料的那麼開心。

怎麼會不高興呢？她自從來到這裡，還是第一回出遠門，又是跟蕭正在一起，她在心裡默默把這趟旅程當成是她和蕭正的新婚蜜月，所以當然是怎麼開心怎麼來。

從東鄉村到鎮上這條路，大灰早就記得滾瓜爛熟，雖然是在夜晚，蕭正也沒特別操心，在看著前面方向的時候，還能分心注意他的小媳婦。

當看夏婉已經手嘴不停地吃下一包肉乾的時候，他終於忍不住提醒。「小婉，這會兒還是夜裡呢，如果不餓就別吃那麼多肉乾了，小心積了食。要是無聊，就裹著被子先睡一會兒。」

「我睡不著啊。」蕭正斜坐在馬車邊緣，夏婉挪近了一點，靠著他的半邊肩膀。「我現在精神著呢，就想跟你說會兒話。」

蕭正好笑地摸了摸小媳婦的腦袋。若不是因為要出遠門，又想在天黑之前讓小婉住進縣城，他也不會選在夜晚趕路。「外頭這麼黑，妳不怕？」

「不怕，不是有你在我身邊嗎？」夏婉想到剛剛自己覺得出門在外，就以為在火車上似的，上車就得吃點零食，就有些不好意思。「為了我的事，還要麻煩阿正陪我走那麼遠。」

「再說見外的話，就要揍屁股了。」蕭正故意惡狠狠地嚇唬夏婉。「妳就是讓我陪妳到天邊，我也不會覺得麻煩。」

外頭冷風吹過，蕭正打了一個冷顫，夏婉見了，連忙把被子往外拉，給他蓋上一點。

她伸頭往外瞧，還是不由自主地打了個冷顫。四周黑漆漆的，只有車篷上掛著的一盞燈，模糊地照著前路。

夏婉心想，若是遠處有人朝這邊望一眼，不會以為是鬼火吧？若是再不發出一點聲音，就更嚇人了。

「阿正，要不我們把燈熄了好不好？反正天上還有月亮呢。」別再嚇著人。

「傻丫頭，這裡哪還有人，雖說大灰認路，可沒有光亮，我怕牠把我們帶到溝裡去了。」

勤勞的大灰像是聽懂了主人的調侃，忍不住噴了個響鼻，告訴他不要太過分，牠的識路能力還是很強的。

「不是還有你嗎？」

「我突然想到一個辦法能讓小婉忘記害怕，外頭的燈就亮著吧，不會有人靠近的。」

夏婉多熟悉他的套路啊，聽到他說這樣的話，就知道不好，立刻被子也不要了，趕緊往車廂裡面躲，誰知道裡面黑漆漆的，還把自己腦袋撞了一下。

「怎麼這麼傻？」男人彷彿能在黑暗中視路，下一刻，準確地把手覆在夏婉的腦袋上。「不要亂動，親兩下就好了。」

夏婉這回學乖了，躺在鋪被上來回移動，這樣既不會再磕碰到，也能躲著某人的魔爪。

「小婉乖，現在這裡比在家裡還安全，妳叫再大聲，都不會有人聽見。」這種時候，路上除了他們，也只有田間的小動物。蕭正越想越覺得自己這個主意簡直棒極了，下一刻便如泰山壓頂一般把夏婉壓住。

「不行，我緊張，阿正，我們等到了縣城再說好不好？」黑幽幽的車廂裡，夏婉死死拽著自己的衣裳，做著無謂的抵抗。

誰知最後回答她的，是一個纏綿且令人窒息的吻，帶著強烈的侵略氣息，用力吮吸著她。

察覺到小媳婦漸漸軟化，陰謀得逞的男人一邊撫摸，一邊親吻。平時遇到這種時候都是行動多於開口的男人，似乎也放開了膽子，嘴裡說著讓自己都有些臉紅心跳的話，惹得夏婉暗暗罵他不要臉。

「小婉喜歡我這樣弄妳嗎？喜歡我舔妳的耳朵嗎？」

夏婉不理他，他就更加用力地舔吻。

「小兔子呢？小婉喜歡小兔子被咬還是被吸啊？小婉要是不說話，那我就一邊咬一邊吸了？」沒等夏婉開口，作亂的男人已經把她的衣襟扯開，為所欲為起來。

黑暗中，夏婉抱著男人的頭，忍不住輕吟出聲。

蕭正悶著聲音，繼續鼓勵她。「對，就是這樣，小婉叫出聲來，不用怕，我喜歡聽小婉的聲音，只喜歡聽小婉的……」

夏婉不知道自己是什麼時候睡著的，只知道等蕭正放開自己的時候，她的嗓子都有些啞了。明明不大的車廂裡，被他換著花樣頂弄，不是讓她趴著，就是讓她把他的腰夾緊，最後一次直接把她放在他身上……

等夏婉再睜開眼，外頭已是天光大亮，他們已經駛過經常去的那個鎮子了。

用帶來的水壺稍微洗漱了一下，蕭正從懷裡掏出在鎮上買的熱氣騰騰的包子，餵給夏婉吃。

夏婉想到他把那麼燙的包子放在懷裡捂著，就是怕她吃的時候冷了，忍不住又開始心軟。「你自己吃過了嗎？」

「不用擔心，我經常在外面趕路，若是連自己都照顧不好，還能出遠門嗎？妳呢，有沒有感覺到哪裡不舒服？」

夏婉咬著包子，輕輕搖了搖頭。自從蕭正生日那次，兩人的大膽突破，讓她跟蕭正在房事上得到空前絕後的大進步，因為從那之後，他們一回比一回和諧，她的身子也比以前更加能承受得了他，就像昨兒個晚上那樣激烈的情況，早晨起來，她也只是覺得腰有些痠而已。

當然，這話她不敢告訴蕭正。開玩笑，他現在顧及著她的身體，才不敢徹底放開了玩，萬一知道她如今已經完全適應他了，還不把她吃得連骨頭渣子都不剩？她還想留著小命，繼續美好的生活呢！

「還有多久才會到縣城？」吃過包子、喝了點水，夏婉整理好衣服，跟蕭正並排坐在馬車的前緣，兩條腿愜意地在空中甩啊甩。

現在還是上午，微涼的空氣吹拂在身上，讓人格外有精神。直到這時，才有點出門旅行的感覺了。

「還要再過兩個鎮才會到縣城，等等快中午時，會經過一個小鎮，雖比不得咱們那個鎮子，但也有歇腳的地方，小婉想進鎮子裡面休息一下嗎？」為了趕時間，他們都是沿著鎮子周邊走的。會經過他們鎮上，也是為了給夏婉買點吃的，只停留一下就繼續趕路了。

「不用，我們不是有帶乾糧？還是早點趕路到縣城比較踏實。」

縣城有宵禁，過了那個時辰，城門關閉，外頭的人不能進去，裡面的人也別想出來了。且夏婉還有個現代人的心態，總覺得若要進縣城住客棧，當然是越早越好，這樣才能找到好的住宿環境。

「行，都聽小婉的。」蕭正笑出一口白牙，甩了甩韁繩，功勞卓著的大灰立刻加緊前進的步伐。

——未完，待續，請看文創風651《一兩農女要逆襲》下

文創風 650

一兩農女要逆襲 上

國家圖書館出版品預行編目資料

一兩農女要逆襲 / 沐霖著. --
初版. -- 臺北市 : 狗屋, 2018.07
冊 ; 公分. --（文創風）
ISBN 978-986-328-883-1（上冊 : 平裝）. --

857.7　　107007810

著作者　沐霖
編輯　王冠之
校對　黃薇霓　周貝桂
發行所　狗屋出版社有限公司
地址　台北市104中山區龍江路71巷15號1樓
電話　02-2776-5889～0
發行字號　局版台業字845號
法律顧問　蕭雄淋律師
總經銷　知遠文化事業有限公司
電話　02-2664-8800
初版　2018年7月
國際書碼　ISBN-13　978-986-328-883-1

本著作物由北京晉江原創網絡科技有限公司授權出版

定價250元
狗屋劃撥帳號：19001626
網址：love.doghouse.com.tw　E-mail：love@doghouse.com.tw